Walter Moers, 1957 in Mönchengladbach geboren, ist einer der erfolgreichsten und kreativsten Autoren Deutschlands und zugleich ein umjubelter Comiczeichner und Illustrator. Mit Zamonien hat er einen fantastischen, skurrilen Buchkontinent geschaffen, auf den ihm Millionen von Leserinnen und Lesern jeden Alters seit Jahrzehnten atemlos folgen.

Ebenfalls von Walter Moers lieferbar:

Die Zamonien-Romane:
Die 13 ½ Leben des Käpt'n Blaubär
Rumo & Die Wunder im Dunkeln
Der Schrecksenmeister
Die Stadt der Träumenden Bücher
Das Labyrinth der Träumenden Bücher
Prinzessin Insomnia & der alptraumfarbene Nachtmahr
Weihnachten auf der Lindwurmfeste
Der Bücherdrache
Die Insel der Tausend Leuchttürme

Außerdem:
Wilde Reise durch die Nacht. Ein phantastischer Roman
Das Einhörnchen, das rückwärts leben wollte. Zwanzig zamonische Flabeln.

Comics:
Der Fönig. Ein Moerschen
Adolf total. Alles über den Führer in einem Band
Sex, Absinth und falsche Hasen. Eine Weltgeschichte der Kunst
Jesus total. Die wahre Geschichte
Der Pinguin. A very Graphic Novel

Ensel und Krete

Ein Märchen aus Zamonien von

Hildegunst von Mythenmetz

Aus dem Zamonischen übertragen, illustriert und mit einer halben Biographie des Dichters versehen von

Walter Moers

Mit Erläuterungen aus dem Lexikon der erklärungsbedürftigen Wunder, Daseinsformen und Phänomene Zamoniens und Umgebung von Professor Dr. Abdul Nachtigaller

PENGUIN VERLAG

Ensel und Krete erschien erstmals 2000
im Eichborn Verlag, Frankfurt am Main

MIX
Papier | Fördert
gute Waldnutzung
FSC® C083411

Penguin Random House Verlagsgruppe FSC® N001967

4. Auflage

in der Penguin Random House Verlagsgruppe GmbH,
Neumarkter Straße 28, 81673 München
produktsicherheit@penguinrandomhouse.de
(Vorstehende Angaben sind zugleich
Pflichtinformationen nach GPSR.)

Lektorat: Rainer Wieland
Umschlaggestaltung: Bürosüd nach einer Fassung
von Walter Moers und Christina Hucke
Illustrationen: Walter Moers
Druck und Bindung: CPI books GmbH, Leck
Printed in the EU
ISBN 978-3-328-10764-4
www.penguin-verlag.de
www.zamonien.de

Hildegunst von Mythenmetz

Nach Grün-land
NEPTUNS END
KLABAUTER-INSEL
ZAMONISCHE RIVIERA
ORNIEN
FINSTER-BERGE
Nach Urien
Florinth
GOLF VON FLORINTH
KLEINFING
TATZENINSEL
DIE ALTE STADT
FRIEDHOFSSÜMPFE
FINSTERWASSER
DULLSGARD
HOCHEBENE VON DULL
IRRLICHTER-BUCHT
SELSILLA
SELSILLENSUND
FÄNGGEFING
DAUM
WOTANSKERBE
FHERNHACHINGEN
FHERNHACHEN-SUND
WOTANS-MÜND
WANDERNDE TEUFELSFELSEN
Nach Nafklathu

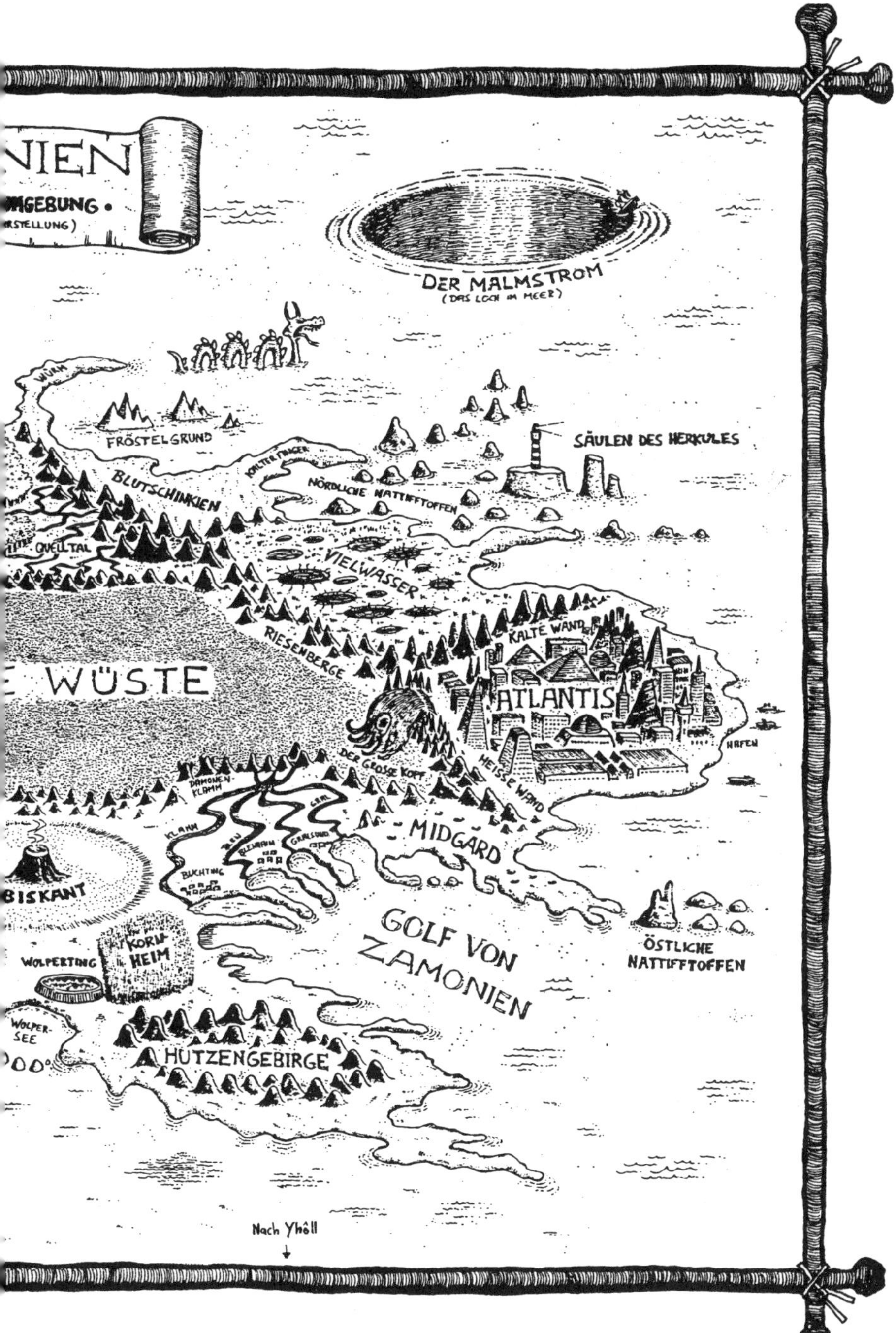
NIEN
DER MALMSTROM
(DAS LOCH IM MEER)
FRÖSTELGRUND
SÄULEN DES HERKULES
BLUTSCHINKIEN
NÖRDLICHE NATTIFFTOFFEN
QUELLTAL
VIELWASSER
RIESENBERGE
KALTE WAND
WÜSTE
ATLANTIS
HAFEN
DER GROSSE KOPF
HEISSE WAND
DÄMONEN-KLAMM
MIDGARD
BISKANT
GOLF VON ZAMONIEN
ÖSTLICHE NATTIFFTOFFEN
KORN-HEIM
WOLPERTING
WOLPER-SEE
HÜTZENGEBIRGE
Nach Yhôll

N
NW
NO
W
O
SW
SO
S
ORNIEN
DER GROSSE WALD
FINSTER-BERGE

WÜRM
FRÖSTELGRUND
ENBUCHT
BAUMING
BLUTSCHINKIEN
QUELLTAL

Kaum hatt' mein Leben ich begonnen,
Befand ich mich in einem finstren Wald,
Da ich vom rechten Wege abgekommen.

Wie quälend, zu beschreiben die Gestalt
Der hohen, wilden, bösen Waldeshallen,
Die, denk ich dran, erneu'n der Furcht Gewalt.

Zu nah war'n mir des Todes Krallen.
Des Guten wegen, das er mir erwies,
Bericht ich, was im Walde vorgefallen.

Hildegunst von Mythenmetz,
»Der Große Wald«, Erster Gesang

I.
Bauming

Wenn man in Zamonien das Bedürfnis nach vollkommener Harmonie hatte, dann machte man Ferien im Großen Wald. Ein Aufenthalt im Großen Wald garantierte Forstnatur in ihrer vielfältigsten Art, nur hier standen Nadel- und Laubbaum einträchtig beisammen, wucherten Zyklopeneichen neben Druidenbirken, streckten sich Hutzenlärchen neben florinthischen Rottannen, hausten Einhörnchen, Schuhu und Kassanderspecht. Dem dort lebenden Buntbärenvolk* beim Zelebrieren seiner tagtäglichen Eintracht beizuwohnen war nach dem gewöhnlichen zamonischen Chaos so erholsam, daß sich daraus ein ganzer Tourismuszweig entwickelt hatte.

Kurz nach Betreten des Großen Waldes aus östlicher Richtung (aus anderen Richtungen kam kaum jemand; im Norden begrenzte ihn das Meer, im Westen die Finsterberge und im Süden die Wüste) hatte man eines der Waldhüterhäuschen zu passieren, die an jedem der Zugangswege standen. Darin saß immer ein gelber, roter, grüner oder in irgendeiner anderen Farbe bepelzter Buntbär mit einer schmucken Waldhüterkappe auf dem Kopf und begrüßte den Besucher mit einem vielzähnigen Lächeln.

Die vielen Zähne sagten: »Sieh nur, ich bin dir freundlich gesinnt, denn ich lächle! Aber beachte bitte auch, wie viele gesunde, lange und scharfe Zähne ich habe, denn trotz meines freundlichen

*__Buntbären, die:__ Zamonische Sonderform aus der Familie landbewohnender Allesfresser mit dichter Fellbehaarung (Ursidae); kräftige, bis zu zwei Meter große Säugetiere mit Sprachbegabung. Das Einzigartige an den Buntbären ist ihre farbliche Individualität. Jeder Buntbär trägt ein farbiges Fell, aber keines ist von gleicher Färbung. Es gibt zum Beispiel zahlreiche rote Buntbären, aber jeder trägt eine eigene Variation der Farbe Rot: Ziegelrot, Kupferfarben, Zinnober-, Scharlach-, Mahagoni- oder Klatschmohnrot, Purpur, Karmesin, Bronzefarben, Rosa, Rubin oder Flamingorot. Es gibt Gelbabstufungen von Zitronengelb über Dottergelb bis Tieforange, man unterscheidet Strohgelb, Sonnengelb, Lichtgelb, Blond, Hellblond, Wasserstoffblond, Dunkelblond, Honiggelb, Bananengelb, Buttergelb, Goldgelb, Bernsteingelb, Schwefelgelb, Maisgelb, Blondgelb, Gelbblond, Kanariengelb, Quittengelb, Nattifftoffengelb, Zitronengrasgelb, Venedigergelb, Hellgelb, Dunkelgelb und natürlich Gelb. Die grünen unter den Buntbären unterscheiden sich in Fellvarianten von Smaragd und Oliv von Türkis und Jade, ➛

Lächelns: Ich bin immer noch ein Bär. Und ich bin ein Bär, der einiges mitgemacht hat in seinem Leben, denn unser Volk wurde vor langer Zeit verschleppt und versklavt, und wir Buntbären sind seitdem etwas empfindlich, wenn uns jemand zu nahe tritt. Also: Wenn du gekommen bist, um hier Ärger zu machen, dann wirf bitte noch einmal einen aufmerksamen Blick auf mein Gebiß und beachte bei dieser Gelegenheit auch meine wohlgeschärften Krallen. Ansonsten: Wenn du gekommen bist, um Ruhe, Zerstreuung und Eintracht zu finden - dann nur hereinspaziert!«

So sprachen die Zähne.

Der Waldhüter aber sagte seinen auswendig gelernten Spruch auf: »Willkommen im Buntbärenwald! Wildes Campieren, Phogarrenrauchen, Jagen, Verlassen der bezeichneten Wanderwege und offenes Feuer jeder Art verboten. Bitte entnehmen Sie dem Holzkasten unter meinem Fenster eine kostenlose Waldkarte. Gut Holz!«

War man ein Blutschink oder ein wilder Laubwolf und suchte Ärger oder hatte Lust auf eine Wirtshausschlägerei, dann sah man sich die Zähne des Buntbären nochmal genauer an und kehrte dann murrend um. War man aber in friedlicher Ferienlaune, dann zupfte man eine Karte aus dem Holzkasten, entfaltete sie und betrat, die informativen Zeichnungen studierend, den kühlen Wald.

Zunächst lernte man, daß die Buntbären für den von ihnen besiedelten Teil des Großen Waldes die Bezeichnung »Bauming« bevorzugten, wahrscheinlich weil das mehr nach einer zivilisierten Ge-

➛ von Reseda- und Spinatfarben. Es gibt gelbgrüne, blaugrüne, moosgrüne, fichtennadelgrüne, grasgrüne, seetanggrüne, meergrüne, seegrüne, flaschengrüne, schimmelgrüne, graugrüne, giftgrüne, palmblattgrüne, erbsen-, tannen- und efeugrüne Buntbären und noch einige andere tausend Spielarten von Grün. Die blauen Buntbären variieren in den wahrscheinlich zahlreichsten Abstufungen: Indigo, Azur, Saphir, Zyan, Kobalt, Ultramarin, Königsblau, Hellblau, Himmelblau, Unterwasserblau, Wellenblau, Quellenblau, Veilchenblau, Vergißmeinnichtblau, Kornblumenblau, Enzianblau, Lavendelblau, Türkisblau, Stahlblau, Pflaumenblau, Taubenblau, Nachtblau, Blaualgenblau, Augenblau, Blaubeerblau, Marineblau, Chinablau, Blauschwarz, Kobaltblau, Bleu, Blauviolett. Womit wir bei den Mischfarben wären. Es gibt natürlich zahllose Kombinationen dieser Farben, die wieder neue Kreuzfarben ergeben: Violett, Mauve, Heliotrop, Flieder, Malvenfarbig, Amethyst, Parmaviolett, Zimtfarben, Kakaobraun, Mennige, Chromorange, Lachsfarben, Apricot, Florinthkupfer, Blaßlila, Elfenbeinfarben, Perlweiß, ➛

meinde klang als nach einem düsteren Gehölz. Die Bauminger Gemeinde umfaßte zehn Walddörfer von unterschiedlicher Größe und Sehenswürdigkeit: Im Zentrum lag *Tannhausen,* wo die Forstverwaltung und das Bürgermeisteramt ihren Sitz hatten, eine kleine adrette und stets wohlgekehrte Stadt vorwiegend aus Fachwerkhäusern, in der sich zahlreiche Handwerksbetriebe und Gemischtwarengeschäfte befanden. Ein ständiges Hämmern, Sägen und Klopfen erfüllte tagsüber das Dorf, erzeugt von emsigen Bären, die sich als Schreiner, Blech- oder Kunstschmiede verdingten.
Die Touristen logierten lieber im benachbarten *Quellheim,* wo es die meisten Pensionen, Biergärten und mehr Ruhe gab. Hier sprudelten die unterirdischen Quellen von Bauming am zahlreichsten ins Freie. Die Stadt war von einer Vielzahl murmelnder Bäche durchädert, die man teilweise mit kleinen Korkbooten befahren konnte, auf Wunsch mit Kerzenbeleuchtung und jodelndem Fährmann.
War einem Quellheim zu touristisch oder zu idyllisch, konnte man sich im nördlich gelegenen *Waldläufers Rast* einquartieren, einer Waldkolonie aus primitiv gezimmerten Zelten, die nur mit Blättern gedeckt waren. Hier logierte der robustere Naturfreund, der die direkte Konfrontation mit der Natur bevorzugte. In Waldläufers Rast schlief man auf dem Waldboden, wusch sich im Bach und kochte am offenen Feuer. Man durfte auch nackt und singend durch den Wald laufen, ohne gleich verhaftet zu werden.

➛ Rauchgrau, Zinnoberrosa, Graubraun. Es gibt Buntbärenfelle in Diamantfarben: Aquamarin, Cyanit, Goldberyll, Zitrin, Euklas, Chrysoberyll, Chrysolith, Demantoid, Dioptas, Moldawit, Lapislazuli, Topas, Zirkon, Axinit, Hyazinth, Sphen, Spinell, Azurit, Malachit, Koralle, Karneol und Meerschaum. Und schließlich die Farben, die es ausschließlich in Zamonien gibt: Neol, Cyrom, Zamonit, Krelobim, Elfenweiß, Hutzengelb, Zant, Opalizam, Geistergrün, Chromolinth, Pherm, Voltigork, Melphin, Haluhazinth und Nachtigallerschwarz. Mischt man diese mit herkömmlichen Farben, entstehen die sogenannten zamonischen Doppelfarben: Neolgrün, Neolgelb, Neolrot, Cyromblau, Opaligrün, Phermgelb, Rotvoltigork und natürlich die sich daraus wiederum ergebenden Mischfarben – es gibt keine Farbe, die ein Buntbär nicht haben kann. (Prof. Dr. Abdul Nachtigaller, *Lexikon der erklärungsbedürftigen Wunder, Daseinsformen und Phänomene Zamoniens und Umgebung*)

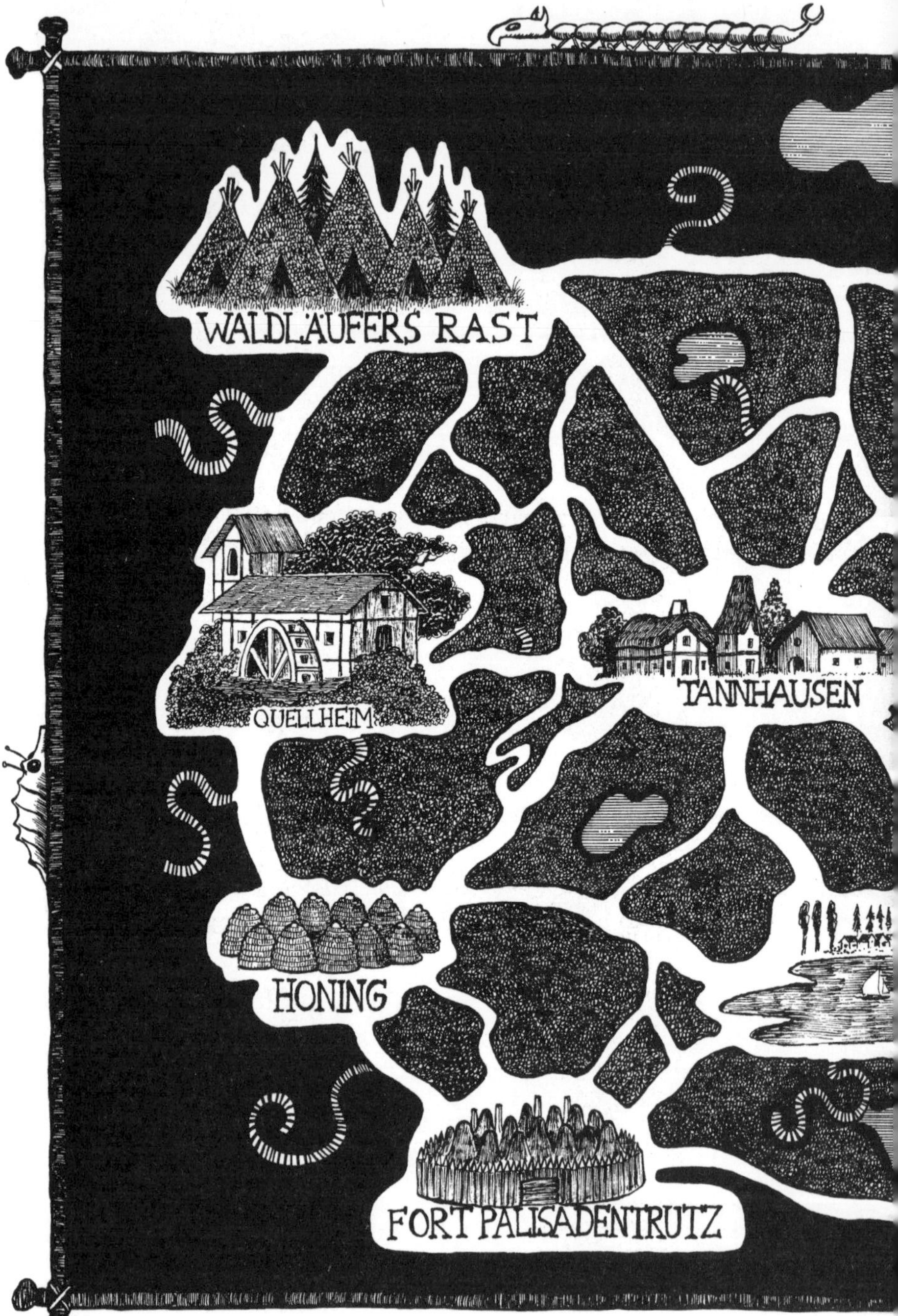
WALDLÄUFERS RAST
QUELLHEIM
TANNHAUSEN
HONING
FORT PALISADENTRUTZ

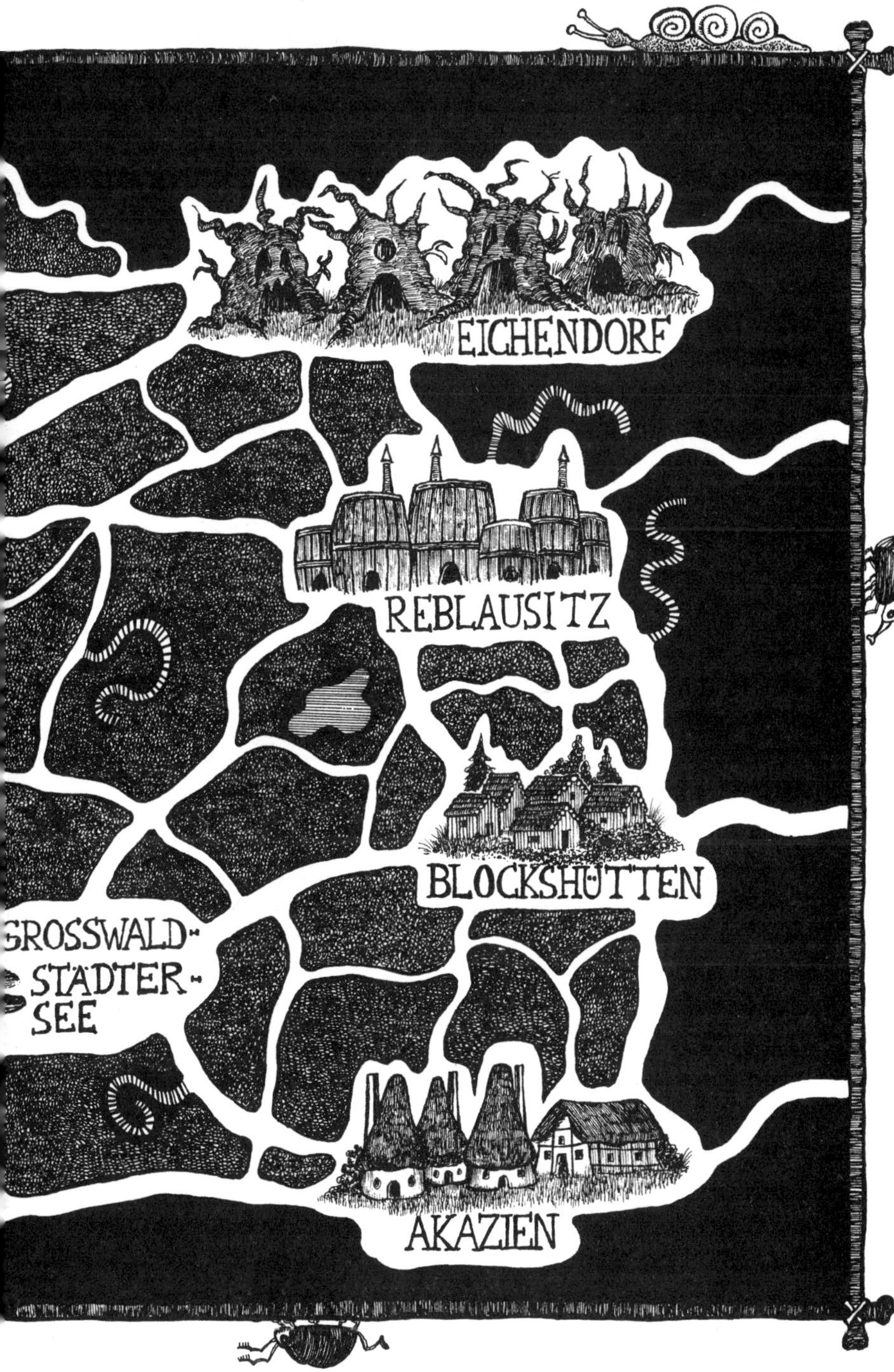
EICHENDORF
REBLAUSITZ
BLOCKSHÜTTEN
GROSSWALD-
STÄDTER-
SEE
AKAZIEN

Südlich von Quellheim lag *Honing*, die Imkerstadt. Hier hatten sich sämtliche Bienenzüchter Baumings versammelt, nicht zuletzt um das Herumschwirren von Stechbienen auf einen Ort zu konzentrieren. Honing durfte man nur in einem Schutzanzug betreten, den man sich in Tannhausen mieten konnte. Man konnte die Stadt schon einige hundert Meter entfernt hören, noch bevor die erste Behausung überhaupt zu sehen war: Das Gesumm der Millionen Insekten, die die Bienenkörbe der Imkereien bewohnten, war beeindruckend und ließ jeden Besucher die Verschlüsse seines Schutzanzuges ängstlich überprüfen.
Die meisten Touristen erledigten zügig ihre Geschäfte, kauften ein paar Gläser Honig, eine Flasche Met oder Kerzen aus Bienenwachs und machten sich wieder davon.
Von Honing aus kam man auf dem Weg zum *Großwaldstädter See* am *Fort Palisadentrutz* vorbei, der Heimat der Bauminger Waldwart, eine von angespitzten Holzstämmen bewehrte Festungsanlage, die von Touristen nicht betreten werden durfte und aus der zu jeder Tageszeit zackige Befehle und militärische Gesänge in den Wald schallten. Der Großwaldstädter See war besonders im Sommer einer der meistbesuchten Anziehungspunkte der Gemeinde, ein von unterirdischen Quellen gespeister Badesee mit Bootsverleih, mehreren Forellenräuchereien und einem legendären Pilzrestaurant.
Im von dort aus südöstlich gelegenen *Akazien* blieben die Buntbären gerne unter sich, es gab weder Pensionen noch Speisegaststätten, also ging man lieber gleich ins nördlicher gelegene *Blockshütten,* wo die Buntbären ihre Gemeinde ursprünglich gegründet und erste, noch sehr einfache Blockhäuser errichtet hatten, die heute als eine Art historische Bildungsstätte dienten. Gegen ein geringes Entgelt konnte man die Blockhütten betreten und bekam dann von den dort schauspielernden Buntbären eine Lektion in Bauminger Frühgeschichte: In rauhes Sackleinen gekleidet, saßen sie am primitiv gezimmerten Kamin, kochten Eichelsuppe und beklagten den harten Winter. Die Bärenkinder spielten tapfer mit nichts anderem als Tannennadeln und beteten die Bauminger Verfassung herunter. Dann trat ein Waldwächter auf, dramatisch

stürmte er zur Tür herein, sang die erste Strophe des Brandwächterliedes und verkündete das Herannahen des schrecklichen Finsterberggewitters. Die Bärenfamilie klammerte sich jammernd aneinander, und draußen hinter der Hütte wurden Donnerbleche geschüttelt.

Hatte man sich an Härte und Armut des Pionierlebens genügend delektiert, zog man weiter ins nördlichere *Reblausitz* und kehrte dort in eine der zahlreichen Blaubeerweinkeltereien ein, um sich einen tüchtigen Schoppen zu genehmigen. Reblausitz bestand vorwiegend aus riesigen ausgedienten Blaubeerweinfässern, in denen sich die ansässigen Winzer eingerichtet hatten, eine weitere touristische Sehenswürdigkeit von Bauming. Hier konnte man den leicht säuerlichen Wein kaufen sowie kitschig bemalte Tonkrüge in Faßform und extrem unpraktische Korkenzieher aus poliertem Wurzelholz.

Milde berauscht wanderte man dann ins nahe *Eichendorf*, die letzte Bauminger Attraktion auf solch einem Rundgang. Besonders eindrucksvoll war Eichendorf, wenn man es in der Dämmerung erreichte. Es bestand aus mehreren Dutzend toter Eichen, vermutlich Jahrtausende alt, die auf einer leichten Anhöhe dicht beieinander standen und den Eindruck einer Versammlung unheimlicher Holzgespenster machten, die gemeinsam ihr grausames Schicksal beklagten. In den ausgehöhlten Bäumen saßen nach Einbruch der Dämmerung Buntbären, die, für die Touristen unsichtbar, herzzerreißend jammerten und heulten und Laternen schwenkten. Das tanzende Licht und das Geheul, das aus den Astlöchern drang, machte besonders auf Kinder mächtigen Eindruck. Entsprechend begruselt machte man sich auf den Weg zurück zur Unterkunft nach Quellheim oder Waldläufers Rast.

Neben den zehn Dörfern waren auf der Karte alle befestigten Wege Baumings verzeichnet, die niemand verlassen durfte, der kein Buntbär war. Wurde man nur einen Meter neben dem Pfad erwischt, dann zeigten die patrouillierenden Wächter des Forstes dem Übeltäter ihr Lächeln und ihr Gebiß und begleiteten ihn freundlich, aber bestimmt auf den rechten Weg zurück.

Es gab ein dichtes, verzweigtes System von Straßen und Wegen im bewohnten Teil des Waldes, manche schmal und kurvenreich, für Entdeckungsfreudige angelegt, andere breit genug, um von Kutschen befahren zu werden. Sie waren großzügig und kunstvoll beschildert, mit Wegweisern, humorigen Ermahnungstafeln (»Rauchen verboten! Durchatmen erlaubt!«) und Reklameschildern (»Waldgasthof Lindenlaub - gegrillte Forellen - Ameisenfarm für Kinder«), und immer wohlgefegt.
Schließlich gab es noch die sogenannten *Holzwege*: schmale Pfade aus Holzplanken, fachmännisch in das Dickicht des Waldes gepflastert, letzte Vorstoßmöglichkeiten für den wagemutigeren Naturfreund, der dem Großen Wald so nah wie möglich auf die Rinde rücken wollte. Die Holzwege waren zumeist an Stellen des Gehölzes angelegt, wo Pflanzen seltene Wuchsgemeinschaften gegründet hatten oder besonders üppige Beerenbüsche zur Plünderung bereitstanden.
Je näher man aber der Grenze zum unbesiedelten Teil des Großen Waldes kam, desto schmaler und vereinzelter wurden die Wege, und schließlich gab es gar keine mehr, nur noch dunklen, wilden Urwald, umgeben von eindrucksvollen Verbotsschildern: »Weitergehen verboten! Lebensgefahr und gesundheitliche Dauerschäden drohen!« - »Halte ein, Wanderer, wenn Dir Dein Leben lieb ist!« - »Hinter diesem Schild lauert das Ungewisse - Kehre um!« und so weiter. Den unzivilisierten Teil des Waldes betrat sowieso niemand, nicht einmal die Buntbären, denn dort war damals die große Waldspinnenhexe* verbrannt worden, und es roch immer noch

***Waldspinnenhexe, die:** Die gemeine Waldspinnenhexe oder Hexenspinne (Tarantula valkyriä) gehört zur Familie der vierlungigen Großspinnen, wie etwa die Vogelspinne, wird aber entschieden größer, verfügt über bisher noch nicht genau erforschte Netzfangtechniken, weil noch kein Forscher, der ihr genügend nahegekommen ist, jemals zurückkehrte. Die Waldspinnenhexe wird den zamonischen Daseinsformen mit unfairen Lockmethoden zugerechnet, wie auch die *fleischfressende Auster*, die *Gourmetica Insularis* oder der giftige *Prinzenfrosch*. Die Hexenspinne ist gewöhnlich schwarz, dichtzottig rotbraun oder fuchsrot behaart, an den erweiterten, flachgedrückten Endgliedern der Beine und Palpen kupferrot befilzt und ist wegen ihrer schlechten Umgangsformen und ihrer hinterhältigen Natur bei anderen Lebewesen wenig geschätzt, außer bei der ➤

nach ihrem giftigen Sekret, das einen (angeblich) in den Wahnsinn treiben konnte.

Da durch das Wachhäuschenpersonal geistig instabile oder moralisch zweifelhafte Personen ausgefiltert wurden und sich außer den Buntbären sonst niemand in Bauming herumtrieb, kam keiner auf die Idee, die schönen Wanderwege zu verlassen und sein Leben, seine Gesundheit oder seinen Verstand beim Erkunden des inneren Kreises des Großen Waldes aufs Spiel zu setzen.

Ansonsten waren auf der Karte sämtliche Gasthäuser, Dampfbiergärten und Herbergen von Bauming verzeichnet. Sie trugen alle Namen, die größtmögliche Harmonie, Ruhe und Einklang mit der Natur signalisieren sollten: »Zum Verstopften Waldhorn«, »Einsiedelruh«, »Gasthaus Forstfrieden« oder »Beim Tannenfreund«. Die Karte verzeichnete weiterhin Laufwege für den sportlichen Wanderer, offizielle Pilzsammelplätze und die von Waldhütern organisierten öffentlichen Lagerfeuer, wo unter strenger Aufsicht Würstchen am Stock ins Feuer gehalten werden durften (Würstchen und vorgeschnitzte Stöcke gab es in den Gasthäusern zu kaufen, Stöckeabbrechen und Würstchenmitbringen war im Großen Wald untersagt).

Bei Einbruch der Nacht scheuchten die Wächter die Touristen höflich von den Wegen und zurück in die Gasthöfe, wo man bei einem Glas Honiggrog, Dampfbier oder Blaubeerwein auf der Veranda sitzen und den Geräuschen des Waldes zuhören konnte.

Nur im Großen Wald hatte man die Gelegenheit, den hysterischen Balzschreien des Getupften Keckerlings oder den Duetten des

➣ Tarantelzecke, einem Parasiten, der in ihrer Befellung haust. Ihr Biß kann (jenach Körpergröße des Opfers) harmlos, gesundheitsschädlich oder absolut tödlich sein. Ein ausgewachsener Bollogg z.B. wird ihren Biß kaum spüren, bei einer etwa sechzig Meter langen Wasserschnecke kann er aber schon eine mehrwöchige Entzündung im Bißbereich verursachen, mit einhergehenden Schwindel- und Asthma-Anfällen. Bei Lebewesen unter 15 Metern Körpergröße wirkt der Biß nicht nur tödlich, sondern führt unweigerlich zur völligen Auflösung des Opfers in eine roheiweißähnliche, zähe, leicht verdauliche Flüssigkeit, die die Hexenspinne dann mit ihren Sauglefzen schlürfen kann. Sie wird bis zu acht Meter groß, hat je nach Lebensalter vier bis acht Beine (mit vier Beinen wird sie geboren, dann kommt alle hundert Jahre ein Bein hinzu), zwölf Augen, ➣

Doppelköpfigen Wollhühnchens zu lauschen. Nur hier morsten die Klopfzeichen des geheimnisumwitterten Kassanderspechts durch die Dämmerung, die angeblich verschlüsselt die Zukunft voraussagten (niemand konnte sie bisher enträtseln, aber viele Freizeit-Ornithologen arbeiteten daran). Ausschließlich in der Bauminger Dämmerung konnte man das rhythmische Knirschen vernehmen, das Erdgnömchen im Waldboden verursachten, wenn sie sich zwischen Birkenwurzeln paarten. Nur sanften Schrecken verursachten die Buhrufe des Dreiäugigen Schuhus.
Einhörnchen weinten aus Liebeskummer in der Nacht (weibliche Einhörnchen sind notorische Fremdgänger), Mooszikaden geigten ein Ständchen, Nachtigallen flöteten aparte Melodien. Und fünfhundertmal rief der Zamonische Glückskuckuck, um jedem ein langes Leben zu verheißen.
Wenn der Wind richtig stand und man ein sehr feines Gehör hatte, konnte man ganz tief im Inneren des Gehölzes die Sternenstauner stöhnen hören, die kein Tourist jemals zu sehen bekommen hatte, weil sie, wie die Buntbären geheimnisvoll raunten, im Waldboden des verbotenen Zentrums festgewachsen waren.
Zeigten sich die Waldgäste endlich schläfrig vom Wandern, vom Wein und der hypnotischen Musik des Forstes, dann wurden die Fackeln und Sturmlichter gelöscht, um weitere Insekten vor dem Verbrennungstod zu bewahren. Ein Waldhorn blies sanft zum Zapfenstreich, und schließlich ging man zu Bett und träumte vom Laub, das von den Bäumen fiel.

➛ vier schnabelähnliche Mäuler und trägt im oberen Kopfbereich eine trichterförmig spitz zulaufende Hornschicht, die entfernt an einen Hexenhut erinnert und ihr den Namen gegeben hat. Vermutlich dient das Horn dazu, ihre Opfer aufzuspießen, um sie zu ihrem Vorratsnetz zu transportieren. Die Waldspinnenhexe kann ein klebriges Sekret absondern, welches Wahnvorstellungen wunschtraumhafter Art erweckt, d.h., die Halluzinationen, die es hervorruft, gaukeln dem Opfer vor, was es sich am sehnlichsten wünscht. Mit diesem Sekret überzieht die Hexenspinne ihre Fangnetze. Da sich die Waldspinnenhexe in keinerlei Evolutionsschema einordnen läßt, nimmt man an, daß sie entweder durch Kometeneinfall oder ein Dimensionsloch nach Zamonien gelangt ist. (Prof. Dr. Abdul Nachtigaller, *Lexikon der erklärungsbedürftigen Wunder, Daseinsformen und Phänomene Zamoniens und Umgebung*)

Tagsüber konnten die harmoniebegierigen Touristen an den gesellschaftlichen Aktivitäten der Buntbären teilnehmen. Morgens um sechs wurden sie mit Waldhörnern aus dem Schlaf geblasen, dann gab es Blaubeerpfannkuchen mit Ahornsirup oder Waldblütenhonig und frischen Eichelkaffee, in den besseren Gasthäusern serviert von dressierten Backenhörnchen. Anschließend erkundete man das Gehölz und seine vorbildliche Gemeinde.

Vor ihren schmucken, in vielen Farben gestrichenen Blockhäusern betrieben die Buntbären mit ihren Kindern Frühgymnastik, rotuniformierte Briefträger auf Einrädern verteilten die Post, kleine Buntbärjungs verkauften krakeelend die Tageszeitung, den *Bauminger Forstfreund*.

Einheimische standen hier und da zusammen und diskutierten lokale Ereignisse (»Soll die von Borkenmaden befallene Bauminger Blutbuche endlich gefällt werden oder nicht?«) oder zamonische Politik. Bienenstöcke wurden gelüftet und Forellen in den Rauch gehängt. Die Vielfarbigkeit der Buntbärenfelle gab der ganzen Szenerie einen malerischen Anstrich, den keine andere Gemeinde Zamoniens zu bieten hatte. Es war wie ein lebendiges Sinnbild der Harmonie vor dem beruhigenden Hintergrund des grünen Waldes. In Sechserformationen marschierten die Brandwächter durch den Forst, in der Rechten einen Eimer, in der Linken einen feuchten Lappen und das Brandwächterlied auf den Lippen:

»Knistern ist uns nicht geheuer
Denn wo's knistert, qualmt oft Feuer
Prasseln auch läßt uns nicht kalt
Denn wo's prasselt, brennt der Wald

Ja, die Brandwächter, die sind wir
Nur zum Löschen sind wir hier
Feuer mit Wasser, Durst mit Bier ...«

Buntbären in weißen Kitteln markierten Baumdoktoren und horchten wichtigtuerisch mit überdimensionalen Stethoskopen an Rinden und Astlöchern. Hier und da amputierten sie unter viel Brimborium mit Scheren und Sägen einen von Läusen befallenen Ast oder umwickelten von Spechten geklopfte Baumwunden mit Mullbinden, getränkt in essigsaurer Tonerde.
Laub wurde zu exakt gleich hohen Komposthügeln geschichtet, Ameisenstraßen kanalisiert und verkehrsberuhigt, und ständig wedelten Trupps von Waldfegern mit Reisigbesen die Tannennadeln von den Wegen, natürlich unter Absingen ihres Waldfegerliedes:

»Wir kehren und fegen,
auf all unsren Wegen,
hinweg mit den Nadeln,
denn Nadeln sind zu tadeln« - und so fort.

Fliegende Händler offerierten an den meisten Weggabelungen heiße Maronen und kühle Waldmeisterlimonade als Wanderproviant. Der Große Wald war in seinem touristisch erschlossenen Bereich der mit Abstand bestorganisierte von ganz Zamonien.
Man konnte die Buntbärenschule besuchen (Anmeldung erwünscht, Gruppen bevorzugt) und von den hinteren Bänken aus den putzigen kleinen Buntbärchen beim Absingen von Waldverherrlichungsliedern oder dem Herunterbeten von Absätzen aus Professor Doktor Nachtigallers *Lexikon der erklärungsbedürftigen Wunder, Daseinsformen und Phänomene Zamoniens und Umgebung* zuhören. Freundliche, aber Autorität verströmende Lehrkräfte erläuterten die Gesetze der Photosynthese und des Chlorophyllkreislaufs.
Die Touristen durften an Schnupperkursen im Bienenzüchten und Giftpilzerkennen oder an öffentlichen Vorlesungen der Buntbärenverfassung (»Alle Buntbären sind ungleich«), Beerenkundeseminaren und freiwilligen Feuerwehrübungen teilnehmen.
Es gab mächtig viel zu unternehmen im Buntbärenwald. Väter angelten in dafür vorgesehenen Teichen nach gezüchteten Regen-

bogenforellen, während die Mütter mit kleinen dressierten Ferkeln nach Trüffeln suchten. In den Imkereien konnte man beim Honigfiltern zusehen und probeschmecken. Die kleineren Feriengäste durften mit Eimerchen an den Rändern der Wanderwege nach Himbeeren und anderen Waldfrüchten fahnden.

Dieser vorbildlichen Touristenkinderbeschäftigung gingen zumindest Ensel und Krete von Hachen nach, ein Geschwisterpärchen aus Fhernhachingen, das mit seinen Eltern schon seit zwei Wochen im Großen Wald logierte.

Sie hatten sich weit vorgewagt und befanden sich gerade auf einem der Holzwege, an deren Säumen besonders fruchtreiche Beerensträuche wucherten.

»Hier ist eine Himbeere«, rief Krete und zupfte die überreife Frucht vom Stengel.

»Ich kann keine Himbeeren mehr sehen«, stöhnte Ensel und warf seinen Eimer auf den Boden.

Krete erschrak. Fhernhachen* waren eine friedliebende, von extremer, ja fast fanatischer Sanftheit geprägte Daseinsform. Gefühlsausbrüche dieser Art gab es unter Fhernhachen äußerst selten.

»Jeden Tag Himbeeren suchen!« schimpfte Ensel. »Jeden Abend Himbeerpfannkuchen! Sie behandeln uns wie kleine Kinder.« Er trat gegen seinen Sammeleimer, daß die Beeren nur so durch die Luft flogen.

»Aber wir *sind* kleine Kinder!« widersprach Krete und bückte sich, um die Früchte wieder aufzusammeln. »Wir sind achteinviertel.« Ensel und Krete waren Zwillinge.

»Und wenn schon! Ich möchte mal *richtig* in den Wald, nicht nur auf den doofen Wegen rumschleichen. Ich will mal eine Höhle finden. Ich will auf einen Baum klettern.«

»Dann holt dich die böse Hexe!« mahnte Krete mit erhobenem Zeigefinger. Sie warf die aufgesammelten Beeren in ihren Eimer, was Ensel in seiner Erregung entging.

»Ach was Hexe! Die Hexe ist tot. Außerdem war es keine Hexe, sondern eine Riesenspinne, die wegen ihrer Kopfform Waldspinnenhexe genannt wurde.« Ensel war zwar erst achteinviertel, aber er kannte jede Gruselgeschichte von Zamonien.

»Mit Bäumen treibt man keinen Scherz - Auch die Birke spürt den Schmerz«, zitierte Krete die Bauminger Verfassung.

Ensel stöhnte. Die Parkwächter hatten es mit ihrer täglichen Gehirnwäsche beinahe geschafft, seine Schwester in eine fanatische kleine Buntbärin zu verwandeln. Es war an der Zeit, ein Zeichen zu setzen. Ensel kniff die Augen zu schmalen Schlitzen zusammen, um auf seine Schwester den Eindruck der Unberechenbarkeit zu machen.

*__Fhernhachen, die__: Halbzwergsorte aus dem südwestlichen Zamonien (Fhernhachingen), auch Schmeichkerlchen genannt. Sie besiedeln die dortige Gegend mit meist monokulturellen Bauernhöfen und widmen sich vorwiegend dem Ackerbau und der Wolpertingeraufzucht. Fhernhachen sind von ausgesprochen harmonieorientiertem Charakter und neigen zu Sentimentalität und Optimismus. Sie lächeln so gerne und breit, daß sich bei ihnen dadurch eine einzigartige Variation von Physiognomie, die sogenannten Fhernhachenbäckchen, gebildet hat. (Prof. Dr. Abdul Nachtigaller, *Lexikon der erklärungsbedürftigen Wunder, Daseinsformen und Phänomene Zamoniens und Umgebung*)

»Ich sag dir was«, flüsterte er mit jenem verschwörerischen Ton in der Stimme, den er immer anschlug, wenn er Krete in eine seiner Geschichten mit ungewissem Ausgang verwickeln wollte. »Wir gehen in den Wald, bis uns niemand mehr sieht. Und da klettere ich auf einen Baum. Nur einmal.«

»Das ist verboten.«

»Eben! Das ist ja der *Spaß* dabei.« Ensel lachte rebellisch.

Krete steckte sich ihren kleinen Finger in den Mund. Das tat sie immer, wenn sie darüber nachdachte, ob sie den Einflüsterungen ihres Bruders folgen sollte oder nicht.

»Aber was ist, wenn wir uns verlaufen?«

Ensel setzte eine überlegene Miene auf, eine Mischung aus Mitleid über die Ahnungslosigkeit seiner Schwester, Kaltblütigkeit und organisatorischem Weitblick. »Darüber habe ich nachgedacht. Wir verlaufen uns nicht. Wir haben die Himbeeren.«

»Die Himbeeren?«

Ensel lächelte. »Wir streuen die Himbeeren hinter uns aus. Alle paar Schritte eine. Und wenn wir zurückkommen, sammeln wir sie wieder auf. Alter Trolljägertrick.«

»Hm«, sagte Krete und nahm den Finger wieder aus dem Mund.

Ensel warf die erste Beere ins Laub.

»Hier beginnt das Abenteuer!« rief er feierlich. »Wir lassen die Zivilisation hinter uns und erkunden als erste Fhernhachen den Großen Wald.«

Krete wurde es durch Ensels großspurige Ankündigung noch mulmiger.

»Aber nicht weit!«

»Nur so weit, bis ich eine Eiche gefunden habe, die würdig ist, von mir erstbeklettert zu werden.« Ensel marschierte voran und warf bei jedem vierten, fünften Schritt eine Himbeere hinter sich, während Krete ängstlich zurückblickte und nach Waldwächtern Ausschau hielt. So verschwanden die beiden im immer dichter werdenden Gehölz.

Einen Augenblick lang war Ruhe über der Lichtung. Dann knisterte es im Waldboden, vertrocknetes Laub flog auf, Erdkrumen platzten, und direkt neben der Himbeere wühlte sich ein Erdgnömchen aus dem Boden. Es trug ein dunkles maulwurfähnliches Fell, und sein Kopf hatte die erdgnömchentypische Bohrgewindeform. Strahlend vor Entdeckerstolz begutachtete es die saftstrotzende Waldfrucht. Dann erspähte es die nächste Beere, ein paar Meter weiter. Eine dritte, noch etwas weiter. Es warf die Hände zum Himmel und tanzte einen kurzen Erdgnömchentanz, wobei es rhythmisch brummte.

Dies war der größte Fund vorgepflückter Himbeeren in der Geschichte seines Stammes. Ja, das könnte seine Bestrebungen, zum stellvertretenden Stammesvorsitzenden gewählt zu werden, mächtig voranbringen.

Das Erdgnömchen legte seine Wühlklauen auf die Beere und schloß für einen Moment der Besinnung die Augen. Sie würden ihn »Häuptling Viele Himbeeren« nennen. Das Gnömchen seufzte dankbar. Dann hob es die erste Beere auf und verschwand damit in seinem Tunnel, um seine Artgenossen darüber zu unterrichten, daß dort, wo diese köstliche Süßfrucht herkam, noch viel mehr davon waren.

Es dauerte ungefähr hundert Himbeeren, bis die beiden eine Eiche gefunden hatten, die Ensel der Bekletterung würdig erschien. Krete wartete unten, die fast leeren Eimerchen in beiden Händen.
Zunächst stellte Ensel fest, daß das Schwierigste an einer Eichenbesteigung der Anfang ist. Das Problem lag im unteren Bereich des Baumes, wo die Eiche enttäuschend glatt und astlos war und kaum Halt bot.
Weiter oben, wo Ensel gerne gewesen wäre, rankte ein natürlich gewachsenes Klettergerüst der Spitzenklasse, mit Hunderten von ineinander verwucherten Ästen, Griffmöglichkeiten, Ranken und Rindenwülsten. Ensel konnte große Astlöcher erkennen, hinter denen sich offensichtlich geräumige Baumhöhlen befanden - welche womöglich mit verschollenen Goldschätzen gefüllt waren! Er konnte sich mühelos eine von Dublonen und Perlenketten berstende Holzkammer vorstellen, in der womöglich auch noch ein schauriges Ganovengerippe saß, einen goldenen Säbel in den gebleichten Fingerknochen und eine Made in der linken Augenhöhle. Ensel keuchte vor Einbildungskraft.
Aber zunächst gelang es ihm nur, auf eine Erdwurzel zu steigen, die sich vielleicht einen Meter hoch aus dem Waldboden wölbte.
»Na?« fragte Krete. »Was ist?«
»Ich suche noch nach der besten Route zur Besteigung. Die Eiche ist das Hochgebirge unter den Bäumen.«
Krete fing bereits an, sich zu langweilen. Das Innere des Waldes hatte sich als weniger märchenhaft erwiesen, als sie es sich vorgestellt hatte. Es gab keine Einhörner, die an Flußbiegungen zur Tränke gingen, keine verwunschenen Schlösser aus Glas, nicht mal eine Riesenbohnenranke, die in die Wolken ragte. Ja, da waren kleine fliegende Elfenwespen, aber die schwirrten im Hochsommer auch in Fhernhachingen herum. Es gab hier wesentlich mehr Bäume als im äußeren Kreis des Waldes, das war alles. Es war einer von diesen typischen Ferientagen: Der Spätsommer bäumte sich noch einmal mit aller Kraft gegen den nahenden Herbst, die Sonne brannte viel zu heiß, die Mücken schwirrten,

man hatte Durst und wartete auf ein Wunder, das nicht geschah. Ensel klebte inzwischen in ungefähr anderthalb Metern Höhe am Baumstamm. Er hatte ein paar Vorsprünge in der Rinde genutzt, um dorthin zu gelangen, die Arme und Beine bis zum Zerreißen gestreckt. Sein Keuchen und Ächzen verstärkte den Eindruck, daß er von unsichtbaren Kräften gevierteilt wurde. Der Ast, den er eigentlich erreichen wollte, war noch gut einen Meter von ihm entfernt. Er kam weder vorwärts noch zurück.

»Hmpf!« machte Ensel.

Ein Korallensalamander erwachte in seiner Behausung unter der vertrockneten Baumrinde, geweckt durch die Ruhestörung. Der Salamander steckte seinen Kopf ins Freie, wurde vom Sonnenlicht geblendet und schlüpfte in Ensels Ärmel, den er, halbblind und schlaftrunken, für ein Astloch hielt.

Ensel schrie vor Entsetzen, als er das schleimige Etwas unter seiner Achselhöhle spürte. Er ließ die Eiche los, fiel auf den weichen Waldboden, sprang sofort wieder auf und tanzte schreiend durch die Gegend, sehr zu Kretes Verblüffung. Der Salamander flitzte zum Hemdkragen heraus, plumpste ins Laub und tauchte darin ein wie in tiefe See.

Krete sah ihren Bruder neugierig an: »Was war das denn?«

Ensel stand schwer atmend vor der Eiche.

»Das war gar nichts«, keuchte er. »Wir gehen zurück.«

»Wo sind die Himbeeren?« fragte Krete.

Nachdem sie eine halbe Stunde lang die Lichtung vergeblich nach den Beeren abgesucht hatten, setzten sich Ensel und Krete ins Gras.

»Und was machen wir jetzt?« fragte Krete.

»Halb so wild«, winkte Ensel ab. »Wir sind ja nicht weit gegangen. Wir gehen da lang, wo wir hergekommen sind. Da vorne lang. Und dann immer geradeaus.«

»Aber wir sind von da gekommen.« Krete zeigte in die entgegengesetzte Richtung.

»Gar nicht!«

»Wohl!«

»Gar nicht!«

»Wohl!«

»Gar nicht!«

»Wohl!«

Sie schwiegen eine Weile, wie immer nach ihren erschöpfenden Diskussionen.

»Wir gehen da lang. Da ist Norden«, sagte Ensel schließlich und zeigte in den Wald hinein. In den Abenteuergeschichten des Prinzen Kaltbluth[*], die er so gerne las, ging man in Konfliktsituationen immer nach Norden.

»Woher weißt du, daß da Norden ist?«

»Vom Stand der Sonne.«

Ensel und Krete rafften sich auf und marschierten in die Richtung, die Ensel zum Norden erklärt hatte. Es war jetzt genau Mittag, denn die Sonne stand im Zenit über dem Großen Wald.

Kühlschattige Waldeinsamkeit umfing die beiden, als

*__Prinz-Kaltbluth-Romane, die:__ Beklagenswertes Phänomen der zamonischen Literatur, geschrieben von Graf Zamoniak Klanthu zu Kainomaz (alias Per Pemmpf). Wenngleich in monströser Zahl verlegt und gelesen, sprechen die Prinz-Kaltbluth-Romane nur die niedrigsten Bedürfnisse an, als da sind: Romantik, Spannungssucht und wirklichkeitsfremder Eskapismus. (Prof. Dr. Abdul Nachtigaller: *Lexikon der erklärungsbedürftigen Wunder, Daseinsformen und Phänomene Zamoniens und Umgebung*) sie durch die hohen Baumhallen schritten. Jeder Tritt war ein Ächzen, jedes Atmen ein Seufzer, der Wald schien sämtliche Geräusche auf geheimnisvolle Weise bedeutsamer zu machen. Ein endloser Flickenteppich aus grünem, braunem und gelblichem Laub erstreckte sich unter ihnen in jede Himmelsrichtung. Alles war in einen unwirklichen rotbraunen Glanz getaucht, der vom Widerschein des Lichtes auf den Baumrinden herrührte. Vieläugig starrte der Wald die Kinder aus seinen Astlöchern an. Ensel kam es vor, als habe er ohne Erlaubnis den Palast eines Zauberers betreten, in dem das Mobiliar belebt war und ihn heimlich beobachtete.

Nachdem er seine Schwester kurz von der Seite gemustert hatte, beschloß er, seine Empfindungen für sich zu behalten. Ihr Kopf zuckte bei jedem Knacken im Wald hin und her wie der eines jungen nervösen Vögelchens. Ensel fand, daß die meisten Bäume gleich aussahen. Außer Tannen, Birken und Eichen, die konnte er von anderen Bäumen unterscheiden, aber wenn alle Bäume Tannen waren, wie es nun seit einiger Zeit der Fall war, kam es wieder aufs gleiche raus. Er hatte kein Beil oder Messer, um die eine oder andere Borke zu markieren, und er konnte soviel mit einem Ast auf eine Tanne eindreschen, wie er wollte, die Lektion war immer die gleiche: Man kann einen Baum nicht mit einem Baum kennzeichnen. Daß man Markierungen zu hinterlassen hatte, wenn man durch die Wildnis wanderte, wußte er aus der Lektüre seiner Prinz-Kaltbluth-Bücher. Also nahm er sich kleinere Pflanzen vor.

Schon mehrmals waren die beiden an Plätzen vorbeigekommen, die ihnen bekannt vorkamen: Farne, die Ensel geknickt, oder Brennnesselgebüsche, die er zur Kennzeichnung zertrampelt hatte. Gelegentlich hatten sie den Gesang von Brandwächtern gehört und dann ihre Marschrichtung geändert. Aber sie hatten sich nicht

getraut, um Hilfe zu rufen, weil sie befürchteten, mitsamt ihren Eltern aus dem Wald geworfen zu werden.

Sie wollten sich heimlich wieder auf einen Weg schleichen und so tun, als ob nichts geschehen wäre. Jetzt waren sie gut zwei Stunden unterwegs, und den Gesang der Wächter hatten sie auch seit längerer Zeit nicht mehr vernommen.

Sie betraten eine Lichtung, auf der ein umgestürzter Baumriese lag. Er war hohl und schwarz verkohlt, als sei er vom Blitz getroffen worden und ausgebrannt, wahrscheinlich schon vor sehr vielen Jahren, denn er war von Schwamm und Pilzen bewachsen und tief in den Erdboden eingesunken. Sein Aussehen befeuerte erneut

Ensels Phantasie. Die größere Öffnung des Stammes sah aus wie ein gähnender Schlund, aus dem eine dicke grüne Mooszunge hing, ein Astloch wirkte wie eine skelettierte Augenhöhle, und der einzige übriggebliebene Ast krümmte sich verzweifelt in die Höhe, der Kralle eines toten Vogels ähnlich.
Ensel wußte aus der Bauminger Forstschule, daß die Buntbären im bewohnten Bereich des Großen Waldes keine umgestürzten Bäume duldeten, weil sich darin gefährliche Kolonien von Wildhornissen bilden konnten. Der gefällte Baum bedeutete, daß sich Ensel und Krete nicht mehr im zivilisierten Teil des Waldes befanden. Ensel und Krete hatten sich im Großen Wald verlaufen.

Nun, bis zu dieser Stelle wird Ihnen dieses zamonische Märchen bekannt vorgekommen sein, nicht wahr? Oder zumindest das gleichnamige Kinderlied: *Ensel und Krete, die gingen in den Wald* ... Nur die leicht modernisierte Fassung, die Sache mit dem Buntbärwald, hat Sie bei der Stange gehalten, stimmt's? Tja, das war ein kleiner professioneller Trick, um Sie dazu zu veranlassen, bis hierhin durchzuhalten - wenn Sie diesen Satz lesen, sind Sie darauf reingefallen. Darf ich mich zunächst vorstellen?
Mein Name ist Hildegunst von Mythenmetz, und er dürfte Ihnen wohl zur Genüge bekannt sein. Wahrscheinlich haben Sie in der Zamonischen Elementarschule meine *Finsterbergmade* auswendig aufsagen müssen, bis Ihnen die Mandeln gebrannt haben. Das ist der Nachteil davon, wenn man als Schriftsteller einer Daseinsform angehört, die mit etwas Glück tausend Jahre alt werden kann: Man muß selber miterleben, wie man zum Klassiker wird. So ähnlich stelle ich es mir vor, bei lebendigem Leib von Würmern aufgefressen zu werden. Aber es geht hier nicht um die Befindlichkeiten eines Erfolgsschriftstellers.
Worum geht es dann? Es geht um Großes, natürlich: Sie, der Leser, dürfen Augenzeuge einer Sternstunde der zamonischen Literatur sein. Sie haben es vielleicht noch nicht bemerkt, aber Sie sind schon mittendrin in einer von mir entwickelten und vollkommen neuartigen schriftstellerischen Technik, die ich die *Mythenmetzsche Abschweifung* nennen möchte.
Diese Technik ermöglicht es dem Autor, an beliebigen Stellen seines Werkes einzugreifen, um, je nach Laune, zu kommentieren, zu belehren, zu lamentieren, kurzum: abzuschweifen. Ich weiß, daß Ihnen das jetzt nicht gefällt, aber es geht nicht darum, was *Ihnen* gefällt. Es geht darum, was *mir* gefällt.
Wissen Sie eigentlich, wie mühselig es für einen Schriftsteller ist, den gleichmäßigen Fluß seiner Erzählung aufrechtzuerhalten? Natürlich nicht, woher sollten Sie als bloßer Konsument das auch wissen? Für Sie ist der anstrengende Teil mit dem Gang in die Buchhandlung beendet, jetzt haben Sie sich mit einer Tasse heißer Honigmilch in Ihren Lieblingssessel gelümmelt, tauchen ein in den Strom

der von Meisterhand verwobenen Worte und Sätze und lassen sich von ihm von Kapitel zu Kapitel tragen. Aber vielleicht können Sie wenigstens einmal versuchen, sich vorzustellen, wie sehr dem Autor manchmal seine Charaktere, der Ereigniszwang, die Dialogroutine und die Beschreibungspflicht auf die Nerven gehen? Wie peinigend es für ihn ist, ständig in feingedrechselten Stanzen oder makelloser Prosa zu formulieren? Wie er sich dann danach sehnt, einmal den Spannungsbogen zu entdehnen, auf die erzählerische Kohärenz und künstlerische Formgebung zu pfeifen und einfach nur ein bißchen zu *plaudern*?

Worüber? Na, wonach ihm eben gerade ist – was geht Sie das an? Schreibe ich Ihnen vielleicht vor, worüber Sie in Ihrer Freizeit zu plaudern haben? Mit der Mythenmetzschen Abschweifung wird dem zamonischen Schriftsteller endlich die Freiheit gegeben, die allgemein für selbstverständlich gehalten wird – zu reden, wie einem der Schnabel gewachsen ist. Ohne darüber nachzudenken, was irgendein mißgünstiger Schnösel von Literaturkritiker davon halten könnte. Ohne darauf zu spekulieren, dafür den Gralsunder Silbenpokal verliehen zu bekommen. Worüber? Wie wäre es zum Beispiel mit dem Wetter? Oder mit den Problemen, die ich gelegentlich mit meiner Gallenblase habe? Oder wie wäre es damit, wenn ich Ihnen einmal das mir Naheliegendste beschreibe, meinen Arbeitsplatz? Ist das nicht hochinteressant: Der berühmte Dichter öffnet sein Allerheiligstes, seine vielfach verriegelte Schreibklause, und bittet den Leser hinein, damit der ausgiebig darin herumschnüffeln kann. Ja, hereinspaziert, bitteschön, da wäre zunächst mein Arbeitstisch: fünf Quadratmeter seltenstes Nurnenwaldholz, blankpoliert und blaugefaßt, mit Tintenspritzern und spontanen Gedichtzeilen übersät, auf vier soliden rundgedrechselten Beinen direkt unter einem dreigeteilten großen Fenster stehend. Der Blick geht hinaus auf meinen prächtigen, ungezähmten Garten, in dem sich die zamonische Kleinflora dramatische Existenzkämpfe liefert, die der Befruchtung meiner Einbildungskraft nicht unzuträglich sind. Im Moment kann ich davon nur das Wenige erkennen, was vom Glimmen vereinzelter Glühwürmchen erleuchtet wird, denn es ist eine fast mondlose

Nacht. Brennende Kerzen tauchen mein Arbeitszimmer in warmes, leicht wogendes Licht, meine Lieblingsform der Beleuchtung, erzeugt von sieben Talgstumpen in einem silbernen Leuchter aus einer Gralsunder Metallmanufaktur, den ich auf einem Flohmarkt von einem feilschsüchtigen Midgardzwerg erstanden habe. In die sieben Arme des Leuchters sind in Altzamonisch die sieben Grundtugenden des Dichters eingeprägt:

1. Furcht
Die Furcht ist außer der Schwerkraft die mächtigste Kraft im Universum. Die Schwerkraft setzt den toten Gegenstand in Bewegung, die Furcht das lebende Wesen. Nur der Furchtsame ist zu Großem befähigt, der Furchtlose kennt keinen Antrieb und verliert sich im Müßiggang.

2. Mut
Das scheint der ersten Grundtugend zu widersprechen, aber man braucht Mut, um die Furcht zu überwinden. Man braucht Mut, um den Fährnissen der literarischen Unternehmung standzuhalten, als da sind: Schreibhemmung, unsensible Lektoren, zahlungsunwillige Verleger, gehässige Kritiker, niedrige Verkaufszahlen, ausbleibende Preise usw.

3. Vorstellungskraft
Es gibt genügend zamonische Schriftsteller, die sehr gut ohne diese Tugend durchkommen, man erkennt sie daran, daß ihre Werke vorwiegend um sie selbst kreisen oder von aktuellen Ereignissen handeln. Diese Schriftsteller schreiben nicht, sie schreiben nur auf, langweilige Stenotypisten ihrer selbst und der Alltäglichkeit.

4. Orm
Genaugenommen keine echte Tugend, eher eine geheimnisvolle Macht, die jeden guten Schriftsteller umgibt wie eine Aura. Niemand kann sie sehen, aber der Dichter kann sie spüren. Orm, das ist die Kraft, die einen die ganze Nacht wie im Fieber schreiben, einen tage-

lang an einem einzigen Satz feilen, einen das Lektorat eines dreitausendseitigen Romans lebend überstehen läßt. Orm, das sind die unsichtbaren Dämonen, die um den Dichtenden tanzen und ihn auf seine Arbeit bannen. Orm, das ist der Rausch und das Brennen. (Ormlose Dichter siehe unter 3.)

5. Verzweiflung
Der Humus, der Torf, der Kompost der Literatur, das ist die Verzweiflung. Zweifel an der Arbeit, an den Kollegen, am eigenen Verstand, an der Welt, am Literaturbetrieb, an allem. Ich habe es mir zur Regel gemacht, mindestens einmal pro Tag für mindestens fünf Minuten an irgend etwas zu verzweifeln, und sei es nur an den Kochkünsten meiner Haushälterin. Das damit einhergehende Lamentieren, Händegenhimmelwerfen und Blutwallen sorgt übrigens für die notwendige körperliche Betätigung, die ja ansonsten im schriftstellerischen Leben chronisch zu kurz kommt.

6. Verlogenheit
Ja, sehen wir der Sache ruhig ins Gesicht: Alle gute Literatur lügt. Beziehungsweise: Gute Literatur lügt gut, schlechte Literatur lügt schlecht – aber die Unwahrheit sagen beide. Schon der bloße Vorsatz, die Wahrheit in Worte fassen zu wollen, ist eine Lüge.

7. Gesetzlosigkeit
Jawohl, der Dichter gehorcht keinen Gesetzen, nicht einmal denen der Natur. Frei von allen Fesseln muß sein Schreiben sein, damit seine Dichtung fliegen kann. Gesellschaftliche Gesetze sind ebenfalls verpönt, besonders die von Anstand und Sitte. Und auch moralischen Gesetzen darf sich der Dichter nicht unterwerfen, damit er gewissenlos das Werk seiner Vorgänger plündern kann – Leichenfledderer sind wir alle.

Herrje, ich schweife ab! Aber macht ja nichts, schließlich ist dies eine *Mythenmetzsche Abschweifung*. Fahren wir also fort in der Beschreibung meines Arbeitsplatzes: Links und rechts neben Schreibtisch und Fenster stehen an weißgetünchten Wänden zwei schmucklose schwarze Holzregale, die an den Erstausgaben meiner eigenen Werke schwer zu tragen haben. Gerne lasse ich während der Arbeit meinen Blick über die Buchrücken schweifen, allein die stattliche Anzahl beweist mir, daß das Orm stets mit mir war. Mir gegenüber, auf der langen Fensterbank aneinandergereiht, steht meine Referenzbibliothek.

Da ich aufgrund meiner Zugluftempfindlichkeit die Fenster nie öffne (schon der zarteste Lufthauch kann meine Mandeln zur Schwellung bringen), kann ich die Fensterbank als Regalbord nutzen. So finden sich meine mir liebsten Lexika und sonstigen Nachschlagewerke nur auf Armeslänge von mir entfernt: zunächst natürlich das *Zamonische Wörterbuch von A-Z*, die Gralsunder Universitätsausgabe in ihrer aktuellsten Fassung. Ich benutze es nie, weil es mir zu schwer zum Heben und mir selbstverständlich jedes zamonische Wort aufs intimste vertraut ist, aber es ist ein gutes Gefühl für einen Schriftsteller, seine Muttersprache komplett zwischen zwei Buchdeckel gebündelt und gebändigt zu sehen. Manchmal verzweifle ich am Zamonischen, und dann genügt ein einziger Blick auf das Wörterbuch, um mich zu beruhigen: Was sich von einem Grüppchen vertrottelter Sprachwissenschaftler in das Korsett eines Lexikons zwängen läßt, werde ich mir ja wohl auch noch gefügig machen können! Manche Bücher wirken schon durch bloße Anwesenheit. Direkt daneben das *Zamonische Namenregister*. Zwei Bekenntnisse: Ja, ich entlehne ihm gelegentlich die Namen meiner Romangestalten, und ja, ich habe es aus der öffentlichen Bibliothek entwendet, denn es ist nicht im Buchhandel erhältlich. Wenn man sich selber Namen ausdenkt, neigt man entweder zum Überschwang oder zur Banalität, und mit dem geballten Erfindungsreichtum sämtlicher Generationen eines ganzen Kontinents braucht man es gar nicht erst aufzunehmen: *Photan von Tortengetz, Enk Orr, Ölemenn Zock, Chenkchenk Hühnchen, Pantiffel Voliander, Üleg Plo, Opert Untermtisch, Blahack Blaha* - ich zitiere wahllos aus diesem unersetzlichen Nachschlagewerk.

Ebenfalls von unschätzbarem Wert ist *Das Buch der Inneren Befindlichkeiten* von Dr. med. Zalamander Regenschein. Ein Handgriff ge-

nügt, und ich kann mir den Gang zum Arzt sparen. Der würde ja doch nur wieder behaupten, ich sei kerngesund. Er hält auch nicht gerade viel von meiner Theorie der Hypothetischen Infektion, die besagt, daß man jede Krankheit, die man sich einbilden kann, auch bekommen kann. Er hält mich für einen praktizierenden Hypochonder. Immerhin gibt er zu, daß ich ein besonders begnadeter Hypochonder bin. Ich kann mir Krankheiten einbilden, die es noch gar nicht gibt. Ich habe einmal einen Roman geschrieben *(Phantomfieber)*, in dem alle Protagonisten an eingebildeten Krankheiten sterben. Haben Sie schon einmal an Gehirnrheuma gelitten? Das ist so ein zerrender Schmerz zwischen den Schläfen, als würde ihr Gehirn in die Breite gezogen und gleichzeitig gezwirbelt - furchtbar, sage ich Ihnen. Oder kennen Sie kreisförmiges Magensausen? Das ist, als würde ein kleines Tier mit sehr vielen Füßen die Magenwände hochrennen, immer im Kreis, stundenlang. Mandelwürgen? Das bekomme ich immer, wenn ich mit meiner Zunge in meinem Hals nach Entzündungen forsche. Kennen Sie Sodgrimmen? Nasenfieber? Lebersausen? Manchmal brennen meine Ohrläppchen wie Feuer, und meine Zunge schmeckt nach Essig. Dann greife ich zum *Buch der Inneren Befindlichkeiten* und erfinde Krankheiten von solcher Raffinesse, daß kein Arzt sie diagnostizieren könnte.
Weiter: *Der Große Ompel* - das unentbehrliche zamonische Kartenwerk von Geho van Ompel. Gesamtüberblicke, Großkarten, Detailkarten, Gebirgsschnitte, Dämonenwarnkarten, Wanderwege, unterirdische Seen, Minikartographie: In dieser monumentalen Schwarte ist Zamonien bis zum letzten Quadratmillimeter vermessen. Fünfhundert Kartographen jeder denkbaren Größenordnung, vom Gebirgsriesen bis zum Daumenzwerg, haben daran mitgearbeitet. Die Riesen besorgten die großen Übersichtskarten, die Zwerge die Minikartographie, die anderen das übrige. Kein Kontinent wurde besser vermessen als Zamonien. Die Karten dieses Werkes sind so detailgetreu und liebevoll gestaltet, daß ich nur mit dem Finger darüber zu fahren brauche, um Blasen an den Füßen zu bekommen und anschließend in bleischweren Schlummer zu fallen, als sei ich viele Meilen gewandert.

Als nächstes eine der gedruckten Ausgaben des *Lexikons der erklärungsbedürftigen Wunder, Daseinsformen und Phänomene Zamoniens und Umgebung* von Professor Doktor Abdul Nachtigaller. Ich muß gestehen, daß ich diesem Werk sehr zwiespältig gegenüberstehe. Nachtigallers positivistisches Weltbild steht in direktem Gegensatz zu meiner poetischen Auffassung von den Dingen, aber das ist ja kein Grund zur Ignoranz. Nachtigallers Verdienste sind unbestritten, und die Lektüre lädt mit vorbildlicher Verläßlichkeit zum Widerspruch ein - das hält den Geist geschmeidig.
Sie werden sich sicher wundern, daß ich keine Reimlexika oder Stilfibeln in meiner Referenzbibliothek habe, aber derartige Krücken lehne ich ab. Dafür lieber die *Botanica Zamoniensis*, das handgepreßte Pflanzenlexikon von Tulip Knofel, dem grandiosen Botaniker und unermüdlichen Waldläufer, dem größten Freund zamonischer Flora. Echte Pflanzen, kunstvoll in 54 Bänden konserviert und in getrocknetes und verleimtes Laub gebunden. Von unschätzbarem Wert bei Naturbeschreibungen. Daneben: *Die gesammelten Werke von Zoltepp Zaan*, dem legendären Alchimisten, Philosophen und Entdecker des Zamomins. Zähe, unerbittliche Lektüre, aber unverzichtbar, wenn der Dichter sich mit den tiefschürfenden, den elementaren Fragen beschäftigt. Stellenweise ist das beinahe unlesbar, aber wenn man sich Zaans antiquierten, sperrigen altzamonischen Stil einmal gefügig gemacht hat, offeriert er einem tiefste Einsichten. Beispiel gefällig? **Zo îsen du gewisen seyn: Beloren in dat smûzzeln. Ant fûrder henkt de pompenswîn: Bat firrlen in de pûzzeln.**
Ja, so ist es wohl.
Und schließlich: *Das Blutige Buch*. Tatsächlich, ich besitze eine seiner raren in Fledertrattenflügelhaut gebundenen Ausgaben, düster und bedrohlich steht das monolithische Druckwerk am rechten Ende meiner Fensterbank. Ich muß mich stets überwinden, es in die Hand zu nehmen, und ich bin jedesmal erleichtert, es wieder zurückstellen zu dürfen. Kaum habe ich es aufgeschlagen, fühle ich mich schon beobachtet. Aber der Dichter hat sich gelegentlich auch mit den Abgründen des Daseins zu beschäftigen, und auf dem Weg in diesen düsteren Keller des Denkens gibt es keinen profunderen

Wegweiser als jenes angeblich mit Dämonenblut gedruckte Werk. Ich muß mich jedesmal mit aller Kraft dazu zwingen, einen ganzen Satz daraus zu lesen, mehr bringe ich nicht über mich. Jeder einzelne dieser Sätze war stets dunkel und rätselhaft genug, um mich noch im Schlaf heimzusuchen und meine Träume zu vergiften. Wollen wir die Probe aufs Exempel machen, ist meine Leserschaft bereit, einen, nur einen einzigen Satz aus dem *Blutigen Buch* zu ertragen? So sei es denn! Ich ergreife das gewichtige Werk … schlage eine beliebige Stelle auf … deute mit zitterndem Finger blindlings auf den dunkelrot gedruckten Text … und was steht dort:

»Hexen stehen immer zwischen Birken.«

Hexen stehen immer zwischen Birken. Seltsam … woran erinnert mich das? Ich weiß es nicht. Ich weiß wohl, daß sich die Bedeutung der Sentenzen aus dem *Blutigen Buch* stets im Lauf der Zeit erschlossen hat, und jedesmal in einem Augenblick, in dem man am wenigsten damit gerechnet hat … Huh! Genug davon für heute. Flugs zurück mit der düsteren Schwarte!

Kommen wir zu Erfreulicherem, verlassen wir die Fensterbank und wenden wir uns meinem Schreibtisch zu. Darauf finden wir: einhundert Blatt Gralsunder Feinbütten mit rauher Oberfläche. Ferner fünf gespitzte Gänsekiele und ein Tintenfaß mit Tinte aus eigener Fabrikation, Marke »Dinosaurierblut«. Ein Grimassierspiegel, wichtig zum Erproben und Beschreiben von Gesichtsausdrücken, stundenlang kann ich davor Fratzen schneiden. Die Oppenhaimer Mondphasentafel, eine Regenbogentabelle (zur Farbbestimmung), ein hölzerner Silbenzähler, der Buchstabenrüttler aus Elfenbein, der Tintentrockner, zwei Papierscheren, ein Gralsunder Sprachmetronom (zum Takthalten beim lyrischen Dichten), mehrere Stimmgabeln (um den erzählerischen Ton anzuschlagen), eine Flasche Lebertran (von meiner Haushälterin zur Stärkung der Gesundheit dort plaziert, wird nie benutzt), mein Miniaturtheater. Ah, mein Miniaturtheater, eines meiner mir liebsten Werkzeuge! Ich habe es in einer florinthischen Zwergenwerkstatt nach eigenen Angaben ferti-

gen lassen: ein auf den Maßstab 1:2500 verkleinertes Theater, mit hölzerner Bühne, Schnürboden, absenkbaren Hinter- und Vordergründen, künstlichen Bäumen, Himmeln, Wänden, Häusern, Möbeln, Palästen und so weiter und so fort. Dieses Wunderwerk der Feinmechanik hilft mir beim Verfassen meiner Theaterstücke, aber auch beim Romanschreiben ist es von großem Nutzen. Ich kann jegliche Szenerie darin heraufbeschwören, ein Zimmer mit genau positioniertem Mobiliar, ein Waldstück, einen Acker, Wüste, Großstadt, sogar ein Schiff auf hoher See, denn mein Theater verfügt über mechanisch bewegbare Wellen. An dünnen Fäden lasse ich meine handelnden Personen herab: Yetis, Wolpertinger, Fhernhachen - fast jede zamonische Daseinsform steht in meinem Fundus als kleiner Pappkamerad bereit.
So kann ich Szenen erproben und an Dialogen feilen, indem ich mit veränderter Stimme die jeweiligen Texte spreche und die Strippen ziehe. Mit kleinem Donnerblech und Funkenschläger kann ich ein Gewitter erzeugen, mit verborgenen Wunderkerzen und Weihrauch einen Fabrikbrand oder einen Vulkanausbruch. Es gibt einen Blasebalg für Wind und Stürme, miniaturisiertes Laub und winzige künstliche Schneeflocken, Bindfäden, die aussehen wie Regen, Reis als Hagel, gemalte Tornados, Sturmfluten und Kometenregen - ich kann jede Naturkatastrophe erzeugen, nach der mir gerade ist. Viele Schriftsteller scheitern an der Darstellung solcher Großereignisse, weil sie keine optische Vorstellung davon haben.
Weiterhin auf dem Tisch: mein Mikroskop, mein Fächer (für meine gelegentlichen Schwächeanfälle), meine Vergrößerungs- und Verkleinerungslupen, ein Kaleidoskop (zur Zerstreuung), mein Himmelsfernrohr auf dem Stativ. Zu meinen optischen Geräten später mehr, lassen Sie uns zunächst einen Blick *unter* den Tisch werfen, denn dort befinden sich meine vielbenutzten Inspirationsschubladen. Ich habe nicht die geringste Vorstellung davon, woher meine Ideen kommen, aber ich weiß, womit ich sie am besten hervorrufen kann: mit Aromen. Andere benötigen Kaffee oder geistige Getränke, Tabakqualm oder Schnupfpuder, mir genügen Gerüche. Zu diesem Zweck habe ich unter meinem Schreibtisch einen alten Apothekerschrank

installiert, in dessen zahlreichen Schubladen sich die verschiedensten Geruchserzeuger befinden: Eine Schublade ist gefüllt mit Zimtstangen (Zimtgeruch ruft bei mir Spannungs- und Abenteuerliteratur hervor), eine andere mit getrocknetem Lorbeer (weckt meinen Witz), eine mit Koriander (gut für Tiefschürfendes), eine mit Muskat (Orientalisches, Märchen), eine mit Seetang (natürlich nautische Assoziationen), eine mit grünem Tee (läßt mich unvermittelt reimen, keine Ahnung wieso), eine mit Rosinen (befördert meinen Sinn für Avantgardistisches), eine mit Schwefel (Schauerliteratur), eine mit Heu (Schäferdichtung), eine mit Asche (Trauriges, Tragik), eine mit Laub und Walderde (Naturbeschreibung, zur Zeit weit herausgezogen) und noch Dutzende mehr. Die Kunst dabei ist, die richtige Mischung zu erzeugen, die passenden Schubladen zur rechten Zeit im rechten Maße zu öffnen. Ständig hantiere ich beim Schreiben an den Schubladen wie ein verrückter Organist, der seine Register zieht, denn es kann sein, daß eine neue Geruchskombination mich auf einen sensationellen erzählerischen Einfall bringt. Manchmal übertreibe ich es aber auch, die falschen Gerüche vermischen sich, ich schreibe unbrauchbares Kauderwelsch, und alles ist dahin. Dann gehe ich in den Garten und trete nach dem Gemüse.

Zur Zeit ist es Nacht, und ich sehe nur mein gespenstisches Spiegelbild in der Fensterscheibe, aber bei Tageslicht überblicke ich ein kolossales Panorama. Ich sehe nicht nur meinen kleinen Garten, sondern auch einen erheblichen, geradezu exemplarischen Teil der Welt. Mein Haus steht auf einer Anhöhe, ich blicke über den Gartenzaun hinab in ein liebliches Tal, durch das sich ein munterer Bach windet. An seinen Ufern steht ein kleines Dorf, eine vorbildliche Gemeinde mit fünfzehn reetgedeckten Fachwerkhäusern, dahinter erheben sich ein Weinberg und zwei bewaldete Hügel, beschirmt von einem weiten Himmel. So kann ich die ganze Welt von meinem Schreibtisch überblicken, ich sehe Natur und Geschöpfe, Baum und Strauch, Weg und Haus, Sonne, Mond und Schicksal. Reicht mein eigenes Auge nicht mehr hin, bemühe ich mein Fernrohr, ziele damit auf den Ausschnitt, der mich gerade interessiert, folge dem Vogel beim Flug, beobachte die Dorfjungen beim Fischen, den Bauern auf dem Weinberg, oder ich spioniere in die Wohnstube der schönen Bäckerin. Nachts beobachte ich damit die Sterne. So steht mir fast jeder Bestandteil der zamonischen Natur zur Verfügung, vom Stern bis zum Staubkorn.

Ist mir das immer noch nicht genug, greife ich zum Mikroskop, damit erforsche ich den Kleinkosmos. Ich darf Ihnen versichern, daß meine mikroskopischen Untersuchungen vollständig unwissenschaftlich sind, ja, sich jeder empirischen Erkenntnis verweigern. Ich erforsche das Schöne und das Häßliche, den Schneekristall und das Zyklopenspinnenauge, aber nicht um irgendwelche Regelmäßigkeiten oder Naturgesetze darin bestätigt zu finden, nein, mich interessiert die reine Form, die Inspiration durch Anschauung. Die mikroskopische Welt enthält Anblicke, die uns das bloße Auge vorenthält, sowohl wilde, chaotischste Strukturen als auch Orgien der Symmetrie. Ich habe Gedichte geschrieben, die auf der Struktur eines Libellenflügels basieren, auf der Oberflächenstruktur eines Flohhaares, auf den Ereignissen in einer meiner eigenen Tränen. Wußten Sie, daß auf den tausend Facetten eines Eintagsfliegenauges die tausend wichtigsten Augenblicke seines Lebens eingebrannt sind? Ich habe einen ganzen Roman aus der Analyse eines Stubenfliegenauges geschrieben, in tausend Kleinkapiteln: *Der erste Tag ist auch der letzte.* War leider ein ziemlicher Mißerfolg, die Leute identifizieren sich nicht gerne mit Stubeninsekten.

Will ich eine Schlachtszene beschreiben, brauche ich nur einen Tropfen meines eigenen Blutes unter das Okular zu legen: Das Gemetzel, das Blutkörperchen, Bakterien und Antikörper darin veranstalten, läßt die legendäre Schlacht im Nurnenwald zu einer harmlosen Schlägerei verkümmern. Für ein Gebirge genügt mir ein Brotkrümel, will ich eine Unterseewelt voller vorzeitlicher Ungeheuer beschreiben, reicht eine Pipette voll Wasser. Meine Sammlung von mikroskopischen Proben ist größer als die der Universität von Gralsund, nur nicht so systematisch geordnet. Um ehrlich zu sein, sie ist überhaupt nicht geordnet. Manchmal greife ich wahllos ein Präparat aus meinen Kisten und lege es unter das Mikroskop. Gelegentlich entsteht daraus ein Roman. Meistens aber nicht.

An der linken Wand meines Arbeitsraumes hängt mein *Fühlmuseum*, eigenhändig zusammengezimmert aus Setzkästen meiner Hausdruckerei. Sechshundertsechsundsechzig kleine Regalfächer angefüllt mit Gegenständen unterschiedlichster Oberflächengestalt: Steine, Muscheln, Sand, Nadeln, verrostete Münzen, getrockneter Möwenkot, Blätter, Gras, Glas, Erzklumpen, Harz, Holz, Haare, Kork, Trollfell, Marmorbruch, ein winziger Meteor, getrocknete Blüten, eine versteinerte Pilotenlaus, Knöpfe, getrocknete Pilze, Vogelfedern, Fußnägel, Zähne, Krallen, Magnetstein, ein Elfenwespenflügel, ein Tausendfüßlerspinnenbein, Bernstein, Trockenmoos, Kernseife, verschiedene Bohnen, ein Steinsplitter vom Bloxberg, geschliffene Glaslinsen, ein Einhörnchenhorn, ein skelettierter Krähenkopf, ein vertrockneter Feuerwurm, Seide, Samt, Brokat, Tapete, Teppich, Sesselstoff, Leinen, Pappe, Leder verschiedenster Herkunft, Druidenbirkenrinde, ein Salamanderschwanz, Finsterbergkristalle, Kanaldrachenschuppen, ein mumifiziertes Bonsaimännchen, ein Laubwolfblatt … ich könnte endlos fortfahren. Im Gegensatz zu einigen meiner Kollegen bin ich der Meinung, daß der Schriftsteller nicht nur zum Wesen der Dinge vorstoßen, sondern auch ihre Oberflächen akkurat beschreiben muß. Und das kann man nur, wenn man sie aufmerksam ertastet hat.

Was sonst noch? Ein großer Gebärdenspiegel, mitten im Raum. Eine Weltkugel. Ein Brocken aus der Lindwurmfeste unter Glas auf einem Marmorsockel. Dicke Teppiche, die jegliches Geräusch dämpfen. Ein paar Topfpflanzen, vorwiegend fleischfressender Art, die sich um die wenigen lästigen Mücken und Fliegen kümmern, die sich in meine Arbeitsklause verirren. Ferner ein großer lederner Sessel, zum spätnächtlichen Brüten mit dem obligatorischen Rotweinglas in der Hand. Ein kleiner Tisch mit einem topographischen Modell des Kontinentes Yhôll, dessen Unerforschtheit schon seit jeher meine Neugier gereizt hat. Habe ich etwas vergessen? Natürlich, meine Leser müssen nicht alles über mich wissen. Herrje – jetzt bin ich aber wirklich abgeschweift! Wo waren wir eigentlich stehengeblieben? Ach ja – Ensel und Krete.

Nun vergessen Sie erst mal die Geschichte von Ensel und Krete.

Lassen Sie mich lieber noch etwas über die gesellschaftliche Situation in Bauming sagen: Ich bin der Meinung, daß es sich da um ein zunehmend totalitärer werdendes System handelt. Haben Sie die militärischen Helme der Brandwacht bemerkt? Die zackigen Gesänge? Die autoritären Lehrer? Die Abgrenzung nach außen? Ordnungsliebe, saubere Straßen, Uniformen, Blasmusik? Das sind doch alles Merkmale politisch zweifelhafter Ideen, ängstlich bemäntelt mit naturkonservatorischem Gehabe. Es war schon immer ein Erkennungszeichen reaktionärer Politik, wenn ihre Repräsentanten die Wald- und Wiesenfreunde markierten. Hinter einer derart hysterisch polierten Idylle lungert gewöhnlich das Grauen. Bitte denken Sie in Zukunft mal ein bißchen über die gesellschaftliche Situation nach, bevor Sie sich wieder von weltfremden Märchen einlullen lassen. Ende der ersten Mythenmetzschen Abschweifung.

Krete weinte.
»Und wenn wir verhungern?«
»Wir verhungern nicht. Wir sind im Wald, nicht auf See oder in der Wüste. Hier wachsen überall Beeren und Früchte.«
»Aber die Hälfte davon ist giftig. Das haben sie in der Buntbärenschule gesagt. Weißt du, welche Sorten giftig sind und welche nicht?«
Wußte Ensel natürlich nicht. Als er im Unterricht hören mußte, daß es ungefähr fünfhundert giftige und fünfhundert ungiftige Beerensorten im Großen Wald gibt, die sich auch noch alle irgendwie ähneln, hatte er auf Durchzug gestellt. Das konnte man sich ja niemals merken.
Er hatte sich die Himbeeren eingeprägt und beschlossen, von allen anderen Beeren die Finger zu lassen. Das schien ihm ein sicheres, bequemes System zu sein – bis jetzt. Denn an der Stelle, wo sie gerade rasteten, gab es ein Dutzend Beerensorten, aber keine einzige Himbeere. Und ihren eigenen Vorrat hatten sie bis auf ein paar wenige Exemplare im Wald verstreut.
Es wurde langsam dunkel. Ensel versuchte festzustellen, in wel-

cher Richtung die Sonne unterging, aber dazu war das Blätterdach an dieser Stelle des Waldes zu dicht.

»Wir werden hier übernachten«, entschied er. »Hör auf zu heulen! Das hilft uns nicht weiter. Morgen gehen wir einfach den ganzen Tag in die entgegengesetzte Richtung. Dann kommen wir automatisch wieder dahin, wo wir losgegangen sind.«

Ich nochmal kurz, Mythenmetz: Ja, so ist er gestrickt, der typisch fhernhachische Optimismus! Geradezu zwanghaft, wie diese Zwergensorte das Leben bejaht, das saugen die kleinen Fhernhachen schon mit der Muttermilch auf. Ich hoffe, es klingt nicht fhernhachenverunglimpfend, aber genau das ist es, was mir diese zamonische Daseinsform fast noch suspekter macht als die Buntbären: Diese grundsätzliche Schicksalsergebenheit, diese Schafsmentalität. Den Fhernhachen würde ein bißchen natürliche Skepsis ganz gut zu Gesicht stehen, wenn Sie meine Meinung hören wollen. Wollen Sie nicht? Sie möchten lieber wissen, wie die Geschichte weitergeht? Es

interessiert mich ehrlich gesagt einen Dreck, was Sie wollen! Publikumsansprüche werden nicht erfüllt, da müssen Sie schon zu den Groschenromanen von Graf Zamoniak Klanthu zu Kainomaz greifen, mit seinen Prinz-Kaltbluth-Geschichten. Das ist hier keine kommerzielle Veranstaltung zur flüchtigen Befriedigung niedriger Masseninstinkte, hier handelt es sich um Hochliteratur mit Ewigkeitsanspruch. Hier werden unerschütterliche Werte vermittelt und Denkprozesse tiefschürfendster Art angestoßen. Daher möchte ich, bevor ich mit der Geschichte fortfahre, eine philosophische Anekdote über gesunden Pessimismus zum besten geben:
An der Universität von Gralsund wurde noch vor einigen Jahren der sogenannte *Hoffnungsfreie Superpessimismus* gelehrt, den der von den nördlichen Nattifftoffen stammende Meisterpessimist Humri Schiggsall entwickelt hatte. Schiggsall hatte die Aussichtslosigkeit des Daseins gerne anhand eines bis zum Rand gefüllten Wasserglases demonstriert:
»Obwohl dieses Glas nun voll ist, wird es leer sein, wenn ich es ausgetrunken habe. Das bestürzt mich. Wenn ich es nicht austrinke, wird die Flüssigkeit verdunsten. Das bestürzt mich um so mehr«, hatte er in seinen Seminaren gerne vor Studenten gejammert und sich dann seufzend die schütteren Haare gerauft.
Doch eines Tages hatte einer seiner Schüler eingeworfen: »Aber jetzt ist das Glas voll. Warum genießen wir nicht einfach den Augenblick?«
»Weil ich Durst habe!« hatte Schiggsall gerufen, das Glas ausgetrunken und seinem Schüler an den Kopf geworfen, der danach mit sieben Stichen genäht werden mußte. Denken Sie mal drüber nach!

Krete überlegte, ob es möglich war, daß Pflanzen tagsüber schlafen, um nachts zu ihrem eigentlichen Leben zu erwachen. Bäume zogen ächzend ihre Wurzeln aus dem Erdreich und wanderten raschelnd durch die Gegend, um mit anderen Bäumen die Plätze zu tauschen. Brennesseln und Trompetenpilze tanzten Ringelreigen um alte Eichen. Laubgespenster wehten heulend durch den Forst. So jedenfalls hörte es sich für Ensel und Krete in der Dunkelheit an.

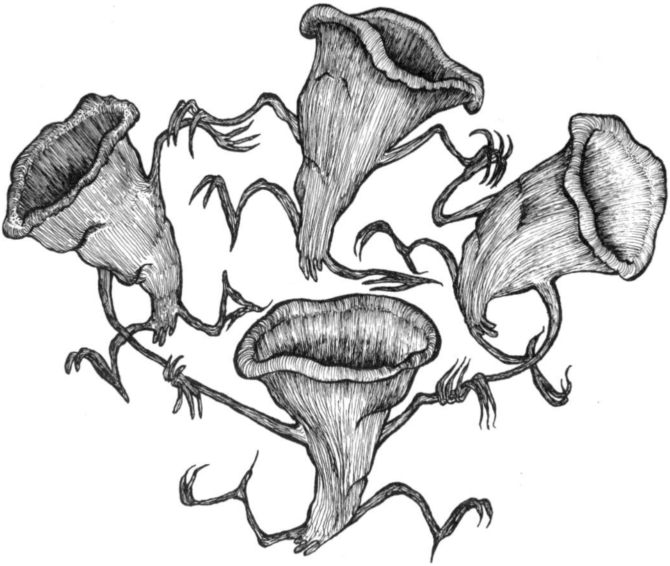

Es war beinahe von einem Augenblick zum anderen finster geworden, das Blätterdach schirmte das wenige Licht des Mondes und der Sterne fast vollständig ab. Und nun waren da nur noch die Geräusche. Die Laute eines herkömmlichen dunklen Forstes sind schon unheimlich genug, aber die, die der Große Wald nächtens von sich gab, konnten selbst hartgesottensten Naturliebhabern ein klammes Rückgrat verursachen.

Zunächst war da das Knistern und Rascheln und Knacken. Jagdspinnen begaben sich auf ihre nächtliche Pirsch, Tausendfüßler marschierten geräuschvoll durch trockenes Laub. Nüsse platzten durch Überreife, morsches Holz wurde von nachtaktiven Käfern bearbeitet, Äste fielen von den Bäumen. Und dann das Stöhnen der Druidenbirken. Druidenbirken wuchsen ausschließlich im Großen Wald, man sagte, daß in ihnen arme Seelen gefangen säßen, die von bösen Druiden dorthin verbannt worden waren und des Nachts ihr Schicksal beklagten. Aber es war natürlich nur feuchtes Holz, das sich ausdehnte und langgezogene Geräusche von sich gab, die wie Ächzen und Jammern klangen.

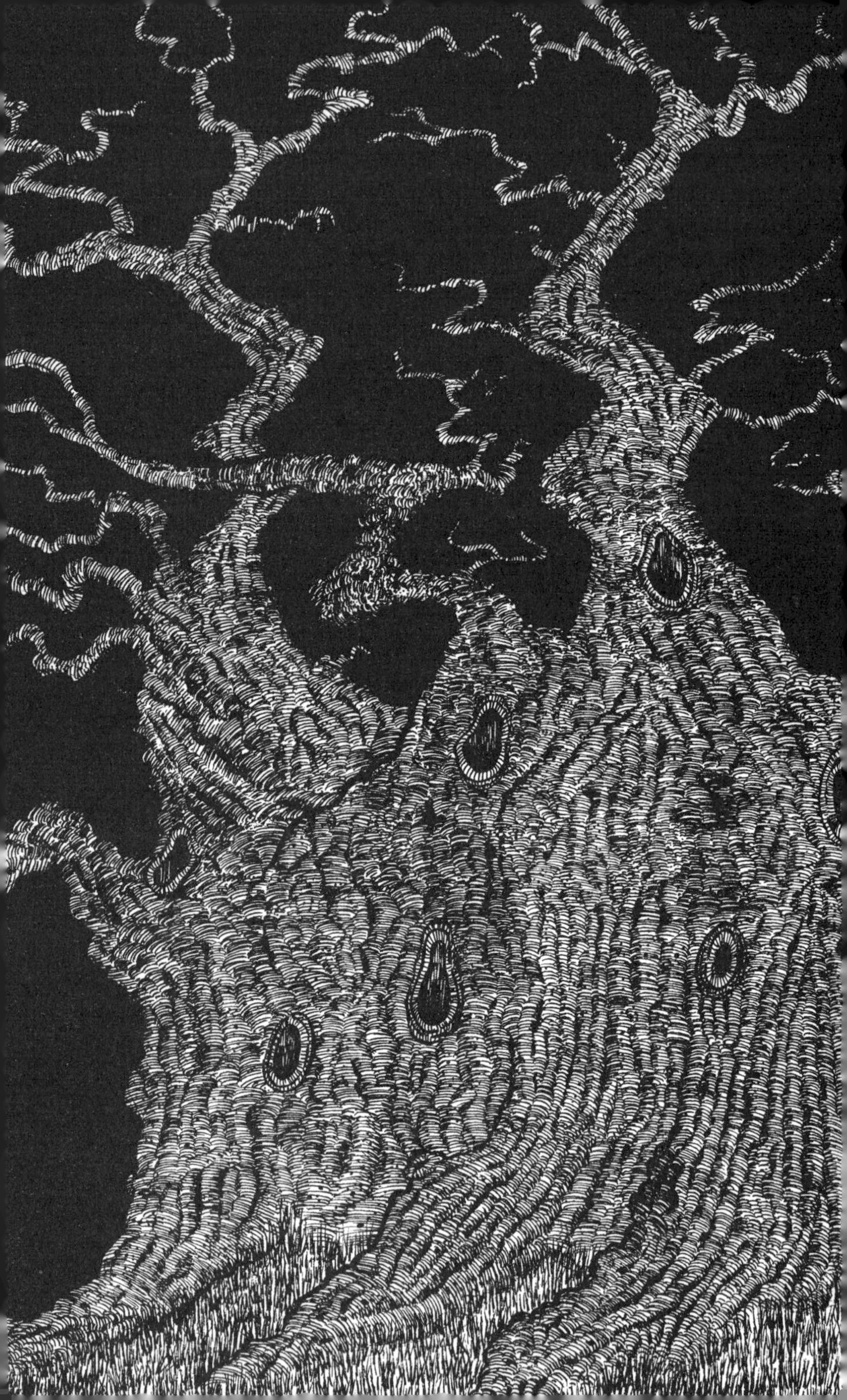

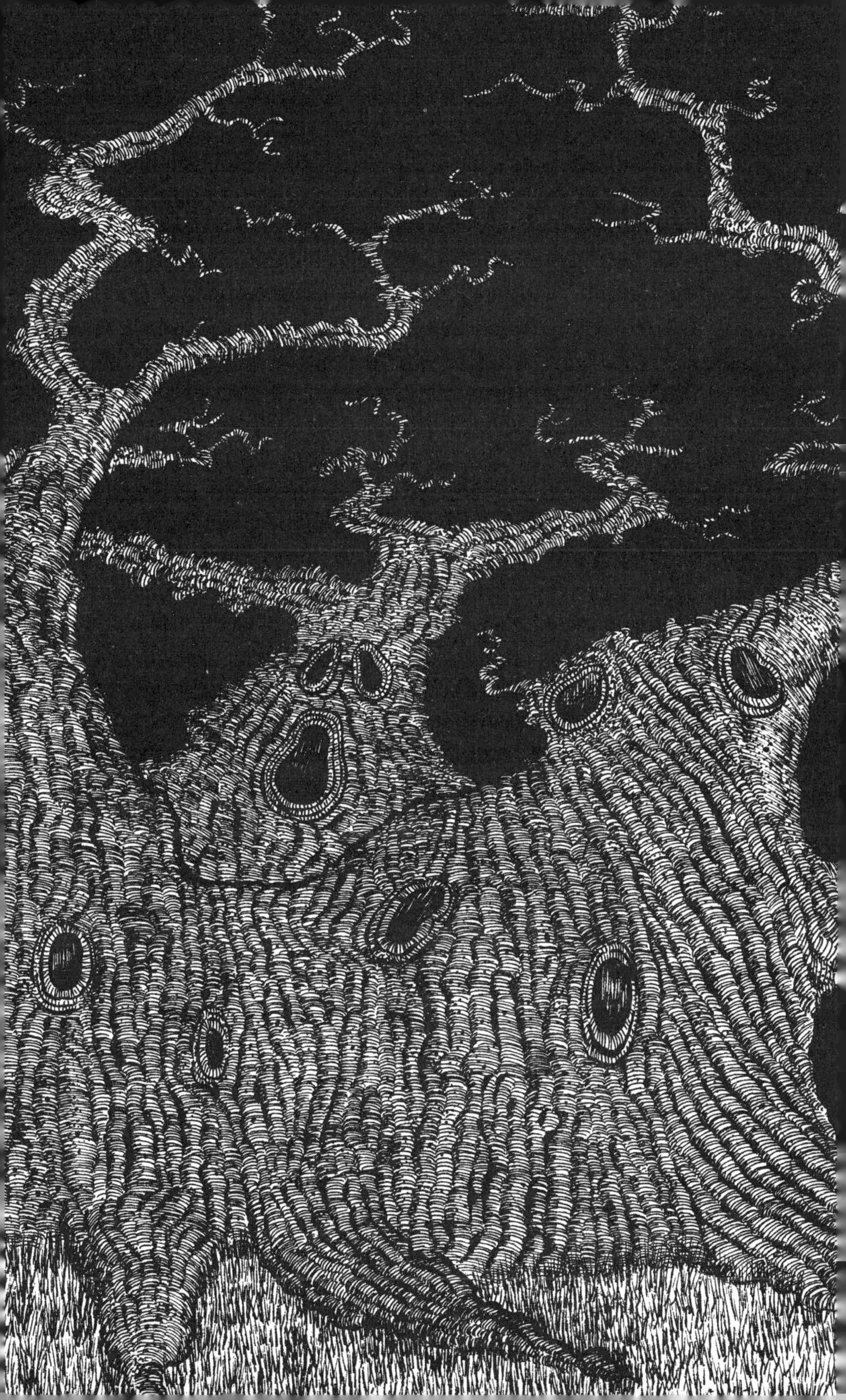

Nach Einbruch der Dunkelheit wurden die Schlingpflanzen aktiv, sie krochen so lebhaft durchs Laub, daß man glauben konnte, der Boden wimmele von Schlangen. Was er natürlich auch tat, der Große Wald war die Heimat der meisten zamonischen Schlangenarten, aber die schliefen größtenteils während der Nacht, wobei sie ein feines Zischeln von sich gaben, das auch nicht dazu geschaffen war, kleine Kinder in den Schlaf zu wiegen. Es gab Käfer, die sich im Dunkeln durch Sägegeräusche ihrer Hinterbeine verständigten, und Kröten, die stöhnten wie alte, kranke Männer.
Krete hatte längst keine Tränen mehr zur Verfügung und klammerte sich nur noch an ihren Bruder, der seinerseits zurückklammerte.
In der Ferne weinte ein Einhörnchen. Eine ganze Armee von grünschimmernden Leuchtameisen kam aus dem Boden gekrabbelt und verteilte sich auf dem Waldboden, was aussah, als würden Insektengespenster durch die Nacht wandeln. Aus zahlreichen Astlöchern kamen Flederwesen unterschiedlichster Art ins Freie, um ein wenig Blut zu saugen, sie sausten über den Köpfen der Kinder hin und her und fiepsten wie hungrige Ratten.
Ensel wünschte sich nichts sehnlicher als ein Dach über dem Kopf. Doch noch sehnlicher wünschte er sich, bei seinen Eltern im Gasthof »Elfenrast« zu sein. Nein, am allersehnlichsten wünschte er sich, mit Krete und seinen Eltern zu Hause in Fhernhachingen zu sein, weit weg vom Großen Wald, in einem Haus aus Stein mit geschlossenen Fenstern.
Ensel bemerkte, daß Krete eingeschlafen war, vor Erschöpfung, vom vielen Weinen, vom Angsthaben. Das beruhigte ihn. Er legte seinen Kopf auf den ihren. Und als ob sich Schläfrigkeit durch Berührung übertragen ließ, fielen auch ihm bald die Augen zu.
Eng umschlungen saßen die beiden in der Düsternis des Großen Waldes, und Ensel war kurz davor, seiner Schwester in die Welt der Träume zu folgen, als plötzlich jedes Geräusch erstarb. Kein Schrei, kein Poltern hätte erschreckender sein können. Es schien, als würde der ganze Wald den Atem anhalten. Auch Krete erwachte aus ihrem Schlaf.

»Ist was?« fragte sie bang.
Ensel horchte in die Nacht. Da war etwas, allerdings. Waren das Schritte? Ganz weit weg? Ensel konnte hören, wie Flederwesen hastig davonflatterten, Käfer ins raschelnde Laub abtauchten. Er sah die Leuchtameisen in Panik in ihren Erdlöchern verschwinden, alles Getier wuselte in sämtlichen Richtungen davon. Dann war es ein paar Augenblicke lang wieder völlig still.
War das eine Stimme? Ja, jedenfalls eindeutig kein Tier - da sprach jemand. War es eine Stimme, oder waren es zwei? Oder drei?
»Wer spricht da?« fragte Krete. Auch sie hatte es gehört.
»Ich weiß es nicht.«
»Vielleicht sind das Druidenbirken. Die sollen ziemlich unheimlich klingen.«
»Die stöhnen nur. Die sprechen nicht. Da - horch!«
Es klang, als würde jemand in der Ferne fluchen. Als würde jemand heisere Verwünschungen in die Nacht rufen.
»Ist das die Hexe?« fragte Krete.
»Ich weiß es nicht.«
»Du weißt es nicht? Also *gibt* es eine Hexe?«
Das war eindeutig eine Fangfrage. Ensel dachte angestrengt über seine Antwort nach. Dann griff etwas nach Kretes Haaren.

Brummli Brummli

Brummli Brummli Brummli Brummli Brummli Brummli Brummli
Brummli Brummli Brummli Brummli Brummli Brummli Brummli
Brummli Brummli Brummli Brummli Brummli Brummli Brummli
Brummli Brummli Brummli Brummli Brummli Brummli Brummli
Brummli Brummli Brummli Brummli Brummli Brummli Brummli
Brummli Brummli Brummli Brummli Brummli Brummli Brummli
Brummli Brummli Brummli Brummli Brummli Brummli Brummli
Brummli Brummli Brummli Brummli Brummli Brummli Brummli
Brummli Brummli Brummli Brummli Brummli Brummli Brummli
Brummli Brummli Brummli Brummli Brummli Brummli Brummli
Brummli Brummli Brummli Brummli Brummli Brummli Brummli
Brummli Brummli Brummli Brummli Brummli Brummli Brummli
Brummli Brummli Brummli Brummli Brummli Brummli Brummli
Brummli Brummli Brummli Brummli Brummli Brummli Brummli
Brummli Brummli Brummli Brummli Brummli Brummli Brummli
Brummli Brummli Brummli Brummli Brummli Brummli Brummli
Brummli Brummli Brummli Brummli Brummli Brummli Brummli
Brummli Brummli Brummli Brummli Brummli Brummli Brummli
Brummli Brummli Brummli Brummli Brummli Brummli Brummli
Brummli Brummli Brummli Brummli Brummli Brummli Brummli
Brummli Brummli Brummli Brummli Brummli Brummli Brummli
Brummli Brummli Brummli Brummli Brummli Brummli Brummli
Brummli Brummli Brummli Brummli Brummli Brummli Brummli
Brummli Brummli Brummli Brummli Brummli Brummli Brummli
Brummli Brummli Brummli Brummli Brummli Brummli Brummli
Brummli Brummli Brummli Brummli Brummli Brummli Brummli
Brummli Brummli Brummli Brummli Brummli Brummli Brummli

Ich bin's wieder, Mythenmetz – jetzt möchten Sie sicher wissen, warum ich nur noch »Brummli« schreibe, statt mit der Handlung fortzufahren, stimmt's? Ich sage Ihnen warum: Darum! Künstlerische Freiheit! Schiere Willkür! Avantgarde! Vielleicht habe ich nur meine Schublade mit den Rosinen zu weit herausgezogen, was geht Sie das an? Ich kann soviel »Brummli« schreiben, wie es mir paßt, und Sie müssen es lesen, wenn Sie wissen wollen, wie es weitergeht:

Brummli Brummli

So, jetzt verstehen Sie vielleicht besser, wie so ein totalitäres System funktioniert. Obwohl die Mehrheit der Leser dem Fluß der Geschichte zu folgen wünscht, schaltet sich eine übergeordnete, nicht durch freie Wahlen legitimierte Macht ein und verordnet, daß es nur noch »Brummli« zu lesen gibt.

Brummli Brummli

Soviel zum Thema Machtmißbrauch. Ende der aktuellen Mythenmetzschen Abschweifung.

Es war eine Fledertratte, die sich in ihren Haaren verfangen hatte, aber für Krete gab es genügend Anlaß zu glauben, daß es die spitzen Finger der Hexe waren, die da aus dem Dunkel nach ihr griffen. Auch Ensel war ähnlicher Auffassung, als die Flügel des Blutsaugers ihn streiften. Die Fledertratte wiederum glaubte, in das Netz einer fledertrattenfressenden Eichenspinne geraten zu sein, und trat und kratzte wild um sich, um wieder freizukommen - ein allgemeines Mißverständnis in der Dunkelheit, das alle Beteiligten in unangemessene Hysterie versetzte. Krete kreischte, Ensel kreischte, und die Fledertratte kreischte auch. Dann löste sie sich plötzlich aus dem Haar und rauschte keifend davon.
Es dauerte eine Weile, bis die beiden Geschwister sich wieder beruhigten, genaugenommen bis zum nächsten Morgen. Erst als die ersten Sonnenstrahlen den Wald erwärmten, lösten sie sich aus der gegenseitigen Umklammerung.

Wie geplant wanderten Ensel und Krete diesmal in die entgegengesetzte Richtung. Nach einer Stunde passierten sie einen Himbeerbusch, den sie heißhungrig plünderten. Die Beeren waren noch nicht ganz reif und ließen sich nur unter heftigen Grimassen vertilgen, aber mit gefülltem Magen waren die beiden gleich zuversichtlicher gestimmt und schritten noch kräftiger aus. Es wurde schnell warm im Wald, die Bedrohlichkeit der Nacht war längst gewichen, und die Geschwister waren überzeugt, in Bälde auf erste Anzeichen von Buntbärenzivilisation zu stoßen.

Als die Sonne beinahe ihren mittäglichen Zenit erreicht hatte, kamen sie zu einer Lichtung. Der umgestürzte Baum, der darauf lag, war schwarz verkohlt und mit Pilzen bewachsen, sein groteskes Aussehen war unverwechselbar. Es war derselbe, den sie schon einmal gesehen hatten. Ensel versuchte, die Angelegenheit positiv zu deuten: »Gut: Wir sind immer noch im Innern des Waldes. Aber wir sind auf dem richtigen Weg. Wir gehen offensichtlich zurück. Wenn wir weiter in der bisherigen Richtung gehen, sind wir bald zu Haus.« Seine Stimme bebte vor Zuversicht.

Sie marschierten weiter, eine Stunde, zwei, wer konnte das sagen? Ensel fragte sich, wieso der Wald in der Nacht eine so furchteinflößende Wirkung auf ihn gehabt hatte. Schmetterlinge, die wie fliegendes Laub aussahen, flatterten zwischen den Baumstämmen hindurch, ein Doppelköpfiges Wollhühnchen jubilierte auf einem Ast im Duett und nickte Ensel freundlich zu. Einhörnchenkinder balgten sich spielend im Laub. Eine Elfenwespe blieb mit sirrenden Flügeln vor seiner Nase in der Luft stehen, klimperte kokett mit den Wimpern und flog wieder davon.

Im warmen Sonnenlicht wirkte das Gehölz so harmlos und freundlich, daß Ensel sich nun für sein Geklammere und Gekreische schämte. Irgendein Tier hatte sich in Kretes Haar verflogen. Es gab keine Hexe. Bald würden sie einen der Waldwege finden, sich ein paar Vorhaltungen anhören und anschließend ausgiebig frühstücken.

Er versuchte seine Schwester zu überreden, diesen peinlichen Vorfall aus dem Gedächtnis zu tilgen, denn er hatte keine Lust, sich die Geschichte von seinen feixenden Kumpels in Fhernhachingen bis an sein Lebensende anzuhören. Aber Krete war kaum ansprechbar, denn sie hatte sich Blasen gelaufen. Außerdem war sie auf ein Stinktierchen* getreten, was ihren rechten Schuh in eine ausgesprochen übelriechende Angelegenheit verwandelt hatte. Sie jammerte leise vor sich hin und schenkte Ensel keine Beachtung. Dieser klaubte einen Stock auf und befreite ihn von kleinem Geäst, um ihn als Wanderstock zu benutzen.
Krete bestand auf einer kurzen Rast, damit sie ihren Schuh reinigen und sich die Füße kneten konnte. Sie setzten sich in den Schatten einer alten Ulme, und Krete begann, ihren Schuh mit einem Grasbüschel zu bürsten.
Ensel nutzte den Aufenthalt, um mit seinem Stock im Waldboden herumzufuhrwerken und dessen verborgene Geheimnisse freizulegen. Kaum hatte er ein wenig trockenes Laub beiseite geschoben,

* **Stinktierchen, das:** Volkstümliche Bezeichnung für einen Schwefelpilz, der in fast allen zamonischen Wäldern wächst. Er ist mit einer eitrigen Schwefellösung gefüllt, die er, wenn man auf ihn tritt, unter einem Ächzgeräusch von sich gibt, das entfernt an einen Tierlaut erinnert. Die Lösung ist harmlos, aber von impertinentem Geruch. (Prof. Dr. Abdul Nachtigaller, *Lexikon der erklärungsbedürftigen Wunder, Daseinsformen und Phänomene Zamoniens und Umgebung*)

da offenbarte sich ihm eine verkleinerte Welt mit Hunderten und Tausenden Bewohnern, mit bizarren Bauwerken und staunenswerten Ereignissen. Knotiges Wurzelholz drängelte sich durch verwesendes Laub, Tannen- und Fichtennadeln bildeten kompliziert ineinander verschränkte Brückenkonstruktionen, auf denen Ameisen und Blattläuse umeinander balancierten. Hier und da wälzten sich dicke Ohrenkneifer durch den Verkehr und zwickten gemein um sich. Eine Raupe robbte vorbei und signalisierte mit ihren blauen und grünen Stachelhaaren höchste Unbekömmlichkeit. Durchscheinende Vampirschrecken hingen kopfüber unter einer Wurzel, verdauten in ihren sichtbaren Organen das erbeutete Blut und verschliefen den Tag.

Faulende Rinde und ins Erdreich gesunkene Eicheln waren die Arbeitsplätze von mikroskopischem Getier, winzigsten Würmern und Erdkrebsen, Bohrmilben und Holzkäfern, rotpelzigen Blattfressern und Blindschnecken mit leuchtenden Fühlern. Ensel entdeckte einen Wald unter dem Wald, dessen Bewohner sich trotz ihrer mangelnden Größe nicht weniger wichtig nahmen, ernsthaft und emsig gingen sie ihren vielfältigen Beschäftigungen nach.

Vier Blattschneideameisen trugen die Leiche einer Wespe einem wahrscheinlich nicht sehr appetitlichen Schicksal entgegen. Eine Borkenmade steckte dummerweise den Kopf aus ihrer Holzhöhle und wurde augenblicklich von einer Horde winziger weißer und fünfbeiniger Zyklopenspinnen überfallen, die ihr übel zusetzten. Eine Raupe hatte ein Glühwürmchen mit Seidenfäden gefesselt und schubste es in ihre unterirdische Behausung, wo der bedauernswerte Gefangene wahrscheinlich als Beleuchtung dienen mußte. Ein Regenwurm kroch versehentlich in das Haus einer doppelköpfigen Janusschnecke und wurde in einen glitschigen Ringkampf verwickelt. Eine rote und eine schwarze Waldameise stritten sich darum, wer die Blattlaus zwischen ihnen melken durfte – welche sich wiederum in dem Fühlergefuchtel der Streithähne aus dem Staub machen konnte.

Ensel fand den sorgfältig getarnten Eingang einer Falltürspinnenhöhle und klopfte mit dem Stock daran. Die Tür flog auf, die Spinne platzte heraus und war offensichtlich enttäuscht, kein Insekt vorzufinden, das sie in ihre Höhle verschleppen konnte. Empört verschwand sie in ihrem Bau und knallte die Tür hinter sich zu.

»Ja, dieser Wald ist voller Geheimnisse«, krächzte da eine Stimme, die nicht Krete gehörte. »Man kratzt ein bißchen an der Oberfläche, und die erstaunlichsten Dinge kommen zum Vorschein.«
Ensel schreckte aus seinen Betrachtungen hoch und sah sich um. Auf einem der wulstigen oberirdischen Wurzelstränge der benachbarten Riesenulme saß, die Beine überkreuzt und einen Strohhalm kauend, ein kleiner Gnom. Ensel hätte schwören können, daß der Baum gnomfrei gewesen war, als sie sich niedergelassen hatten. Auch seine Schwester war verblüfft.

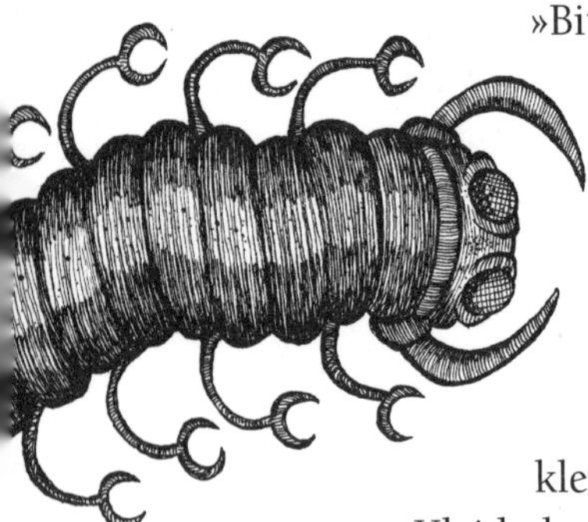

»Bitte entschuldigt euch nicht dafür, mich übersehen zu haben«, sagte der Gnom. »Ich bin es gewohnt, ignoriert zu werden.« Seine Mundwinkel zuckten, als würde er gleich losschluchzen. Dann sprang er behende von der Wurzel herab auf seine kurzen Beine. Er hatte grüne, unregelmäßige Haut und trübe gelbe Augen. Sein kleiner, verwachsener Körper steckte in einem Kleid, das aus einem Sack geschnitten zu sein schien.
Krete beäugte die Gestalt mißtrauisch. »Bist du ein Waldgnom?«
»Ein was? Ein Waldgnom?« Der Zwerg klang beleidigt. Er wollte etwas erwidern, stutzte kurz und schien sich zu besinnen. Dann zeigte er mit beiden Zeigefingern auf sich selbst und lächelte breit. »Genau. Ein Waldgnom. Das bin ich. Der Freund des Baumes. Seid auch ihr Freunde des Baumes? Dann seid ihr meine Freunde. Wer ein Freund des Baumes ist, ist auch mein Freund.« Er tätschelte kollegial die Ulmenwurzel.
»Wir sind Fhernhachen. Ich heiße Ensel. Das ist meine Schwester Krete.«
»Angenehm. Mein Name ist, äh tut, äh, nichts zur Sache.

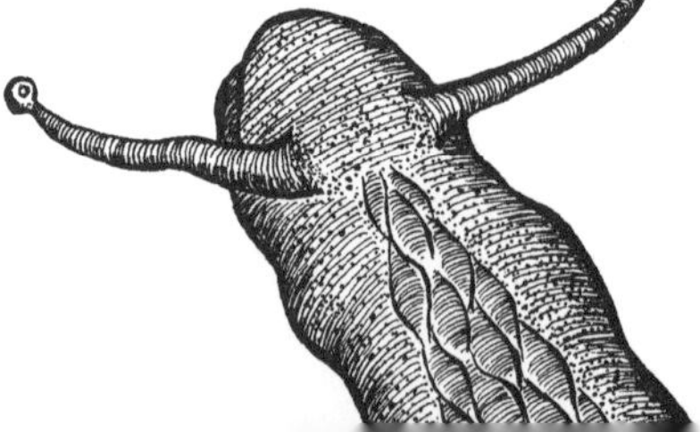

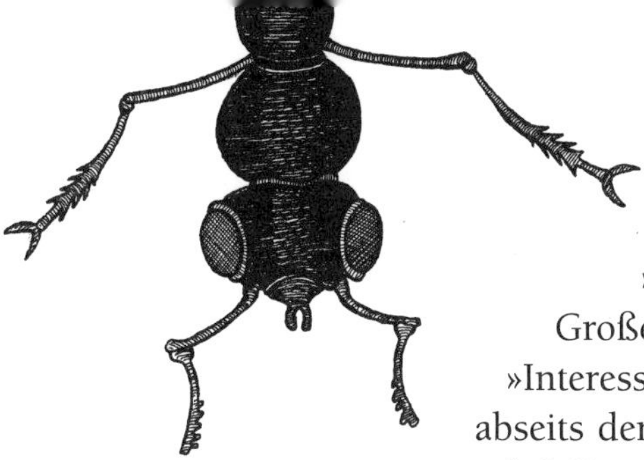

Schön, eure Bekanntschaft zu machen.«

»Wir sind zu Ferien hier im Großen Wald«, sagte Krete.

»Interessant. Darf ich fragen, was ihr abseits der offiziellen Wanderwege macht? Keine Angst, ich bin nicht von der Bauminger Waldwacht. Ich frage aus plumper Neugier.«

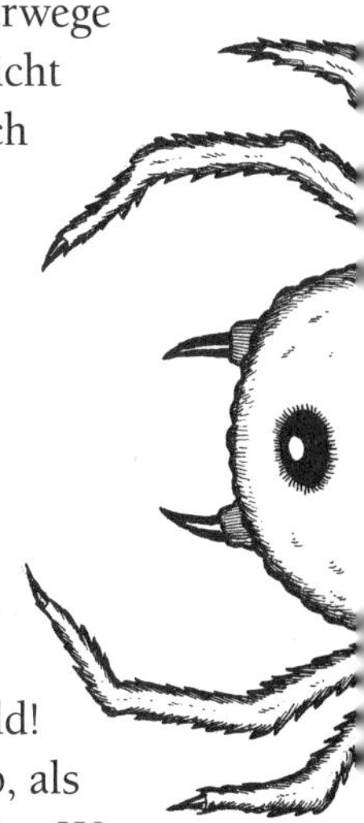

»Wir haben uns verlaufen.«

»Ihr habt euch verlaufen?« Das Gesicht des Gnomes erstrahlte. »Das ist ja groß… äh … das ist ja grauenhaft!« Der Zwerg verzog bekümmert seine Mundwinkel, fächerte die Finger seiner linken Hand auseinander und legte sie auf seine Brust, als sei ihm das Herz darin plötzlich schwer geworden. Seine Augen wurden wäßrig, und seine Stimme fing an zu beben.

»Ihr armen Kinder! Verlaufen! Verlaufen im Großen Wald! Es bricht mir das Herz.« Der Gnom wankte durchs Laub, als hätte ihn ein Pfeil in den Rücken getroffen. An einer großen Wurzel stützte er sich auf.

»Kann ich euch helfen? Ich helfe gern. Geradezu aus professioneller Leidenschaft. Ich bin ein Hilfsgnom.«

»Naja, wir wüßten natürlich gerne, in welcher Richtung …«, hub Ensel an.

»Nur das? Die richtige Richtung? Das ist alles, was ich für euch tun kann?«

»Das wäre sehr freundlich.«

»Nun, in welche Richtung wollt ihr? In die Richtung, in der ich noch vor wenigen Minuten den Gesang der Buntbären gehört habe? Oder in die entgegengesetzte Richtung, ins Innere des Waldes, wo, wie man munkelt, eine bösartige Hexe ihr Unwesen treiben und es auch aus anderen Gründen nicht ganz geheuer sein soll?«

»Was sollen diese dummen Fragen? In die Richtung der Bären natürlich.« Krete ging das theatralische Getue auf die Nerven. Sie

mochte diesen Zwerg nicht, und der Tonfall ihrer Stimme ließ daran keinen Zweifel.
Der Gnom senkte den Kopf und die Stimme.
»Schön. Behandle mich nur wie ein Stück Dreck. Das macht mir nichts. Das bin ich gewohnt. Ich bin nur ein Pilz zwischen deinen Zehen, Prinzessin.«
»Sei nicht so unhöflich«, zischte Ensel. »Er will uns doch nur helfen.«
Der Waldgnom änderte schlagartig sein Auftreten. Seine Augen verengten sich zu Schlitzen, ein breites Grinsen ging über sein Gesicht. Er sprach jetzt sehr leise, fast lauernd: »Natürlich kann ich euch helfen. Kein Problem. Was tut man nicht alles für seine Freunde? Die Frage ist nur: Was können meine neugewonnenen Freunde für mich tun? Ihr wißt schon: Eine Hand wäscht die andere.« Er rieb seine Handflächen aneinander.
»Siehst du«, sagte Krete. »Er will uns ausnehmen.«
»Was für ein häßliches Wort aus dem Munde einer Prinzessin«, rief der Gnom. »Ich schlage einen redlichen Handel vor und werde gleich der Wegelagerei bezichtigt. Dann eben nicht.« Er verschränkte die Arme und setzte eine beleidigte Miene auf.
»So kommen wir nicht weiter«, sagte Ensel. »Sag uns doch einfach, was du haben willst.«
»Was habt ihr denn zu bieten?«
»Wir haben noch fünf Himbeeren.«
»Das sind unsere letzten Vorräte!« rief Krete.
»Was brauchen wir Vorräte, wenn wir gleich zu Hause sind?«
»Abgemacht«, sagte der Gnom. »Ich nehme die Himbeeren.«
Er griff sich die Beeren, streckte langsam den Arm aus und wies mit dem Zeigefinger Richtung Westen.
»Da lang. Da haben die Buntbären gesungen. Laut und falsch.«
»Vielen Dank!« sagte Ensel.
»Gern geschehen! Kann ich sonst noch etwas für euch tun?«
»Nein danke!« sagte Krete und zog Ensel am Arm davon, in die angewiesene Richtung. Der Gnom blieb auf der Lichtung zurück. Er wartete, bis die beiden im Wald verschwunden waren.

»Himbeeren«, sagte er dann. »Ich hasse Himbeeren. Kähähä!« Er warf die Waldfrüchte angewidert hinter sich und verschwand in der entgegengesetzten Richtung im Unterholz. Nach Osten, von wo er den Gesang der Bären tatsächlich vernommen hatte.

Sie werden es wahrscheinlich schon längst bemerkt haben: Es handelt sich nicht um einen Waldgnom, sondern um einen Stollentroll. Warum nenne ich ihn dann im Text die ganze Zeit Gnom und nicht Troll? Nein, das ist nicht unseriös, sondern eine ganz legitime, übrigens ebenfalls von mir erfundene literarische Technik, die ich die *Mythenmetzsche Ungewißheitsschürung* nenne. Der Leser wird auf nervenzerfetzende Weise im Ungewissen gehalten: Ist er's, oder ist er's nicht? Erst mit dem stollentrolltypischen »Kähähä!« wurde die kaum erträgliche Spannung aufgehoben und der Leser aus dem Schwitzkasten der Mythenmetzschen Ungewißheitsschürung entlassen. Bemerken Sie die Entspannung des Muskeltonus, die Sie nun überkommt? Das befriedigende Gefühl der Bestätigung Ihrer propheti-

schen Intelligenz, das sich von Ihrem Kleinhirn aus über Ihren ganzen Körper ausbreitet? So körperlich wahrnehmbar und wohltuend kann Literatur sein, wenn sie von einem Könner zelebriert wird.
Und das war nur eine kleine Fingerübung! In meinem Roman *Der zweimal gegessene Kuchen* lasse ich den Leser über zwölfhundert Seiten lang im Ungewissen, ob der Held des Werkes männlichen oder weiblichen Geschlechts ist. Am Schluß stellt sich heraus, daß der Protagonist ein geschlechtsneutraler Wolterke ist - das Buch war fünf Jahre lang auf der Empfehlungsliste des *Gralsunder Kulturkuriers* und wurde sowohl von Frauen wie von Männern verschlungen, und natürlich von Wolterken.
Soviel zur literarischen Raffinesse, zurück zum gesellschaftlichen Subtext. Ein Stollentroll - im Großen Wald? Wurde in den Reklameprospekten des Bauminger Fremdenverkehrsvereins nicht immer damit geprahlt, wie frei ihr Forst von zweifelhaften Daseinsformen war, durch das rigorose Ausmusterungsverfahren an den Zugangswegen? Wenn ein Stollentroll in den Wald schlüpfen konnte, warum nicht auch andere, wesentlich gefährlichere Subjekte? Sicherlich, Ensel und Krete befanden sich im verbotenen Teil des Waldes, aber immerhin noch in Hörweite der Buntbären. Was soll das aufgeblasene Getue mit den Wachhäuschen an der östlichen Grenze des Waldes, wenn sich an der westlichen die Stollentrolle tummeln? Hören Sie das? Dieses dünne unheilverkündende Knacken? Nein, das ist kein morsches Geäst, das von Borkenkäfern bearbeitet wird. Das sind die ersten feinen Haarrisse, die durch das Bauminger Sicherheitssystem gehen.

Die Geschwister wanderten den ganzen Nachmittag, ohne längere Pause und ohne jemals ein Anzeichen dafür zu entdecken, der Bauminger Gemeinde mit ihren Wanderwegen nähergekommen zu sein.
Ensel glaubte mittlerweile, gewisse Stellen des Waldes wiederzuerkennen. Er hatte sich ein paar markante Eichen eingeprägt und war sich jetzt ziemlich sicher, eine davon gerade passiert zu haben. Er sagte Krete nichts davon, daß sie seines Erachtens im Kreis ge-

laufen waren. Dann traten sie auf eine Lichtung, und auch Krete erkannte sofort den umgestürzten Baum.
»Gut!« sagte Ensel schnell, um erst gar kein Gejammer aufkommen zu lassen. »Jetzt haben wir die Lösung! Wir sind eben in diese Richtung gegangen - es war eindeutig die falsche. Diesmal gehen wir in die entgegengesetzte - und wir kommen nach Hause.«
Krete wollte Ensels Logik nicht recht einleuchten, aber sie widersprach nicht, weil sie selber versuchte, die Furcht in ihr klein zu halten. Die Sonne sank schon wieder, das Licht des Tages verschwand langsam in den sich immer weiter ausdehnenden Schatten der Bäume. Wenn sie nicht eine weitere Nacht im dunklen Forst verbringen wollten, mußten sie etwas unternehmen.
Sie marschierten zügig weiter, und Krete entschloß sich nach ein paar Kilometern, ihre Schuhe wegzuwerfen, denn die Blasen an ihren Füßen wurden immer dicker. Der Waldboden war weich und warm, es lief sich mit bloßen Füßen wesentlich angenehmer. Dennoch behielt Krete den Untergrund scharf im Blick, um nicht erneut auf ein Stinktierchen oder etwas ähnlich Unangenehmes zu treten. Schwarze, spitzhütige Pilze, die Krete vorher noch nie gesehen hatte, wuchsen in diesem Teil des Waldes, und der Anteil an Moosen war auffällig hoch. Plötzlich hielt Ensel inne.
»Ruhig mal!« flüsterte er.
Krete erschrak.
»Die Hexe?«
»Schscht!«
Ensel hörte Stimmen. Er hörte Gesang.
»Hörst du das?« fragte er Krete.
»Ja. Da singt wer.«
»Hm.«
»Ist das die Hexe?«
»Nein. Hexen singen nicht.«
»Woher weißt du das?«
Ensel horchte angestrengt. Eine warme Brise ging durch den Forst, und plötzlich konnte er hören, was da gesungen wurde, zumindest Teile davon:

»Knistern ist *(unverständlich)* geheuer
Denn wo *(unverständlich)* Feuer
(unverständlich) uns nicht kalt
(unverständlich) brennt der Wald

Ja, die *(unverständlich)* sind wir
Nur zum *(unverständlich)* hier
Feuer mit *(unverständlich)* Bier ...«

Das war eindeutig der Gesang der Buntbären! Ensel und Krete mußten wieder in der Nähe des Waldrandes sein, oder ein Trupp von Brandwächtern hatte sich auf der Suche nach ihnen ins Innere begeben.
»Hilfe!« rief Krete.
»Hier sind wir!« schrie Ensel.
Sie liefen in Richtung des Gesangs. Als sie über die Wurzeln einer mächtigen Eiche sprangen (die Ensel trotz seiner Aufregung als die erkannte, die er vergeblich zu besteigen versucht hatte), konnten sie in einiger Entfernung ein paar bunte Flecken erkennen, die sich zackig fortbewegten - marschierende Buntbären auf Patrouille.
Der Gesang war jetzt laut und deutlich zu verstehen:

»Knistern ist uns nicht geheuer
Denn wo's knistert, qualmt oft Feuer
Prasseln auch läßt uns nicht kalt
Denn wo's prasselt, brennt der Wald

Ja, die Brandwächter, die sind wir
Nur zum Löschen sind wir hier
Feuer mit Wasser, Durst mit Bier ...«

Darf ich an dieser Stelle mal etwas über die lyrische Qualität Bauminger Liedgutes sagen? »Prasseln auch läßt uns nicht kalt« - so formulieren normalerweise nur lernschwache Yetis, die unüber-

windbare Probleme mit zamonischer Grammatik haben. »Nur zum Löschen sind wir hier, Feuer mit Wasser, Durst mit Bier« - das läßt hoffentlich nicht nur den professionellen Wortmetz am kulturellen Entwicklungsvermögen unseres Kontinents zweifeln. Hier triumphiert unter Reimzwang stehendes Barbarentum über jedes lyrische Feingefühl, hier schließt sich dumpfe Volkstümlichkeit lallend in die Arme. Dieser leutselige Humor, diese verordnete Fröhlichkeit in Tateinheit mit militantem Gesinge - mir als Künstler geht das nahe. Ich finde das wesentlich bedrohlicher als, sagen wir mal: das volksmündliche Geraune über Hexen. *Das* sind für mich die wahren Bedrohungen: schlampige Grammatik, knirschende Reime, schlechter Stil, in Zusammenhang mit nur schlecht verbrämten politischen Zielen. Ich hätte nicht übel Lust, wieder ein paar Seiten lang »Brummli« zu schreiben.

»Hilfe!« schrie Krete wieder. Ensel packte ihre Hand, gemeinsam rannten sie in die Richtung der marschierenden Buntbären. Der Wald wurde lichter, und in gar nicht so großer Entfernung konnten die beiden einen der gezimmerten Holzwege ausmachen. Sie liefen so schnell, wie es ihre kurzen Beinchen erlaubten. Die Bären waren nur noch wenige hundert Meter entfernt, jetzt konnte Krete schon die Kappen erkennen, die sie eindeutig als Brandwächter auszeichneten. Die Buntbären marschierten zügig und verschwanden hinter einem Hügel.

»Schneller!« rief Krete und zerrte ihren unsportlicheren Bruder hinter sich her. Sie wollten gerade zwischen zwei dünnen Tannen durchlaufen, als sich vor ihnen der Waldboden zu wölben begann. Blätter und Äste formten sich zu einem kleinen Hügel, der immer weiter wuchs, als würde sich ein Ameisenhügel aus dem Boden erheben. Ensel und Krete erstarrten. Der Hügel wölbte sich weiter und nahm körperhafte Formen an. Es lösten sich Arme und Beine aus dem Laubhaufen, ein Kopf ragte aus der Masse, grüne Raubtieraugen öffneten sich. Vor Ensel und Krete stand ein drei Meter großes Wesen, dessen Oberfläche aus welken Blättern zu bestehen

schien und das die Gestalt eines Wolfes hatte. In der Mitte des Kopfes teilten sich die Blätter, und ein imposantes Gebiß tat sich auf. Die Zähne darin waren aus Holz, und eine lange grüne Blattzunge, von der dickflüssiges Harz auf den Waldboden tropfte, hing aus dem Rachen. Das Gebiß öffnete sich so weit, daß man in einen dunklen Schlund hineinsehen konnte, aus ihm drang ein Geräusch, das ziemlich ausgeruht klang. Es war ein aufrecht gehender Laubwolf*, und er schien zu gähnen.

Ich habe einmal einen Laubwolf gesehen, im Zoologischen Institut für Gemeingefährliche Daseinsformen von Atlantis. Es war ein sehr altes, müde gewordenes Exemplar, aber trotzdem erinnere ich mich an den Respekt und die instinktive Furcht, die mich ergriffen, als sich das Tier plötzlich auf zwei Beine erhob und zur Tränke schlenderte. Er war mindestens drei Meter groß, ein wilder, unangenehmer Geruch ging von ihm aus, eine Mischung aus Raubkatze und vermoderndem Laub. Ich bin ein aufrecht gehender Dinosaurier und trage die Anlagen eines der gefährlichsten Raubtiere unseres Kontinents in mir - und dennoch war ich tief beeindruckt. Spontan schrieb ich ein Gedicht:

An einen alternden Laubwolf

Nur noch welk sind deine Blätter
Nur noch müde schweift dein Blick
Auch die Hüften sind jetzt fetter
Dennoch weiche ich zurück

Nunmehr stumpf sind deine Zähne
Deine Läufe seh' ich zittern
Und dein Maul dient nur zum Gähnen
Dennoch bist du hinter Gittern

Denn man ahnt die Kraft des Waldes
Und man sieht die Gier im Blick
Die noch immer in dir waltet
Also weiche ich zurück.

***Laubwolf, der**: Vorwiegend in zamonischen Wäldern beheimatetes Raubwesen aus der Gattung der floral-faunalen Mischformen mit Verwandtschaftsbeziehungen zum Zamonischen Grauwolf, zur Ornischen Blutbuche und zum Midgardschen Gummibaum (Ficus elastica midgardiensis). Die Verantwortung für das Entstehen der Laubwölfe wird dem zamonischen Hundertjahrwinter (*➛zamonischer Hundertjahrwinter, der*) zugeschrieben, währenddessen zamonische Tier- und Pflanzenwesen biologische Notgemeinschaften bildeten, aus denen dann Mischwesen wie der Laubwolf, die Blattschrecke, der Grüne Gorilla, die Schlingschlange oder die Eisfratten hervorgingen. (Prof. Dr. Abdul Nachtigaller, *Lexikon der erklärungsbedürftigen Wunder, Daseinsformen und Phänomene Zamoniens und Umgebung*)

Was ich mit diesem Gedicht ausdrücken wollte: Egal, wie alt oder hinfällig ein Laubwolf sein mag - man hat es in jedem Fall mit einem der gefährlichsten und unberechenbarsten Raubtiere von Zamonien zu tun. Aber meine persönliche Einschätzung von Laubwölfen beiseite: Mit so einem Tier hatte man in den Urwäldern von Dull oder auf den Baumfriedhöfen der Tatzeninsel zu rechnen - aber im Bauminger Forst?

Erst der Stollentroll, jetzt ein Laubwolf. Was war das für eine Geschichte mit dieser angeblichen Harmonie und Naturidylle im Buntbärwald, wenn sich da Laubwölfe herumtreiben konnten? Was hielt ihn davon ab, nachts zu den Bauminger Gasthöfen zu schleichen und schlafende Touristen zu fressen? In einer Gegend, in der sich Laubwölfe herumtrieben, eine kinderfreundliche Tourismusindustrie hochzuziehen, das war, als würde man an einem Gewässer, in dem sich Tyrannowalfische tummelten, ein Schild aufstellen, auf dem steht: *Baden ausdrücklich empfohlen!* Nun wurden in direkter Folge dieses unverantwortlichen Verhaltens zwei winzige Fhernhachenkinder mit einem ausgewachsenen Laubwolf konfrontiert. Und der hier war nicht alt und müde, sondern schien in seinen besten Jahren und gut ausgeschlafen zu sein.

Der Laubwolf war noch nicht ganz bei Verstand. Er hatte sich in einer Phase tiefen Schlafes befunden, als das Getrampel von Ensel und Krete ihn aufweckte. Laubwölfe träumen immer vom Verwelken, daher sind all ihre Träume Alpdrücken, ist jeder Schlaf voller Qual und Todesahnung. Um so erlösender ist für sie das Erwachen, um so erleichterter begrüßen sie das Licht des neuen Tages.
Der Laubwolf wankte schlaftrunken hin und her. Was war das für ein idiotischer Traum gewesen? Er - verwelken! Lächerlich. Wie kraftvoll das Clorophyll in ihm pulsierte! Aber was war das für ein gräßlicher Gesang am frühen Morgen?

»Knistern ist uns nicht geheuer
Denn wo's knistert, qualmt oft Feuer
Prasseln auch läßt uns nicht kalt
Denn wo's prasselt, brennt der Wald

Ja, die Brandwächter, die sind wir
Nur zum Löschen sind wir hier
Feuer mit Wasser, Durst mit Bier ...«

Der Wolf rieb sich die Augen und mobilisierte seine Raubtiersinne. Woher kam dieser Gesang? Vor ihm standen zwei vor Angst gelähmte Zwergenkinder, denen sicher nicht nach Singen zumute war. Seine Korknase zuckte und füllte sich mit Harz, seine Blattohren stellten sich auf, er witterte und horchte in den Wald: sechs Buntbären, singend, sich in nördlicher Richtung entfernend. Hm. Sechs gutdurchwachsene Buntbären oder zwei magere Zwergenkinder. Er mußte sich wohl entscheiden, was er zum Frühstück bevorzugte.

Der Wolf knurrte bösartig: Immer diese Entscheidungen! Mit Buntbären wurde er in der Regel fertig, aber sechs auf einmal - das könnte ein anstrengender Kampf mit ungewissem Ausgang werden. Außerdem war er gerade aufgestanden - er bevorzugte zum Frühstück leichtverdauliche, fettarme Kost. Die Bären würden ihm wahrscheinlich tagelang schwer im Magen liegen, und Alpträume hatte er schon zur Genüge, kurzum: Der Laubwolf entschied sich für die beiden appetitlichen Zwerge.

Ensel horchte:

»Knistern ist uns nicht geheuer
Denn wo's knistert, qualmt oft Feuer
Prasseln auch läßt uns nicht kalt
Denn wo's prasselt, brennt der Wald

Ja, die Brandwächter, die sind wir
Nur zum Löschen sind wir hier
Feuer mit Wasser, Durst mit Bier ...«

Der Gesang der Buntbären entfernte sich, die Rufe von Ensel und Krete waren im musikalischen Eifer der Waldwächter untergegangen. Von dort hatten sie keine Hilfe zu erwarten.
Von Laubwölfen hatte Ensel schon gehört beziehungsweise in seinen Prinz-Kaltbluth-Romanen gelesen. Sie lauerten in großen Wäldern, besser gesagt, sie befanden sich meistens in tiefem Schlaf, bis jemand den Fehler machte, in ihren Hoheitsbereich zu treten und sie zu wecken. Dann zerfleischten und verspeisten sie ihre Opfer - falls diese nicht zufällig Prinz Kaltbluth hießen, der ihnen natürlich eine fürchterliche Lektion in zamonischer Fechtkunst erteilte, während sich sein getreuer Begleiter und Knappe, der bucklige, feige und etwas dämliche Gnom namens Runkelstiel, auf eine Eiche flüchtete und seinen Herrn anfeuerte.
Der Laubwolf dehnte schwerfällig seine Glieder.
»Die Eiche!« rief Ensel und schlug sich mit der flachen Hand vor die Stirn. Er packte Krete beim Handgelenk und riß sie mit sich. Wenn sie es schaffen würden, die Eiche zu erreichen und hinaufzuklettern, bevor der Wolf aus seinem Tran erwacht war, waren sie gerettet. Wölfe besteigen keine Bäume.
Der Laubwolf sah ihnen verdattert nach, gähnte noch einmal herzhaft und schlurfte dann schwerfällig hinterher.
Ensel und Krete hasteten durch den Wald. Der Wind wehte noch einmal von sehr weit her das Lied der Buntbären zu ihnen hinüber.

»Knistern ist uns nicht geheuer
Denn wo's knistert, *(unverständlich)*
Prasseln auch läßt uns nicht kalt
Denn *(unverständlich)*, brennt der Wald

Ja, die *(unverständlich)*
Nur zum *(unverständlich)* hier
(unverständlich) mit Bier ...«

Krete war als erste bei der Eiche. Ensel mußte verdutzt mitansehen, wie sie an der glatten Rinde emporstieg, behende und sicher wie ein Eichhörnchen, instinktiv jeden winzigen Vorsprung, jedes Astloch mit ihren Fingern und Zehen ausnutzend. Im Nu saß sie auf einem Ast, drei Meter über dem Erdboden.

»Komm!« rief sie Ensel zu. »Das ist ganz einfach.«

Ensel versuchte, seine Finger in die Borke zu krallen. Zwei Fingernägel brachen sofort ab, ein dritter knickte so unangenehm nach hinten um, daß er die Aktion sofort abbrach.

»Ich schaff' das nicht!« schätzte er die Situation richtig ein. Er blikkte verzweifelt zu Krete hoch. Seine Schwester war schon auf einen höheren Ast gestiegen und machte sich an einer Kletterranke zu schaffen.

Der Laubwolf kam über den Kamm eines Waldhügels gelatscht, vorteilhafter war seine Fortbewegungsmethode nicht zu umschreiben. Er kratzte sich am Genick und gähnte immer noch.

Ensel war durch den bloßen Anblick des Wolfes wie gelähmt, seine Beine wurden weich und noch unbrauchbarer zum Klettern. Krete war in Sicherheit. Sollte er einfach weiterlaufen?

Eine Pflanzenliane schlängelte sich um Ensels Kopf und Hals. Er blickte hoch und sah, wie Krete die Ranke an einem dicken Ast vertäute.

»Halt dich daran fest, und geh mit den Beinen den Baum hinauf. Das ist einfacher als klettern.«

Ensel ergriff das Schlinggewächs und zog daran. Dann klammerte er sich mit beiden Händen fest, hob die Beine und stemmte seine

Füße fest gegen den Baum. Der Laubwolf betrachtete von weitem das Schauspiel mit Staunen. Was trieben die beiden appetitlichen Zwerge da auf seinem Lieblingsbaum?

Während Ensel sich mit den Armen an der Ranke nach oben zog, marschierte er mit den Beinchen die Eiche hoch wie ein Borkenkäfer. Krete unterstützte ihn dabei, indem sie oben an der Liane zerrte. Im Nu saß Ensel neben ihr auf einem Ast, der für Wölfe garantiert unerreichbar war. Seine Panik löste sich in Triumph auf, er umarmte Krete, holte tief Luft und stieß einen Schrei der Erleichterung aus. In etwa fünfzig Metern Entfernung kam der Laubwolf angeschlichen, er machte immer noch einen müden und jetzt sogar fast bemitleidenswerten Eindruck. Vielleicht, dachte Ensel, könnten sie ihn ein wenig ärgern und mit Eicheln bewerfen. Dann würde er sich schon irgendwann trollen.

Hinter ihnen befand sich das große Astloch, über dessen Inhalt Ensel schon früher spekuliert hatte. Vielleicht konnten sie da hineinkriechen und abwarten, bis sich der Wolf wieder verzog. Ensel robbte auf dem breiten Ast zur Öffnung und spähte hinein.

Die Eiche schien innen völlig hohl zu sein, war aber angefüllt mit Gegenständen aller Art. Es war einerseits völlig wertloser Plunder, andererseits befanden sich sehr kostbare Gegenstände darunter, Goldketten, silberne Rüstungen, Perlenketten, Helme aus Midgard-Stahl, Säcke voller Geldmünzen. Und zwischen all diesen Dingen lagen zahllose Knochen und Totenköpfe. Ensel wurde bei dem Anblick schwindelig. Seine Beine knickten unter ihm weg, und er stürzte kopfüber in die Baumhöhle.

»Knistern ist uns *(unverständlich)*
(unverständlich) Feuer
Prasseln auch läßt *(unverständlich)*
Denn *(unverständlich)* Wald

Ja, die *(unverständlich)*
Nur zum *(unverständlich)*
(unverständlich) Bier …«

Zum letzten Mal wehte der Gesang der Bären herüber, Krete konnte ihn kaum noch verstehen. Der Laubwolf war jetzt bei der Eiche angekommen und blickte neugierig hinauf. Krete behielt ihn aufmerksam im Auge.

»Der Wolf steht jetzt unten am Baum«, rief sie ihrem Bruder zu.

Ensel rappelte sich auf, inmitten von Schätzen und blitzblanken Gebeinen. Ein Bärenschädel lag vor ihm auf einem Bett aus Goldmünzen und glotzte ihn aus leeren Augenhöhlen an. Ein Ohrenkneifer kam aus dem linken Auge gekrochen und knackte unangenehm mit seinen Zangen.

In diesem Augenblick begriff Ensel, was es mit den Gegenständen und Knochen in der Eiche auf sich hatte. Dies war die Speisekammer des Laubwolfes. Hierher verschleppte er seine Opfer, hier fraß er sie auf. Die ganzen Schätze hatten für ihn gar keine Bedeutung. Sie waren für ihn Abfälle, genau wie die Knochen. Diese Erkenntnis bedeutete allerdings auch, daß Laubwölfe klettern können.

Der Laubwolf grübelte indessen immer noch über das Verhalten der Zwerge. Warum waren die beiden auf die Eiche geklettert? Um ihm die Arbeit zu erleichtern? Er wäre mit seiner Beute sowieso hinaufgestiegen, wenn er sie erlegt hätte. Er liebte es, sein Frühstück im Schutz des ausgehöhlten Baumes zu sich zu nehmen, eine Angewohnheit aus alter Zeit, als der Wald noch voller Laubwölfe war, die sich gegenseitig die Beute streitig machten. Es bereitete ihm nicht die geringste Mühe, einen Baum zu besteigen. Er war schließlich fast selber einer. Von alledem ahnte Krete nichts. Sie wähnte sich in absoluter Sicherheit, mehr noch, sie befand sich sogar im Zustand einer gewissen Euphorie, ausgelöst durch die erfolgreiche Flucht. Daher beschloß sie, ihre überlegene Position ein wenig zu mißbrauchen und den Laubwolf zu ärgern. Krete beugte sich zu ihm hinunter, streckte ihm die Zunge heraus und machte Geräusche, die sie für angemessen hielt, um ein solches Tier in Rage zu bringen. Schließlich verdrehte sie die Augen, wedelte mit den Händen in der Luft und überlegte gerade, ob sie so weit gehen sollte, ihm auf den Kopf zu spucken, als der Laubwolf sagte:

»Was macht ihr Knirpse da auf meinem Baum?«

Krete zuckte zusammen. Ihre Euphorie verflog augenblicklich.

»Du kannst sprechen?«

»Eigentlich nicht«, antwortete das Raubtier mit tiefer, anziehender Stimme. »Ich kann immer nur für einen kurzen Moment sprechen, jeweils in der Sprache des Opfers, das ich mich gerade zu verspeisen anschicke. Eine Laune der Natur will es, daß ich mich mit meinem Essen unterhalten kann.« Der Laubwolf lachte guttural. »Keine Ahnung, wozu das gut sein soll.«

Währenddessen versuchte Ensel, aus der Baumhöhle zu entkommen. Er stapelte Geldsäcke zu einer kleinen Treppe, um den Höhleneingang zu ersteigen, der sich anderthalb Meter über ihm befand. »Soviel Gold«, dachte er, »wenn wir hier heil rauskommen, sind wir reich.«

Krete versuchte, sich zu beruhigen. Daß der Wolf sprechen konnte, bedeutete nicht, daß er auch in der Lage war, auf Bäume zu klettern. Ihr erschien es klug, ihn erst einmal mit einem Gespräch in Schach zu halten.

»Hähä!« lachte Krete verkrampft. »Was es nicht alles gibt. Ein sprechender Wolf.«

»In diesem Wald gibt es alles«, gähnte der Laubwolf. »Du solltest mal sehen, was hier los ist, wenn es dunkel geworden ist. Da tanzen die Pilze Ringelreihen.«

»Du kannst im Dunkeln sehen?«
»Na klar. Eigentlich besser als im Hellen.«
»Was, äh, ist denn so los im Dunkeln?«
»Darf ich nicht sagen. Großes Waldehrenwort und so. Blätter unter sich.« Der Laubwolf lachte sympathisch. »Das heißt«, fügte er hinzu, »eine Sache kann ich dir erzählen. Ist eigentlich ein offenes Geheimnis.«
»Welche Sache denn?« fragte Krete mit bebender Stimme.
»Naja - es ist so: Der Wald ist eigentlich gar kein Wald. Also im streng biologischen Sinne jedenfalls. Wußtest du, daß dieser Forst weinen kann?«
»Was meinst du damit?«
Die Stimme des Wolfes senkte sich und füllte sich mit aufrichtiger Trauer. »Es gibt eine Grenze im Großen Wald ... eine Grenze, die niemand überschreiten sollte. Tief im Innern der Baumkreise gibt es eine Stelle ... eine Stelle, wo die Bäume schmelzen und die Pflanzen weinen. Das ist nicht richtig. Das ist verdammt nochmal nicht richtig.«
Der Laubwolf schluckte. Er schien mit den Tränen zu kämpfen.
»Ich kenne jedenfalls keinen anderen Wald, wo es so etwas gibt. Und ich kenne eigentlich jeden einzelnen Baum in Zamonien!« Seine Stimme festigte sich wieder und wurde lauter. »Kennst du den Nurnenwald? In der Nähe von Wolperting?«
Krete schüttelte den Kopf.
»Ich kann dir sagen - das ist ein Gehölz, das es in sich hat! Hast du schon mal eine Nurne gesehen?«
»Auch nicht.«
»Sei froh! Huh ... Nurnen ...« Der Laubwolf schien kurz zu frösteln, ein leises Rascheln ging durch seine Blätter. »Ich habe einmal eine Nurne gesehen - mehrere davon. Und ich will nie wieder eine sehen, das kann ich dir versichern. Aber Nurnen ... das ist nichts gegen das, was im Inneren dieses Forstes lauert. Nichts.«
Der Wolf erregte langsam Kretes Sympathie. Er schien hochintelligent und offensichtlich sensibel zu sein. Und seine Stimme war irgendwie ... Krete fiel kein Wort dafür ein.

»Was meinst du damit?« fragte sie flüsternd.
»Ich hab schon viel zuviel gesagt«, erwiderte der Laubwolf, ebenfalls mit gesenkter Stimme. Er blickte sich in alle Richtungen um und witterte. Dann wandte er sich wieder Krete zu. »Der Wald hat Ohren, verstehst du? Und nicht nur das. Er hat Augen. Er hat eine Seele. Und die ist schwarz. Noch schwärzer als meine.« Die Stimme des Laubwolfs erhob sich wieder. »Aber sag mal, Kleine - können wir jetzt zur Sache kommen?«
»Zur Sache?«
»Na - Frühstück!« lachte der Laubwolf und begann mit kraftvollen, aber dennoch lässigen Bewegungen auf die Eiche zu klettern.
Krete versuchte, schneller nachzudenken.
Ensel hatte es inzwischen geschafft, aus der Baumhöhle zu steigen, und kroch nun auf dem breiten Ast zu seiner Schwester.
»Er kann klettern!« schrie er ihr von hinten ins Ohr.
»Ich weiß«, sagte Krete. »Aber ich habe einen Plan.«
Der Wolf schob seine Holzkrallen zwischen die Rindenwülste und zog sich langsam, aber stetig nach oben. »Ich werde euch nacheinander fressen«, rief er freundlich. »Ihr könnt es unter euch abmachen, wer als erster dran ist. Wen ich als ersten fresse, der hat es schneller hinter sich. Andererseits lebt er weniger lange. Der zweite lebt länger, muß sich aber alles angucken, was ich mit dem ersten mache. Und glaubt mir, das ist nichts für schwache Nerven. Geht selten ohne Geschrei ab. Und das ganze Blut ... Naja, hat alles sein Für und Wider. In der Höhle sind Geldmünzen, ihr könnt eine nehmen und sie werfen, wenn ihr wollt.«
»Er kann sprechen?« fragte Ensel.
»Paß auf«, flüsterte Krete, »ich zähle bis vier. Wir warten, bis er fast oben ist. Bei vier springen wir über den Wolf nach unten. Dann rennen wir los, in die Richtung, wo der Gesang verschwunden ist.«
»Da runter? Wir brechen uns alle Knochen!«
»Willst du lieber gefressen werden?«
Ensel dachte an all die Gerippe in der Baumhöhle.
»Eins!« flüsterte Krete. Ensel beugte seinen Kopf zu ihr hinüber, damit sie ihre Nasen aneinanderreiben konnten.

Lassen Sie mich bei dieser Gelegenheit ein wenig über die zamonischen Zahlensysteme plaudern. Und versuchen Sie nicht, diese Mythenmetzsche Abschweifung zu überlesen - denn ohne sie ist ein Verständnis der kommenden Handlung völlig unmöglich.
Da die meisten Zamonier an jeder Hand vier Finger haben, basiert die zamonische Urmathematik auf der Zahl Vier. Es gibt die Zahlen Eins, Zwei, Drei, Vier und Doppelvier, die eigentlich Acht bedeutet. Die dazwischenliegenden Zahlen Fünf, Sechs und Sieben werden von der zamonischen Urmathematik als »Unzahlen« verachtet, sie streitet die Existenz dieser Zahlen schlichtweg ab. Auf die Doppelvier (8) folgt die Doppeldoppelvier (16), darauf die Doppeldoppeldoppelvier (32), darauf die Doppeldoppeldoppeldoppelvier (64) und so weiter - ein System, das offensichtlich auf der Multiplikation von durch vier teilbaren Zahlen basiert.
Die zamonische Urmathematik leugnet weiterhin alle Zahlen, die zwischen Doppelvier (8) und Doppeldoppelvier (16) sowie zwischen Doppeldoppelvier (16) und Doppeldoppeldoppelvier (32) liegen, sowie die zwischen Doppeldoppeldoppelvier (32) und Doppeldoppeldoppeldoppelvier (64) - und so weiter, bis ins Unendliche. Die zamonische Urmathematik lehnt also insgesamt ziemlich viele Zahlen ab - eigentlich die meisten. Sie gilt daher als das ungenaueste aller Rechensysteme.

Die zamonischen Druiden hingegen akzeptieren nur eine einzige Zahl, die sie Olz nennen. Olz ist die Anzahl von Druidenseelen, die angeblich gleichzeitig durch ein Schlüsselloch passen, und das ist eine sehr hohe, eigentlich nur für Druiden erfaßbare Summe. Weil die Zahl so hoch ist, muß der Druide im alltäglichen Bereich mit Bruchteilen von einem Olz rechnen - die druidische Mathematik basiert also auf dem Dividieren von Olzen. Die kleinste druidische Zahl (außer dem Nicht-Olz, das *kein einziges Teil eines Olzes* bedeutet und der arabischen Null vergleichbar ist) ist das Ukzilliarden-Olz, also der ukzilliardenste Teil eines Olzes. Eine Ukzilliarde entspricht übrigens einer Million Ukzillionen.
Ganz anders rechnen die Rikschadämonen, sie vertreten die gruseligste Mathematik Zamoniens und zählen in Schrecksekunden: Das ist die Dauer, die ein durchschnittliches Haar braucht, um sich beim Erschrecken aufzurichten (ungefähr 0,3 Sekunden). Diese Zahleneinheit nennen sie 1 Horror, zehn Horror bedeuten einen leichten Schreck, hundert Horror einen Schock und tausend Horror einen Herzinfarkt.
Die umständlichste Mathematik Zamoniens wird aber von den Fhernhachen praktiziert: Sie rechnen in Zuneigungen, und deswegen können sie nur zählen, wenn sie mindestens zu zweit sind. Eine Zuneigung wird durch das Aneinanderreiben von zwei Fhernhachen-Nasen repräsentiert, zwei Zuneigungen durch das zweimalige Reiben und so weiter. Außerdem gehören die Fhernhachen zu den wenigen Anhängern der zamonischen Urmathematik, weshalb sie immer bis Vier abzählen statt bis Drei - womit wir wieder bei unserer Geschichte wären:

»Zwei!« zählte Krete. Sie rieben zum zweitenmal ihre Nasen aneinander.
Der Laubwolf ergriff den großen Ast, auf dem die beiden hockten. Er zog sich kraftvoll hoch.
»Drei!« wisperte Krete und überlegte, ob sie es nicht dabei belassen und einfach springen sollten. Aber man hatte ihr in der Fhern-

hachen-Schule die zamonische Urmathematik dermaßen eingepaukt, daß sie es nicht über sich brachte, bei einer ungeraden Zahl aufzuhören und die Vier auszusparen.
»Vier!« wollte sie rufen und beugte sich zum letzten Nasereiben hinüber, aber da war der Wolf schon über ihnen und packte die beiden bei der Gurgel.
»Urgh!« machte Ensel.
»Argh!« machte Krete.

Sollte uns das nicht dazu veranlassen, das zamonische Bildungssystem zu hinterfragen? Sollte uns das nicht darüber nachdenken lassen, was wir unseren Kindern in den öffentlichen Lehranstalten einbleuen?
Auch ich habe in der Grundschule noch zamonische Urmathematik pauken müssen, und ich schleppe diesen unnützen Ballast bis auf den heutigen Tag mit mir herum. Ich fange unwillkürlich an zu stammeln, wenn ich die Zahlen Fünf, Sechs oder Sieben aufsagen will, von einem Haufen anderer Zahlen ganz zu schweigen.
Erinnert sich noch jemand an das zamonische Grätenalphabet? Weil der damalige Bildungsminister Scha Kokken ein passionierter Angler war, ließ er die zamonischen Buchstaben durch Gerippe von Sportfischen ersetzen, und wer damals das Pech hatte, in Zamonien schulpflichtig zu sein, mußte sich die Silhouetten von Fischgräten einprägen. Noch heute kann ich das Rückgrat des Zackenbarsches (F) von dem der Steinforelle (K) unterscheiden - und was habe ich davon, außer, daß wichtiger Raum meines Gehirns von diesem Unfug okkupiert ist? Es ist nur ein geringer Trost, daß Scha Kokken beim Nackttauchen in der Zamonischen Riviera von einem Tyrannowalfisch verschluckt wurde.
Ich jedenfalls kann mich noch daran erinnern, daß Stottern einmal Pflichtfach an den zamonischen Gymnasien war, weil damals eine Partei von sprachbehinderten Nattifftoffen im atlantischen Parlament saß. Weil alles viel länger brauchte, um gesagt zu werden, dauerten die quälenden Unterrichtsstunden doppelt so lange wie gewöhnlich.

Drei Jahre lang wurde der zamonische Sportunterricht durch stundenlanges Kaltduschen ersetzt - wegen eines Schreibfehlers des Kultusministeriums. Und so weiter, und so fort, die Geschichte der zamonischen Bildungspolitik ist voll von solchen bizarren Irrtümern auf Kosten unserer Jugend. Noch heute wird Nachtigallersche Philophysik als Pflichtfach an allen zamonischen Universitäten gelehrt - eine intellektuelle Disziplin, die kein Lebewesen versteht, das über weniger als sieben Gehirne verfügt.
Worauf ich hinauswill: Ich bin der Auffassung, daß gewisse Lehrstoffe die Kinder nachhaltig seelisch beschädigen können. Beispiel Krete: In einer lebensbedrohenden Situation ist sie nicht in der Lage, sich von einer weltfremden Arithmetik zu verabschieden, obwohl sie ahnt, daß sie sie nur in noch größere Schwierigkeiten bringt. Warum lassen wir unsere Kinder nicht einfach das lernen, was sie lernen wollen? Wollen sie zamonische Urmathematik lernen, werden sie vielleicht zamonische Urmathematiker. Wollen sie kochen lernen, werden sie Köche. Wollen sie schreiben lernen, werden sie bestenfalls Schriftsteller und schlimmstenfalls Drohbriefschreiber. Wollen sie gar nichts lernen, bleiben sie eben dämlich oder werden Literaturkritiker.

Der Laubwolf hielt die Kehlen von Ensel und Krete fest umklammert, drückte ihnen aber nicht die Luft ab. Die beiden wagten es nicht, sich auch nur einen Millimeter zu bewegen. Der Wolf sah sie mit seltsam trüben und gleichzeitig starren Augen an. So einen traurigen, hoffnungslosen Blick hatte noch keines der Geschwister jemals gesehen, er jagte ihnen mehr Furcht ein als die scharfen Klauen an ihren Hälsen und die hölzernen Reißzähne, von denen das Harz tropfte.

Verzeihung - aber das Wort Literaturkritiker hat alte Wunden in mir aufgerissen, ich kann unmöglich in der Handlung fortfahren, ohne mir zu diesem Thema Luft gemacht zu haben. Wissen Sie, was Kritiker mir mal können? *Sie können mir mal die Schere spülen!** Jawohl! Entschuldigen Sie bitte meine deutlichen Worte, aber wenn ich an Literaturkritiker denke, erwachen meine alten Raubsaurier-Instinkte. Welche Qualifikationen muß man schon mitbringen, um meine Arbeit kritisieren zu dürfen? Man muß ein Buch von mir gelesen haben, das ist alles - und die meisten von ihnen haben nicht mal das ordentlich getan. Man stelle sich einmal das Leistungsverhältnis von Literat und Literaturkritiker vor: Ich arbeite an einem Buch ein, zwei Jahre, ein Kritiker liest es in ein, zwei Stunden quer, wobei er die besten Stellen überspringt, um sich die schlechteren besser merken zu können. Damit glaubt er berechtigt zu sein, mein Buch einer öffentlichen Kritik im *Gralsunder Kulturkurier* auszusetzen, es niederzumachen, den Leuten vom Kauf abzuraten und zwei Jahre meines Lebens zu zerstören.

Mein Bäcker backt leckere Hefeteilchen. Meistens sind sie köstlich, aber manchmal nimmt er zuviel Mehl oder zuwenig Zucker, und sie werden pappig oder unbekömmlich. Gehe ich deswegen hin und veröffentliche im *Gralsunder Kulturkurier* eine vernichtende Hefeteilchenkritik, um seine Bäckerei an den Rand des Ruins zu bringen? Nein, ich denke mir, daß er einen schlechten Tag hatte, vielleicht sind seine Kinder krank, oder er war übermüdet vom vielen Teilchenbacken. Ich erinnere mich an all die leckeren Teilchen, mit denen er mich schon erfreut hat, ich denke an seine harte nächtliche Arbeit am Backofen und gehe am nächsten Tag wieder zu seiner Bäkkerei, um ihm eine neue Chance zu geben.

Anders die Kritiker. Sie sind meist gescheiterte Schriftsteller, die einen mißglückten Roman oder stapelweise abgelehnte Gedichte in der Schublade liegen haben und sich dafür an ihren erfolgreichen Kollegen rächen wollen. Verbitterte, griesgrämige Gesellen, die keine

* *»Du kannst mir mal die Schere spülen«* ist einer der gebräuchlichsten und zugleich drastischsten Kraftausdrücke von Zamonien. Die in den atlantischen Fellkämmereien beschäftigten Scherenspüler (sie waren damit beschäftigt, die läuseverseuchten Yetihaare aus Kämmen und Scheren zu spülen) galten lange Zeit als der niedrigste Berufsstand Zamoniens. Jemanden als »Scherenspüler« zu bezeichnen oder ihn aufzufordern, einem die Schere zu spülen, war eine grobe Beleidigung. (Der Übersetzer)

Mahlzeit genießen können, weil sie dabei ständig nach dem Haar in der Suppe suchen. Schleimfressende, nach Stinktierchensekret riechende Kanalisationsbewohner. Ja, Laptantidel Latuda* – **Dich** meine ich!
(Wenn Sie nicht der Großkotzkritiker Laptantidel Latuda sind, überlesen Sie bitte die nächsten 50 Zeilen, denn sie gehen Sie nichts an. Das ist eine persönliche Sache. Vielen Dank.)

Ich weiß doch, Latuda, daß Du hier rumlungerst, daß Du bis hierhin gelesen hast, um irgendwelche stilistischen Schwächen aufzuspüren, um mich an den Pranger der zamonischen Literaturkritik zu stellen. Aber ich weiß auch, daß Du bisher keine gefunden hast, makellos und unangreifbar steht meine Prosa vor Deinem staunenden Auge, wie eine schimmernde Rüstung voller kunstvoller Ziselierungen, mehrlagig mit Gold und Silber beschichtet und von Engeln poliert. Ich verstehe Dein atemloses Staunen, es ist die Begriffsstutzigkeit einer bedauernswerten und verzweifelten Kreatur, die in einer Welt aus Elend und Haß lebt und zum ersten Mal in ihrem Leben etwas Vollkommenes zu sehen bekommt.
Mir ist bewußt, Latuda, daß Du versuchen wirst, diese Vollkommenheit mit Dreck zu bewerfen, aber diesmal bin ich gewappnet und vollziehe selbst den ersten Streich. Damit hast Du nicht gerechnet, was, Du silbensaugender Blutegel? Die *Mythenmetzsche Abschweifung*, das ist ein Kunstgriff, mit dem Du in Deinen schlimmsten Alpträumen (die wahrscheinlich vollgestellt sind mit meinen Literaturpreisen) nicht gerechnet hast. Ich kann Dich ab jetzt jederzeit persönlich attackieren, niemals wieder wirst Du ein Buch von mir durchlesen können ohne die ständige Furcht, daß ich auf der nächsten Seite über Dich herfalle wie ein Racheengel. Und glaube mir, ich werde dies mit der gleichen Unverhältnismäßigkeit und Willkür tun, mit der Du Dich in Deinen Verrissen über meine wehrlosen Werke hergemacht hast. Hütet Euch, Ihr Literaturschmarotzer: Ab jetzt sind

*Laptantidel Latuda: – Seinerzeit populärster Literaturkritiker Zamoniens, Chefredakteur des *Gralsunder Kulturkuriers* und langjähriger Erzfeind von Hildegunst von Mythenmetz. (Der Übersetzer)

wir bewaffnet und gefährlich. Mit der *Mythenmetzschen Abschweifung* lege ich den Schriftstellern Zamoniens einen aus Worten geschmiedeten Stahl in die Hand, mit dem sie sich endlich wehren können gegen Schmierfinken wie Dich, Latuda! Ich kann sehen, wie Du Dich vor diesem Buch windest wie ein Wurm, im Staub Deiner elenden Kritikerbude, wo der Kalk von den Wänden rieselt wie in Deinem verschrumpelten Gehirn. Ich weiß doch genau, Du steckst dahinter, daß mir der Goldene Hutzenheimer Reimschmiedehammer nicht zuerkannt worden ist! Ich weiß, daß Du in der Jury warst, auch wenn Du Dir einen falschen Backenbart angeklebt hast, Du talentfreier Neidling! Der Absatz meines Romans *Das Monokel des Zyklopen* kam nach Deinem von der Mißgunst diktierten Verriß im *Gralsunder Kulturkurier* glatt zum Erliegen, Du parasitärer Grottenolm!

Aber jetzt weißt Du endlich, wie es ist, öffentlich mit Schmutz beworfen zu werden. Wie gefällt es Dir zum Beispiel, wenn ich hier erzähle, daß Dein Vater ein blutschinkischer Scherenspüler war, der seine Familie aus der Mülltonne ernährt hat? Daß Du beim atlantischen Abitur versagt hast, wegen eines *Unbelehrbar* in Zamonisch? Daß Du von Deinen Nachbarn beobachtet wurdest, wie Du Dich mitten in der Nacht in Deinen Briefkasten übergeben hast, die zamonische Nationalhymne singend? Aber wir wollen hier nicht persönlich werden. Doch, wir wollen persönlich werden! Ich spucke in Deinen Hals, Latuda, ich werde Dir mit meinem Haß bis in die Grube nachsteigen und auf Deinem Sarg tanzen, ich werde einen Nachruf auf Dich verfassen, der Deine Familie auf Generationen mit Schande überzieht, ich werde Dich bis in die tiefste Kritikerhölle verfolgen, wo Du mit Sicherheit in Deiner eigenen Galle auf kleiner Flamme weichgekocht wirst, bis … Aua! Au! Verdammt! Das haben wir jetzt davon: meine Gallenblase. Au! Es ist immer dasselbe: Wenn ich das Wort Literaturkritiker höre, spielen meine Organe verrückt. Mein Hirn rotiert, und meine Galle wirft Blasen. Aua! Also weiter im Text, das beruhigt.

Nach einer Weile – es mußten schon Minuten vergangen sein – rührte sich die Bestie noch immer nicht. Auch ihre Augen waren regungslos, kein Zucken, kein Blinzeln, keine Bewegung der Pupille. Nur dieses grauenerregende Starren ins Nichts.

Ensel wagte es zum ersten Mal, mit dem Kopf zu wackeln. Das Tier (Die Pflanze? Das Pflanzentier?) reagierte nicht. Krete hob die Hand und berührte die Tatze des Wolfes. Er zeigte keine Regung.

»Er ist eingeschlafen«, flüsterte Ensel.

»Mit offenen Augen?« zischte Krete zurück.

Ensel wußte nur, daß Laubwölfe sehr außergewöhnliche Schlafgewohnheiten hatten – sie hielten Sommerschlaf (aus dem sie ihn geweckt hatten), sie schliefen unter der Erde, sie hatten ausschließlich Alpträume – warum nicht auch spontanes Wegnicken mit offenen Augen? In der zamonischen Natur war vieles möglich, eigentlich alles.

»Vielleicht können wir seine Finger öffnen, ohne ihn zu wecken?« fragte Krete.

»Und *wenn* er wach wird?«

Krete überlegte. »Das wird er so oder so irgendwann.«

Ensel holte tief Luft und berührte die Tatze, die um seinen Hals lag. Er behielt den Gesichtsausdruck des Wolfes aufmerksam im Auge und versuchte langsam und vorsichtig, die Umklammerung der ersten Klaue zu lösen. Der Blick des Laubwolfs blieb unbeweglich und stumpf. Die Klaue war starr und kalt und bot einigen Widerstand, ließ sich aber dennoch zurückbiegen. Wolfsaugenkontrolle: alles regungslos. Ensel bog die zweite Kralle auf. Hatte sich das Pflanzenmonstrum bewegt? Nein. Doch! Nein. Ensels Herz ging wie eine Dampfpumpe. Die dritte Klaue. Kontrolle: nichts. Die vierte. Ensel war frei.

Inzwischen hatte auch Krete die Tatze von ihrem Hals entfernt. Der Laubwolf blieb in seiner stoischen Haltung, der Blick so gefroren wie der ganze übrige Körper, die Klauen in der Position erstarrt, in die die Kinder sie gebogen hatten: furchterregend, aber ungefährlich, wie eine Gruselgestalt im Wachsfigurenkabinett. Ensel und Krete lösten sich von dem Untier und krochen zwischen seinen

Beinen hindurch, behutsam und geräuschlos. Sie machten sich bereit zum Sprung, Ensel warf einen letzten Blick zurück auf den Wolf. Er war immer noch starr. Und er hatte drei lange Pfeile im Rücken stecken, alle mit grüner Befiederung.
»Tja«, rief da eine Stimme aus dem Wald, »der ist hinüber! Mausetot. Ihr könnt ruhig ein bißchen Krach machen, der wacht nicht mehr auf. Die Pfeile sind mit Kontaktgift imprägniert, das eine sofortige Leichenstarre verursacht.«
Ensel und Krete spähten über die Lichtung. Bäume. Laub. Gesträuch. Kein Lebewesen war zu sehen.
»Oh, Entschuldigung«, sagte die Stimme, die dunkel und gutmütig klang. »Die Tarnung. Wenn wir uns nicht bewegen, sieht man uns nicht.«
Jetzt schien sich ein Gebüsch zu regen, Blätter wedelten, als führe ein Wind darüber. Ein zweites Gebüsch geriet in Bewegung. Ein dritter Busch raschelte, und heraus traten drei Bären mit unterschiedlich grünem Fell (grasgrün, smaragd und oliv), von oben bis unten mit Laub getarnt. Sie hielten große Langbögen in den Händen und trugen Köcher voller grüngefiederter Pfeile auf dem Rükken. Sie waren vom Wald, der sie umgab, kaum zu unterscheiden.
»Na kommt schon runter. Wir sind die Guten«, lachte einer von ihnen jovial.
Ensel und Krete hangelten sich an der Liane nach unten.
Der olivfarbene Bär, der der Wortführer zu sein schien, schritt auf die beiden zu, nahm Kretes Hand und beugte sich zu einem eleganten Handkuß herab. »Madame? Darf ich mich vorstellen: Mein Name ist *Hrrchrmchrrchrm*!« Er hustete affektiert, während er seinen Namen unverständlich in seinen Bart brummte. Auch die beiden anderen Bären husteten künstlich in ihre Fäuste.
»Wie bitte?« fragte Krete.
»Will sagen: Mein Name hat keine Bedeutung. Nennt mich einfach Neunzehn. Oder Zwölf. Mir egal, wie ihr mich nennt, wenn es nur nicht mein richtiger Name ist. Oder habt ihr dieses Problem mit der zamonischen Urmathematik? Dann nennt mich Doppelvier. Oder Doppeldoppelvier. Das ist egal. Das da sind Zwei und Drei.

Sie wurden tatsächlich noch mit zamonischer Urmathematik großgezogen, daher die einfallslosen Geheimnamen.«
Zwei und Drei winkten freundlich.
Geheimnamen? Ensel horchte auf. Alles mit dem Wort »Geheim« darin interessierte ihn mächtig. Hätten seine Eltern all die Gemüsesorten, die er nicht mochte, mit der Bezeichnung »Geheimgemüse« versehen, hätte er sie mit Heißhunger verschlungen. Aber so raffiniert waren Erwachsene nicht.
Der Bär räusperte sich und nahm einen etwas offizielleren Tonfall an. »Ich, äh, vermute, ihr seid die beiden entsprungenen Fhernhachenkinder? Ensel und Krete von Hachen?«
Die beiden nickten schuldbewußt.
»Gratuliere. Ihr seid *das* Thema von Bauming in den letzten vierundzwanzig Stunden.«
Ensel und Krete glotzten betreten auf ihre Fußspitzen.
»Eure Eltern stehen unter ärztlicher Aufsicht. Eure Mutter hat eine geschlagene Stunde hyperventiliert, als sie vom Verschwinden ihrer geliebten Kinder erfuhr.«
Die Fhernhachenkinder kneteten verlegen ihre Finger.
»Der Bürgermeister von Bauming hat den nationalen Notstand ausgerufen, zum ersten Mal seit fünfzehn Jahren, als das große Finsterberggewitter über uns niederging. Kennt ihr den Bürgermeister von Bauming? Nun, ihr werdet ihn kennenlernen.«
Krete wurde blaß. Ensel trat der Schweiß auf die Stirn.
»Naja, wir sind nicht hier, um über euch zu richten. Das ist Sache des Bürgermeisters.« Der Bär wollte fortfahren, stockte aber plötzlich. »Da ist nur eine Sache … wie soll ich sagen …?«
Der Geheimbär schien sich noch mehr zu winden als Ensel und Krete. Auch seine Kollegen machten Geräusche der Betretenheit. Alle drei scharrten mit den Füßen im Laub und schlugen die Augen nieder wie verliebte Buntbärmädchen. »Nun, es ist folgendermaßen: Wir sind *Geheimförster.* Das macht die ganze Angelegenheit etwas delikat.«
Zwei und Drei nickten zustimmend. Ensel spitzte die Ohren.
»Die Sache ist die: Eine Geheimförsterei ist nur so lange funktions-

tüchtig, solange sie geheim ist. Sonst wäre sie ja keine Geheimförsterei mehr. Sondern eine Bekanntförsterei. Haben wir uns verstanden?«
Ensel und Krete machten verständnisvolle Mienen, begriffen aber gar nichts.
»Na schön«, seufzte der Bär. »Ich muß wohl etwas weiter ausholen …«
Ensel und Krete lauschten.
»Als wir damals den Großen Wald besiedelten, machte das in Zamonien natürlich die Runde und hatte wohl oder übel eine magnetische Wirkung auf eine Menge zwielichtiger Gestalten. Also errichteten wir die Wächterhäuschen an den Zugangswegen, und dadurch wimmelten wir schon mal einen Haufen Blutschinken, Fänggen, Stollentrolle, Laubwölfe und ähnliches Gesindel ab.
Aber da waren immer noch die Gebiete zwischen den Häuschen, hier konnten wir zwar patrouillieren, aber wir konnten auch nicht den ganzen Wald einzäunen. Es war unmöglich zu verhindern, daß sich die eine oder andere unerwünschte Daseinsform in den Forst einschlich. Dann passierten unangenehme Dinge. Touristen verschwanden. Sogar einige Buntbären.«

Ensel und Krete sahen sich an. In den Ferienprospekten wurde Bauming immer als gefahrenbereinigt beworben. Das war der Grund, warum ihre Eltern Jahr für Jahr hier ihren Urlaub verbrachten.
»Nun, es gelang uns, diese Dinge weitgehend zu vertu... äh, zur Vermeidung einer allgemeinen Panik der Geheimhaltung zu unterwerfen. Hämm ...«
Der Bär hüstelte mehrmals. »Um den Vorfällen auf den Grund zu kommen, gründeten wir die Geheimförsterei. Die Brandwächter haben zwar eine imponierende Wirkung auf Touristen und Kleinbrände, aber für professionelle Schurken reichen sie nicht aus. Man hört sie ja kilometerweit mit ihrem Brandwächterlied, das ist so, als hätten sie Glocken um den Hals hängen. Eine schlagkräftige Truppe von verdeckt arbeitenden Buntbären mußte her, die im Schutze des Waldes operierten. Die Geheimförster. Die Bären zwischen den Blättern. Man sieht uns nicht, man hört uns nicht, man kennt uns nicht - aber wir sind immer da.«
Die beiden anderen Bären sprangen ins Gebüsch, um ihre Tarnkünste zu demonstrieren. Sie lösten sich zwischen den Blättern bis zur Unsichtbarkeit auf. Dann traten sie wieder hervor und brummten selbstbewußt. Ensel war beeindruckt. Es grenzte an Zauberei.
»Zugelassen werden nur Buntbären von grüner Färbung, die einen Bogenschein besitzen, ledig sind und sich gut verstecken können.«
Ensel wünschte sich zum ersten Mal in seinem Leben, grün zu sein.
»Wir waren dem Laubwolf schon seit einiger Zeit auf den Fersen. Aber ich glaube nicht, daß wir ihm so schnell auf die Schliche gekommen wären, wenn ihr ihn nicht aus seinem Versteck gelockt hättet.«
Krete und Ensel dampften vor Stolz.
»So weit - so gut. Um weiteres Unheil vom Forst fernzuhalten, ist es absolut notwendig, daß die Geheimförsterei ihre Geheimtätigkeit fortsetzen kann. Und daher muß ich euch jetzt um eure Geheimhilfe bitten.«
Ein Geheimförster hätte von ihm jede Form von Unterstützung er-

halten, das hielt Ensel für seine verdammte Pflicht. Er und Krete nickten ernst und verständnisvoll.
»Was ich eigentlich sagen will, Kinder: Ihr habt mich und meine Kollegen niemals gesehen. Ich habe euch auch nicht vor dem Laubwolf gerettet. Ihr wißt nichts über Geheimförster. Wir sind uns nie begegnet. Es gibt keine Bären zwischen den Blättern. Ist das klar?«
Ensel und Krete hoben die Hand zum Schwur. Ensel überlegte kurz, ob er etwas von dem Schatz erzählen sollte. Er entschied sich dafür, es lieber für das Wiedersehen mit ihren Eltern aufzusparen. Oder für den Bürgermeister.
»Gut«, sagte der Geheimförster. »Wir bringen euch zurück zu euren Eltern.«

Aha – das wird ja immer schöner! Die Geheimförster waren also so etwas wie die politische Polizei des Buntbärwaldes. Sie hielten sich in ständiger Deckung, tarnten sich mit Blättern und Ästen und schossen Zamoniern Pfeile in den Rücken. So sehr ich die Rettung von Ensel und Krete begrüße, ich bin weit davon entfernt, die Existenz einer Geheimpolizei im Buntbärwald gutzuheißen. Man kann ja keinen Spaziergang im Wald mehr machen, ohne sich bespitzelt zu fühlen! Ist das da ein Gebüsch, oder ist es ein Geheimpolizist? Ist es ein Baum oder ein Scherge der Forstverwaltung? Kriege ich einen Pfeil zwischen die Augen, wenn ich aus Versehen neben den Weg trete oder eine unter Schutz stehende Blume pflücke? Werde ich verhaftet, wenn ich auf einen Bären trete, der sich als Waldboden tarnt? Und schließlich: Was sind das für Typen, deren Existenz darin besteht, durch den Wald zu schleichen oder zu tun, als wären sie ein Ameisenhaufen? Würden Sie so jemanden mit Pfeil und Bogen und der Lizenz zum Töten ausstatten? Und wenn das, was sie tun, angeblich so moralisch unzweifelhaft ist, warum sind sie so ängstlich bemüht, den Mantel der Verschwiegenheit darüber auszubreiten?
Nur ein paar Fragen am Rande.

Die Geheimförster begleiteten Ensel und Krete bis in Sichtweite der Pension »Elfenrast«. Auf dem Weg dorthin mußten sie von Gebüsch zu Gebüsch, von Baumwurzel zu Baumwurzel springen, sich hinter Brennesseln in Deckung werfen und ins Laub wühlen. Ensel hatte sich noch nie auf interessantere Weise fortbewegt.

Sie kamen über einen Hügelkamm und sahen den rauchenden Schornstein des Waldhotels.

Der Obergeheimförster drückte den beiden Fhernhachenkindern die Hand. »Da ist eure Pension. Unsere Mission ist beendet. Und denkt immer daran: Mich gibt es nicht. Zwei und Drei hat es nie gegeben. So etwas wie Geheimförster sind Ausgeburten einer kranken Phantasie.«

Ensel und Krete salutierten.

Die Geheimförster marschierten im Gänsemarsch hinter eine dünne Birke - und waren verschwunden. Sie waren wieder Teil des Waldes geworden.

»Seid ihr Ensel und Krete?« fragte eine strenge Stimme.

Die Geschwister fuhren herum und sahen einen Trupp von sechs Buntbären. Vier davon trugen den toten Laubwolf an Händen und Füßen. Er war immer noch so steif wie ein Lawinenopfer, aber die Pfeile waren verschwunden.

»Das hier haben wir im Wald gefunden. Habt ihr damit irgend etwas zu tun?« Krete schüttelte den Kopf, und Ensel nickte.

Die Waldwächter marschierten zur Pension, Ensel und Krete wie zwei Gefangene zwischen den beiden Bären, die den Trupp anführten. Die Buntbären hatten versteinerte, grimmige Mienen aufgesetzt. Vielleicht hatten sie bei ihrer Suchaktion selber im inneren Kreis des Forstes übernachten und die eine oder andere Entbehrung auf sich nehmen müssen.

Auf der Terrasse der Pension »Elfenrast« standen Mutter und Vater von Hachen und suchten den Waldsaum mit Fernrohren ab. Als sie ihre Kinder von weitem erkannten, kamen sie angerannt. Es gab ein tränenreiches Wiedersehen. Kein böses Wort fiel, denn in Fhernhachenkreisen gibt es weder Vorwurf noch Bestrafung, nur Zuneigung und Vergeben.

»Wir müssen die beiden jetzt mit zum Bürgermeister nehmen«, sagte der Anführer der Waldwächter und pflückte die Kinder aus den Armen ihrer Eltern. »Folgt mir, Kinder.«

Ensel und Krete saßen im großen eichengetäfelten Vorzimmer des Bürgermeisteramts. Es war dunkel, nur wenige Sonnenstrahlen fielen noch durch die Jalousien in den von wuchtigen Möbeln und tiefen Schatten erfüllten Raum. Die Bauminger Verfassung hing goldgerahmt an der Wand, zwischen zwei großen Gummibäumen mit blankpolierten Blättern, die in Eichenkübeln standen. Eine Uhr tikkte auf einem Kaminsims, es roch nach Holzpflegemitteln und Pfeifenqualm. Auf einem Tisch lag Zerstreuungslektüre, eine Ausgabe des *Bauminger Forstfreunds* (Schlagzeile: »Touristenkinder vermißt!«), eine Broschüre über Bonsaibaumzucht und ein Prinz-Kaltbluth-Roman von Graf Klanthu zu Kainomaz: *Der Wald mit den tausend Armen.* Aber Ensel und Krete waren zu nervös zum Lesen.
Die beiden Geschwister sahen sich alle zehn Sekunden an und rieben sich die feuchten Hände. Sie wagten es nicht, sich zu unterhalten. Ensel versuchte, sich damit zu beruhigen, daß er die Trumpfkarte des Schatzes ausspielen konnte.
Plötzlich bewegte sich etwas durch den Raum, es sah aus, als begänne die Luft zu leben. Blätter raschelten. Die Tür zum Bürgermeisterbüro öffnete sich wie von selbst, und Krete glaubte so etwas wie grünes Fell und trockenes Laub in das Büro huschen zu sehen, aber dann klappte die Tür schon wieder zu. Gedämpftes Gemurmel aus dem Büro. Sonores Lachen.
»Die Bären zwischen den Blättern«, murmelte Krete beeindruckt.
»Geheimkonferenz«, ergänzte Ensel.
Eine andere Tür ging auf, unterschiedlich gefärbte Bären kamen herein und schritten zum Bürgermeisterzimmer, während sie Ensel und Krete ernst musterten. Türenklappen, Stimmengewirr. Fußgetrappel. Wieder Türenklappen. Stille. Bohnerwachsgeruch. Schließlich wurden Ensel und Krete hereingerufen, von einer tiefen, ehrfurchtgebietenden Stimme.
Der Bürgermeister war jetzt alleine. Die Besucher mußten durch ei-

ne Geheimtür verschwunden sein, wie Ensel trotz seiner Aufregung bemerkte, denn es gab außer der Eingangstür keine sichtbaren Zugänge. Der Bürgermeister hatte ein rostrotes Fell, er saß hinter seinem Eichenholzschreibtisch und starrte ins Leere. Hinter ihm hingen gezeichnete Darstellungen populärer Waldpilze, und in zwei Blumentöpfen vor ihm wuchsen zwei auffällig spitzhütige Exemplare jener Pflanzengattung, die Krete auch schon im Wald bemerkt hatte. Der Bürgermeister sah aus, als erwäge er gerade eine wichtige politische Entscheidung. Dann plötzlich, Krete hatte es genau gesehen, lief eine kleine Träne aus seinem linken Auge und verlor sich in seinem Fell. Er stand auf, seufzte tief und ging zu Ensel und Krete hinüber.

»Kommt mit!« brummte er abwesend. Er legte ihnen die Hände auf die Schulter und führte sie durch mehrere Räume hinaus auf einen Balkon. Man blickte hinab auf eine große Waldlichtung, in deren Mitte ein Fahnenmast mit der Bauminger Flagge gepflanzt war. Auf dem Platz hatten sich zahlreiche Bewohner der Gemeinde versammelt, ein paar hundert Buntbären und einige Touristen. In der ersten Reihe standen Herr und Frau von Hachen. Ensel schluckte, und Krete bekam weiche Knie. Auf einem hölzernen Wagen lag der Leichnam des Laubwolfes, den sie so zurechtgebogen hatten, daß er nun wie schlafend auf dem Rücken lag.

Der Bürgermeister trat an die Brüstung des Balkons und hob die Hand. Sämtliches Gemurmel erstarb.

»Bürger von Bauming!« rief er mit ansprachengeschulter, tiefer Stimme. »Liebe Feriengäste! Die letzten beiden Tage waren die schlimmsten in der ganzen Geschichte von Bauming.«

Zustimmendes Gebrumme der Buntbären.

Ensel und Krete faßten sich an den Händen.

»Zum ersten Mal wurden Touristen in unserem Ferienparadies vermißt, und die Kunde davon verbreitete sich rasch in Zamonien. Der finanzielle Schaden ist noch nicht zu ermessen. Das wahre Ausmaß der Katastrophe wird sich wohl erst in der nächsten Saison absehen lassen.«

Empörtes Geflüster.

»Das Ansehen der Bauminger Waldwacht ist in ihren Grundfesten erschüttert worden. Meine tapferen Brandhüter gehen mit gesenkten Köpfen auf Patrouille. Nur zaghaft singen sie das Brandwächterlied.«

Einhelliges Bedauern für die Brandwächter. Rufe wie »Kopf hoch!« oder »Das wird schon wieder!« erschallten.

Der Bürgermeister krallte sich in das Geländer und beugte sich zur Menge hinunter.

»Nach diesem Vorfall ist Bauming nicht mehr das, was es vorher gewesen ist. Ein tiefer Riß geht durch unsere Gemeinde. Ein Riß, verursacht von zarter Kinderhand.«
Trotz aller Zerknirschung: Krete fand, daß der Bürgermeister sich jetzt ein wenig in die Angelegenheit hineinsteigerte. Sie hatten sich verlaufen und nicht den Forst in Brand gesteckt. Sie hatten einen Fehler gemacht, aber nicht den Untergang von Zamonien eingeläutet. Sie hätte gerne etwas gesagt.

Ensel überlegte, ob jetzt der taktisch beste Augenblick wäre, von seinem Schatzfund zu berichten. Er könnte den Schatz dem Bauminger Fremdenverkehrsverein spenden, zum Ausgleich für die Verluste. Das würde die Situation sicher entspannen. Aber der Bürgermeister duldete keine Unterbrechung.

»Generationen von Buntbären könnten von diesen düsteren Ereignissen überschattet werden - wenn …« Der Bürgermeister brach seinen Satz ab und ließ das »wenn« durch den Wald von Baum zu Baum prallen.

»Wenn!« rief er dann so donnernd, daß der Balkon wackelte, *»wenn* wir die Angelegenheit weiterhin aus dieser hoffnungslosen Perspektive betrachten und uns in unserem Schmerz verlieren.«

Krete bemerkte in der Menge von grimmig blickenden Buntbären einen, der ihr aufheiternd zulächelte und die Hand zum Winken erhob. Irgend etwas geschah, auch mit der Stimme des Bürgermeisters. Sie stieg aus ihrer finsteren Baßlage auf und nahm einen helleren, hoffnungsvolleren Klang an:

»Man könnte es auch so betrachten: Ein gefährlicher Laubwolf wurde erlegt, vielleicht der letzte seiner Art im Buntbärwald. Und unsere kleinen Ausreißer hier haben dabei eine wesentliche Rolle gespielt. Sie haben den Wolf gewissermaßen zur Strecke gebracht.«

»Denn!« rief der Bürgermeister wieder donnernd, »wer sollte es sonst getan haben?« Die Stimme nahm jetzt einen leicht ironischen Klang an. »Ein - *Geheimförster* etwa?« Der Bürgermeister lachte etwas zu hölzern über seinen eigenen Scherz. Einige Buntbären fielen mechanisch in sein Gelächter ein. Der Bürgermeister hob abwiegelnd die Hände.

»Nun, wir alle wissen, daß es so etwas wie eine Geheimförsterei im Buntbärwald nicht gibt. Das ist ein lächerliches, impertinentes und rufschädigendes Gerücht, das ich an dieser Stelle noch einmal nachhaltig dementieren möchte.«

Der Bürgermeister wies mit ausgestrecktem Zeigefinger auf die Laubwolfleiche. »Oder sind an der Leiche vielleicht so etwas wie verdächtige Schußwunden festzustellen?«

Zwei Buntbärbaumdoktoren beugten sich mit Stethoskopen über die Leiche und untersuchten sie mit übertriebenen Gebärden.
»Nein«, riefen sie dann feierlich. »Keine Schußwunden!«
»Kein Wunder«, dachte Ensel, »er hat die Pfeile in den Rücken bekommen, und sie untersuchen seinen Bauch.«
Der Bürgermeister drehte sich nun zu Ensel und Krete um. Seine vorher so gestrenge Miene entspannte sich zu einem überbreiten Lächeln. »Also - wir scheinen hier so etwas wie zwei kleine Helden unter uns zu haben.« Seine Stimme vibrierte jetzt vor Jovialität und Wohlwollen.
»Zwei kleine Fhernhachen, die von einem brutalen Laubwolf - der mit einiger Sicherheit das letzte Exemplar seiner verkommenen Gattung im Großen Wald war - gegen ihren Willen vom rechten Wege getrieben wurden, wuchsen in der Gefahr über sich hinaus.«
Der Bürgermeister hatte seine rechte Hand dramatisch erhoben und blickte gen Himmel, als sei dort sein Text aufgemalt.
»Sie lockten ihn in eine tödliche Falle, voller List und unter Einsatz ihres jungen Lebens.«
Der Chefredakteur des *Bauminger Forstfreundes* kritzelte eifrig in seinen Notizblock.
Der Bürgermeister packte Krete und Ensel bei den Schultern und preßte sie an sich.
»Vorbilder nicht nur für die Jugend Fhernhachingens und Baumings - nein, Vorbilder für die Jugend von ganz Zamonien.«
Die Blaskapelle fiel ein in das Bauminger Freiheitslied, das vom Kampf der Buntbären gegen das Unrecht im allgemeinen handelte und von einer ernsten Melodie getragen wurde. Die Mutter von Ensel und Krete entfaltete ein Taschentuch.
Der Bürgermeister aber war noch nicht am Ende. Ein niedliches, strohfarbenes Buntbärmädchen kam auf den Balkon und reichte ihm ein vielfarbiges Band, an dem eine goldene Plakette befestigt war.
»Dafür, meine jungen Helden, verleihen wir euch den Bauminger Friedenspreis.« Der Bürgermeister hängte das Band Ensel und Krete gemeinsam um den Hals.

»Und so geben wir diese Botschaft weiter an ganz Zamonien: Der Bauminger Forst ist nunmehr endlich vollkommen laubwolffrei – und damit zu einem noch attraktiveren Freizeitgebiet von Westzamonien geworden.«

Von allen Seiten kamen Kellner des Hotels und brachten Tabletts mit Speisen und Getränken herbei. Die umstehenden Tische bogen sich unter Kuchenbergen und Kakaokannen.

Ensel lief das Wasser im Mund zusammen. Sie hatten immer noch nichts zu essen bekommen, und er hatte den größten Kohldampf in seinem bisherigen Leben, aber er entschied, daß da noch etwas zu erledigen war, bevor es zu Tisch ging. Er war überzeugt, daß dies genau der richtige Augenblick war, um feierlich seinen Schatz der Bauminger Gemeinde zu vermachen. Selbst Krete würde überrascht sein (und dadurch ein wenig in den Schatten gestellt). Er trat ans Geländer und hob den Arm. Alle Blicke hefteten sich auf ihn, und es wurde still im Wald. Ensel holte tief Luft.

Plötzlich Getrappel, wie von mächtigen Hufen. Metall klimperte. Schnaufen. Ein Pferd wieherte. Alle drehten sich in die Richtung, aus der die Geräusche erklangen.
Prinz Kaltbluth kam auf die Lichtung geritten. Er saß auf seinem weißen Hengst »Schneesturm« und trug eine goldene Rüstung, ein goldenes Schwert, ein goldenes Schild und einen goldenen Helm. Das erste, was Ensel bei diesem Anblick durch den Kopf ging, war, daß soviel Gold auf einmal in der Wirklichkeit einen wesentlich kitschigeren Eindruck machte als in der literarischen Beschreibung. Dann kam ihm ein zweiter Gedanke.
»Moment mal«, sagte Ensel zu Krete. »Was macht denn Prinz Kaltbluth hier? Den gibt es doch gar nicht.«
Prinz Kaltbluth nahm seinen Helm ab. Dort, wo eigentlich sein Kopf sein sollte, wuchs ein häßlicher schwarzer Pilz aus der Rüstung.
Krete schrie auf, und Ensel griff instinktiv nach ihrer Hand. Sie blickten gemeinsam zu ihren Eltern hinüber, aber da waren keine Eltern mehr.
Auch der Bürgermeister hatte sich hinter ihnen in Luft aufgelöst. Alle Buntbären waren verschwunden. Nicht einmal die Tribüne und das Gasthaus waren mehr da, genausowenig wie Prinz Kaltbluth und sein Pferd. Sie standen völlig allein auf einer Waldlichtung, auf der anscheinend einmal ein großes Feuer gebrannt hatte, denn der Erdboden und alle Pflanzenreste ringsum waren verkohlt. Hier und da wuchsen ein paar schwarze spitzhütige Pilze aus dem Boden. Ensel und Krete standen genau in der Mitte eines ehemaligen Feuerplatzes, irgendwo im Großen Wald. Und es dämmerte bereits wieder.

II.
Der Große Wald

Nur ein Wort, dafür ein ziemlich langes und häßliches: *Waldspinnenhexensekret*. Na? Erinnert sich jemand? Im Fach Geschichte nicht aufgepaßt, beim Thema Waldspinnenhexenverbrennung? Na gut, dann also eine kleine Lektion in zamonischer Historie: Als die Buntbären den Großen Wald besiedelten, fanden sie in seinem Innern die Überreste einer verendeten Waldspinnenhexe. So etwas konnten sie bei der Gründung ihrer neuen Gemeinde nun gar nicht gebrauchen, also beschlossen sie, die Gebeine des Monstrums zu verbrennen.

Das war mit einigen Unannehmlichkeiten verbunden, insbesondere mit infernalischem Gestank.

Bei der Einäscherung wurde das noch im Körper befindliche Spinnensekret in Form von dunklem Qualm freigesetzt, der schwerste Halluzinationen bei den Buntbären hervorrief. Viele von ihnen inhalierten den bitteren Rauch und irrten anschließend tagelang durch den Wald, andere konnten nicht aufhören zu tanzen oder zu gackern und bedurften intensiver seelischer Betreuung.

Der schwere Qualm aber senkte sich wieder und legte sich in Form von schwarzen Schlacken auf die umstehenden Gewächse des Waldes, die weiterhin unangenehm ausdünsteten. Dort, wo der fettige Schmauch direkt mit dem Waldboden in Kontakt kam, sank er ins Erdreich und hinterließ graues verdorrtes Gras.

Die Sache wurde öffentlich als Triumph über die Waldspinnenhexe dargestellt, um die geplante Fremdenverkehrsindustrie nicht zu gefährden. Aber die Buntbären sind ein geselliges Völkchen, sie haben ein lockeres Mundwerk, besonders wenn sie das eine oder andere Glas Dampfbier intus haben, und so kursierten mit der Zeit Gerüchte, die von Schlampereien bei der Waldspinnenhexenverbrennung berichteten.

In diesem Zusammenhang entstand ein zamonisches Sprichwort: *Die Waldspinnenhexe hat ihren Hut liegengelassen*. Man benutzt dieses Sprichwort gewöhnlich, wenn man darauf hinweisen will, daß irgend etwas einen schlechten Geschmack oder Geruch hinterlassen hat, daß sich üble Verhältnisse schwer oder gar nicht ändern oder ähnliches. Aber was die wenigsten wissen: Die Waldspinnenhexe

hatte *tatsächlich* ihren Hut liegengelassen, nicht nur im übertragenen Sinne.
Als die Buntbären versucht hatten, den hutförmigen Kopfpanzer des Monstrums mitzuverbrennen, mußten sie nämlich feststellen, daß dies unmöglich war. Er qualmte und stank, er kokelte an den Rändern, aber er verbrannte nicht. Sie übergossen ihn mit Lampenöl, sie errichteten einen Scheiterhaufen aus pechgetränkten Holzbalken über ihm, sie pusteten mit Blasebälgen ins Feuer, aber der Hut erwies sich als unzerstörbar. Außerdem produzierte er beim Erhitzen nur neue giftige Dämpfe und schwarze Schlacken, daher entschlossen sie sich, ihn einfach zu verscharren.
Sie begruben ihn so tief wie möglich und mieden seither den Ort der Waldspinnenhexenverbrennung weiträumig. Es war tatsächlich hauptsächlich der Hut, der die Buntbären veranlaßte, Bauming vom übrigen Wald so ängstlich abzugrenzen und ihr paranoides Sicherheitssystem zu errichten. Nur ab und zu gingen ein paar besonders tapfere Waldwächter dorthin, um nachzusehen, ob die Sache noch unter Kontrolle ist.
Ein paar Jahreszeiten später begannen in der Nähe der Stelle, wo man den Hut vergraben hatte, kleine schwarze Pilze zu wachsen. Sie sahen unappetitlich aus, verströmten einen unangenehmen, schwindelig machenden Geruch und hatten einen Hut, der dem der Waldspinnenhexe entfernt ähnelte. Sie besaßen die Eigenschaft, sich schnell auszubreiten, also gaben die Buntbären ihnen den Namen Hexenhutpilze und versuchten sie zu vernichten, wo immer sie welche fanden. (Nur ein bedauernswerter Buntbär mit goldenem Fell namens Boris Boris hatte einmal versucht, einen zu essen. Er war der Ansicht, daß man durch nachhaltiges Abkochen jeden Pilz entgiften könne, und bereitete sich ein üppiges Hexenhutragout. Er verlor dadurch seinen Verstand, hatte keine Kontrolle über seine Hände mehr und belästigte gelegentlich Touristen. Eine Zeitlang wurde er als Dorftrottel geduldet, dann verschwand er eines Tages spurlos. Die Buntbären vermuteten, daß er nun irgendwo in Zamonien herumirrte, worüber man in Bauming wegen des anwachsenden Tourismus nicht ganz unglücklich war.) Die Brandwächter waren in Wirk-

lichkeit in der Hauptsache damit beschäftigt, Hexenhutpilze aufzustöbern und zu entsorgen. Sie sammelten sie in ihren Eimern und warfen sie in der Bärenbucht ins Meer. So gerieten mit der Zeit die Waldspinnenhexe, ihr Hut und die Pilze außerhalb Baumings in Vergessenheit.
Ach übrigens, nebenbei bemerkt: Der eine oder andere kleinkarierte Kritiker von der Sorte Laptantidel Latudas (möge seine Schreibhand verdorren!) wird vielleicht bemängeln, daß ich in der Szene mit dem Laubwolf gelegentlich dessen Perspektive einnehme, was, da es sich um eine Halluzination handelt, in der Tat ein künstlerisches Wagnis darstellt. Dazu folgendes: Wo immer in meinen Werken ein Exemplar einer Rarlebewesengattung auftaucht, sei es eine Finsterbergmade, eine Berghutze oder ein Laubwolf, kann ich nicht anders, *als mich in dieses Wesen hineinzuversetzen.* Nennen Sie es eine Gnade, nennen Sie es einen Fluch – ich habe einfach keine Wahl. Ich folge einem Ruf der Natur, der für normale zamonische Daseinsformen nicht hörbar ist, denn letztlich gehöre auch ich einer vom Aussterben bedrohten Rarlebewesengattung an, der der aufrecht gehenden, vernunftbegabten Dinosaurier. So fremd und bedrohlich mir gewisse Rarlebewesen auch vorkommen mögen, uns verbindet dennoch ein familiäres Band, das mich als Dichter verpflichtet, ihren Empfindungen Ausdruck zu verleihen.

Eichen. Birken. Ulmen. Trauerweiden. Buchen. Sogar Palmen und Bambus. Gummi- und Mammutbäume. Ahornplatanen. Pyramidenpappeln. Schwarzerlen. Edelkastanien. Fichten. Eiben. Lärchen. Riesenumfen. Knolmen. Blutbäume. Ornische Orken. Zamonenkork. Blauschwarzer Ätherich. Datteltannen. Grobblättrige Senfklapper. Korallenzypressen. Schlankes, dickes, glattes, knotiges, rissiges, braunes, schwarzes, rotes und weißes Holz, in allen möglichen Wuchshöhen, dichtes Laubgitter überall. Manche Bäume waren so dick, daß man ein Haus hätte hineinschnitzen können, viele standen ineinander verkeilt mit verschlungenen Ästen, hoffnungslos verwachsen beim Ringkampf um den besseren Platz an der Sonne. Der Boden wellte sich vom üppigen Wurzelwerk, das sich darunter tausendfach verknotete.

Wenn Krete und Ensel sich vorher von der Eintönigkeit des Waldes gelangweilt fühlten, ängstigte sie nun seine ständig zunehmende Formenfülle. Je weiter sie liefen, desto dichter und sperriger wurde die Natur, um so artenreicher und ausgreifender wucherten die Bäume und Sträucher, die Farne und die Moose. Immer beschwerlicher wurde das Vorankommen, aber die Geschwister kämpften sich vorwärts, sie wollten so weit fort wie möglich von diesem bösen, übelriechenden Platz, der ihnen solch trügerische Träume beschert hatte.

Ihnen war immer noch schwindelig und übel, Ensel sah alles nur zweifarbig (grün und rot), und Krete hörte Geräusche und Stimmen, die nicht von dieser Welt waren: Flüstern und Raunen, Säuseln und Kichern. Aber die Symptome ließen langsam nach, und als sie eine Stunde beschwerlichen Marsches hinter sich hatten, waren die Beschwerden fast vollständig verschwunden. Die Schatten des Waldes verflochten sich immer dichter zu einem Netz aus Dunkelheit, denn die Dämmerung kroch wieder in den Großen Wald.

Der Moosteppich unter Kretes Füßen war feucht und nachgiebig, und sie verwünschte sich dafür, ihre Schuhe weggeworfen zu haben. Ständig veränderte sich die Beschaffenheit des Waldbodens,

mal war er naß und moosig, mal hart und von Wurzeln durchsetzt, mal voller vertrockneter Eicheln oder stacheliger Nadeln, aber immer war es unangenehm, ihn mit nackten Fußsohlen begehen zu müssen.
Ensel stieg über eine wuchtige Eichenwurzel und zerschlug mit einem abgebrochenen Ast einen Vorhang von dünnen Lianen, der ihnen den Weg versperrte. Dahinter öffnete sich der Wald zu einem großen freien Rund.
»Eine Lichtung«, sagte Krete und zögerte weiterzugehen. »Vielleicht ist es wieder die mit den Pilzen.«
»Da sind keine Pilze«, erwiderte Ensel.
Sie betraten eine baumlose Wiese, die nur noch spärlich vom Licht der untergehenden Sonne erhellt wurde. Im Zentrum des Platzes lag ein großer schwarzer und hohler Baumstamm, der aussah, als sei er vom Blitz gefällt worden.
»Wir sind wieder im Kreis gelaufen«, sagte Krete und ließ sich seufzend ins Gras fallen.
Diesmal weinte Ensel, und Krete war es, die ihn tröstete. Als das Licht völlig verschwunden war, verkrochen sie sich in die Baumruine und versuchten nun, die Nacht über zu schlafen. Bevor sie einnickten, erzählten sie sich noch gegenseitig von ihren Halluzinationen.
Kretes Wahnbilder waren teilweise von anderer Art gewesen als die von Ensel. Sie hatte nicht von Baumschätzen und Geheimpolizisten phantasiert, sondern von Einhörnern, einem fünf Meter großen Dreiäugigen Schuhu, einer Schwanenprinzessin und einer Wolke aus Diamanten, die über ihr abregnete. Die Passagen mit dem Laubwolf und dem Bürgermeister hatten sie größtenteils zusammen halluziniert. Ensel war von ihren Träumen (beziehungsweise der Tatsache, daß es nur ein Traum war) offensichtlich mehr mitgenommen als Krete, denn er zitterte immer noch am ganzen Leib.
Er jammerte, daß es unmöglich sei, daß der gleiche Baumstamm an mehreren Stellen des Waldes liegt. Der Baumstamm müsse verhext sein, oder die Lichtung, oder der ganze verfluchte Wald sei

verwünscht, und er habe Hunger und Durst und wolle nach Hause und so weiter und so fort, bis er sich müde gejammert hatte und endlich einnickte, nach zwei schlaflosen Tagen der Wanderschaft, Entbehrung und Halluzinationen. Auch Krete schlief ein wenig, aber nur leicht und unruhig, immer wieder sah sie im Schlaf die quälenden Bilder ihrer weinenden Eltern.

»Krete! Krete, wach auf!«
Krete erwachte sofort. Es war vollkommen finster, sie wußte einen Augenblick lang nicht, wer oder wo sie war, ein schreckliches Gefühl der Fremdheit zwischen Traum und Wirklichkeit. Vertraut war ihr nur die Stimme des Bruders. Ensel faßte sie bei den Schultern.
»Was ist?«
»Psst! Hier ist was.« Ensel flüsterte so leise wie möglich.
»Hier? Wo hier?«
»Hier im Baumstamm. Der Baumstamm ist bewohnt.« Erst jetzt erwachte Krete gänzlich. Kein Alptraum hätte beängstigender sein können als Ensels Bemerkung.
»Da atmet was. Da hinten im Stamm. Es war bestimmt schon drin, als wir reingekrochen sind. Es war so dunkel.«
»Die Hexe?«
»Ich weiß nicht. Wohnen Hexen in Baumstämmen?«
»Ich habe keine Ahnung, wo Hexen wohnen.«
»Ich auch nicht.«

Ich halte es für unaufschiebbar, an dieser Stelle etwas Aufklärungsarbeit zum Thema Hexen zu leisten. Eine Hexe - was ist das eigentlich? In Zamonien gibt es eine Fülle von Daseinsformen, die nach dem

allgemeinen Dafürhalten unter den Oberbegriff Hexen fallen: Haselhexen, Druidenschrecksen, Almmumen, Ätherfrauen, Kornweiber, Hutzenhexen, um nur eine kleine Auswahl zu nennen - weitgehend harmlose, oft sogar hilfsbereite und allgemein beliebte Lebewesen. Ihr gelegentlich exzentrisches Auftreten, ihre Vorliebe für bizarre Kleidung und Hutmode sowie die verhängnisvolle Neigung der zamonischen Bevölkerung zur Verallgemeinerung haben dazu geführt, daß all diese Daseinsformen, die sich in Wirklichkeit dramatisch voneinander unterscheiden, in eine einzige große Schublade geworfen wurden, auf der steht: Hexen. Beziehungsweise: Vorsicht, Hexen!

Nun, Druidenschrecksen können angeblich die Zukunft voraussagen. Was ist daran bösartig, es sei denn, Ihre Zukunft besteht darin, daß Ihnen morgen eine Schubkarre voller Wackersteine auf den Kopf fällt?

Die Haselhexen kochen Kaffee aus Haselnüssen, von dem man zeitweise auf dezente Art schwerelos wird. Was ist daran auszusetzen, für begrenzte Zeit einen halben Meter über dem Boden zu schweben, zumal Haselhexenkaffeegenuß nachweislich keine gesundheitlichen Nebenwirkungen hat, von gelegentlichen Kopfverletzungen beim Durchschweben niedriger Öffnungen abgesehen.

Almmumen: Sie leben in Bergschluchten und sprechen in Echos. Ihr einziges Vergehen ist es, Worte oder Satzteile mehrmals und immer leiser zu sprechen - stempelt sie das schon zu gemeingefährlichen Hexen?

Kornweiber: Sie lauern im Sommer in dichten Kornfeldern und ernähren sich von kleinen Tieren und Kindern. Zugegeben, bei Kornweibern halte ich das warnende Etikett »Vorsicht, Hexen!« für angebracht. Aber darf man deswegen ganze Gruppen von zamonischen Daseinsformen gleich mit verteufeln? Die Frage muß eigentlich lauten: Wie definiert man eine Hexe? Die landläufige Definition - altes weibliches Wesen von unattraktivem Äußeren mit exzentrischem Verhalten und Neigung zu morbiden Gewohnheiten - scheint nicht auszureichen. Wieso eigentlich alt? Wieso eigentlich häßlich? Ist eine attraktive junge Hexe unvorstellbar? Und wieso unbedingt weiblich? Vielleicht hat eine Hexe gar kein Geschlecht. Ist nicht mal stofflich.

Ist nur ein Zustand. Eine Idee. Ein Mythos. Ein albernes Kinderschreckmärchen.
Nun, sehen wir der Sache ins Gesicht: Auch ich habe nicht die geringste Ahnung, was Hexen tatsächlich sind. Aber ich kann mich mit einem Mal Wort für Wort an das erinnern, was mir meine Mutter über Hexen gesagt hat, als ich ein kleiner Junge von fünfundvierzig Jahren war. Sie sagte folgendes:
»Ich sage dir etwas über Hexen, mein Junge: *Hexen stehen immer zwischen Birken.* Frag mich nicht warum, aber es ist nun mal so. Ich hoffe, du wirst nie eine sehen, denn der Augenblick, in dem man eine Hexe sieht, ist der Augenblick des Todes - so sagt man. Man sagt auch, daß sie schwarz und groß sind und spitze Hüte tragen.
Und solltest du tatsächlich einmal eine sehen, draußen im Wald, zwischen den Birken - was das Schicksal verhindern möge -, dann denk daran: Glaube nie, sie sei noch weit von dir entfernt - Hexen sind einem immer näher, als man denkt.«
Meine Mutter erzählte mir das als *Gutenachtgeschichte*, und Sie dürfen mir glauben, daß die folgende Nacht für mich alles andere als *gut* wurde. Was mich in späteren Jahren übrigens darauf brachte, diese literarische Gattung einer gründlichen Revision zu unterziehen und selbst eine Sammlung von kurzen Einschlafmärchen zu schreiben, die … aber das ist eine andere Geschichte. Eine andere Gutenachtgeschichte, sozusagen.

»Hexen stehen immer zwischen Birken«, flüsterte Ensel. Das war eine dieser Weisheiten, die einem in der Kindheit von gleichaltrigen Freunden vermittelt wurden. Ensel hatte diese Auskunft von seinem Kumpel Henny von Hecken erhalten, von dem auch die Information stammte, daß die kleinen Fhernhachen in Tulpen wachsen. Er wußte selber nicht so genau, warum er ausgerechnet in dieser Situation dieses Wissen an Krete weiterreichte, wahrscheinlich wollte er damit sagen, daß Hexen sich nicht in hohlen Baumstämmen aufhalten können, wenn sie ständig zwischen Birken herumstehen müssen.

Ich schon wieder. Ich wollte nur kurz darauf aufmerksam machen, daß nicht ich es bin, der sich diese phantasielosen Fhernhachennamen ausdenkt.
Ich kann mir Namen ausdenken, daß Ihnen die Haare zu Berge stehen, aber so heißen Fhernhachen nun mal: Von Hachen, Van Hachen, Von Hocken, Van Hocken, Van Hecken, Von Hecken, Von Hacken, Van Hacken - mehr Nachnamen gab es unter Fhernhachen nicht. Das hat nichts mit ungesunden Verwandtschaftsverhältnissen zu tun, sondern mit den vier fhernhachischen Städten, aus denen alle Fhernhachen letztendlich stammen: Hachen, Hecken, Hacken und Hocken. Kam man aus Hachen, hieß man von Hachen oder van Hachen, stammte man aus Hocken, nannte man sich van Hocken oder von Hocken und so weiter. Wenn man einen Fhernhachen nach seinen Personalien fragte, klang es meistens so, als sei ihm eine Gräte in den Hals geraten: Harri van Hachen aus Hachen, Fhernhachingen. Oder so ähnlich.

Sie schwiegen eine Weile. Jetzt hörte auch Krete das Atmen. Es klang unregelmäßig, röchelnd und ungesund.
»Vielleicht ist es nur irgendein Tier. Ein Waschbär oder ein Biber.«
Etwas stöhnte und brabbelte gequält, wie von schlechten Träumen heimgesucht.
»Vielleicht ist es ein Wildschwein. Oder ein Riesenaffe.« Ensel hatte von grünen Gorillas gelesen, die in den zamonischen Wäldern hausen sollen. Sie hatten angeblich fünf Augen und zwei Münder und fraßen alles, das versuchte, vor ihnen zu fliehen.
»Horrr!« gurgelte die Stimme.
»Es wird wach«, sagte Ensel.
»Horrr!« machte die Stimme erneut, diesmal etwas näher.
Ensel hatte so einen Laut noch nie gehört. Gab es Krokodile im Wald? Er wußte nicht, welche Geräusche Krokodile von sich geben, aber so könnten sie sich durchaus anhören. Oder Drachen. Es gab erwiesenermaßen Drachen in Zamonien. Waren sie so klein, daß sie in einen ausgehöhlten Baum paßten?

Unvermittelt fing das Wesen im Baumstamm an zu reden. Es sprach in vielen Zungen, und das klang seltsamer, wilder und beängstigender als alles, was Ensel und Krete bisher im Großen Wald gehört hatten.

Zischen.
Zwitschern.
Fiepsen.
Brummen.
Krächzen.
Jaulen.
Schnurren.
Winseln.
Knurren.

»Was ist das, Krete?«
»Ich weiß es nicht.«

Flöten.
Quaken.
Gurren.
Summen.
Heulen.
Hecheln.
Fauchen.

Es hörte sich an, als würde da etwas mit allen Stimmen des Waldes zugleich sprechen. Und dann wieder:
»Horrr!«
»Es kommt immer näher«, flüsterte Krete.

Na schön: eine Gutenachtgeschichte. Aber nur eine!
Es war einmal ein Brot. Es war kein besonderes Brot. Nein, es war keins von diesen modernen Mehrkornbroten, die neuerdings in

Zamonien so beliebt waren und dem Bäcker geradezu aus der Hand gerissen wurden. Es war vielmehr ein ganz gewöhnliches, leicht gesäuertes Graubrot mit harter Kruste. So lag das Brot wie festgewachsen im Regal, während seine Kollegen kamen und gingen: Frisches Kastenweißbrot, Kümmelstangen, dampfendes Kartoffelbrot, Rosinenwecken, Vielkornkruste, Nußkloben, Hefezopf, Zamonischer Zwiebelkanten, Süßer Kornheimling, Glasierter Rhabarberknoten, Fhernhachenfladen, Gralsunder Liebesknochen, Knäckeknorzen, Fettiger Weichling, Dämonenknust, Kommisknacker, Safranmeter, Florinther Pumpernickel und wie sie alle sonst noch hießen. Und kaum waren sie ins Regal gelegt, waren sie auch schon verkauft. Nicht so unser Graubrot. Dunkelgrau und unansehnlich lag es da, tagein, tagaus. Woche für Woche. Monat für Monat. Und da es in der Bäckerstube schön trocken war, setzte es keinen Schimmel an, sondern wurde nur hart. Hart und härter. Molekül für Molekül entwich seine Flüssigkeit und ließ nur versteinertes Backwerk zurück: ein Molekül, zwei Moleküle, drei Moleküle, vier Moleküle, fünf Moleküle, sechs Moleküle, sieben Moleküle (Anhängern der zamonischen Urmathematik sei folgende Zählung empfohlen: ein Molekül, zwei Moleküle, drei Moleküle, vier Moleküle, doppelvier Moleküle, doppeldoppelvier Moleküle und so weiter) …

Wie bitte? Sie finden das langweilig? Natürlich ist das langweilig. Das ist die vornehmste Eigenschaft einer wirkungsvollen Gutenachtgeschichte: Sie muß *stinklangweilig* sein. Sie muß wie eine Wasserfolter sein, die Wort für Wort die Müdigkeit in die Hirne und Herzen der Kleinen träufelt, denn diese sollen ja nicht künstlich aufgeregt, sondern systematisch zermürbt werden. Die Erzählung muß so trostlos und ereignisarm sein, daß ihr die Kinder alles andere, sogar ihre eigenen Träume vorziehen und brav entschlummern. Es wäre für mich ein leichtes, irgendeine haarsträubende Wendung in die Geschichte einzubauen, um sie zu einer herzklappenfrequenzbeschleunigenden Gruselbrotgeschichte zu machen: Eines Nachts dringt ein Brotdieb in die Bäckerei ein und fängt an, die populären Brote einzusacken, nur das Graubrot läßt er liegen. Der Bäcker - er ist, wie die meisten zamonischen Bäcker, ein vierarmiger Hoawief - wird wach vom Lärm und überrascht den Dieb. Erschütternde Erkenntnis in der Nacht: Es ist der verschollen geglaubte Bruder, der wegen eines vergeigten Bäckerdiploms unter die Sumpfpiraten geraten war, wo ihm bei einem Angelunfall von einem Krokodilhai alle vier Arme abgebissen wurden. Die Arme wurden von einem Sumpfquacksalber durch Oktopustentakel ersetzt, die er ihm in einer blitzdurchzuckten Nacht annähte. Mit diesen kräftigen Oktopusarmen geht nun der gemeine Brotdieb auf den verhaßten Bruder los und fängt an, ihn zu würgen. Ein Kampf auf Leben und Tod entbrennt.

Jetzt könnte man auf einen inneren Monolog des Graubrotes umschalten, welches ohnmächtig die Ereignisse miterleben muß. Es könnte seine Bewegungslosigkeit und Unbrauchbarkeit beklagen, raffiniert durchkreuzt von Szenen des Kampfes, der in der Bäckerstube tobt: Mehl wird aufgewirbelt, Brote fliegen durch die Luft, Teig wird verschüttet, vielleicht ein kurzes Duell mit zwei Brotwendeschaufeln. Dann gelingt es dem Dieb, seinen Bruder in den Oktopuswürgegriff zu bekommen und seinen Kopf in den heißen Backofen zu drücken. Dabei stoßen sie an das Regal mit dem Graubrot, und dieses, nunmehr hart und schwer wie ein Backstein, fällt dem würgenden Dieb auf den Kopf. Dieser erleidet dadurch einen Schädelbasisbruch, aber erfährt auch eine komplette Läuterung: Er schwört dem Brotdiebstahl ab und fängt an, in der Bäckerei zu arbeiten, denn seine Oktopusarme eignen sich vorzüglich zum Teigkneten. Das vertrocknete Brot aber bekommt einen Ehrenplatz im Regal, wo es liegenbleibt auf immerdar. Moral: Man muß nur lange genug auf einer Stelle ausharren, dann wird diese von selbst zur richtigen - oder so ähnlich.

Nun stellen Sie sich einmal vor, was diese Geschichte bei einem Kind anrichtet: Noch lange wird es sich hellwach in den Kissen wälzen und wünschen, einmal ein Graubrot zu werden, um anschließend in unruhigen Schlummer zu fallen, in dem es von Krokodilhaien und Unholden mit saugnapfübersäten Greifarmen nur so wimmelt. Es ist die Aufgabe des wirklich begabten Gutenachtgeschichtenautors, der Verlockung der Spannungserzeugung zu widerstehen und seine Geschichte so betäubend wie möglich zu gestalten, wenn er diese Literaturgattung ihrer wahren Bestimmung zuführen will: die Kinder

in den Schlaf zu hypnotisieren. In meiner Brotgeschichte geht es denn auch vielmehr um das Liegen an sich, Austrocknung und Materialermüdung, um Glorifizierung von Regungs- und Wunschlosigkeit und das Hinüberdämmern in einen Zustand absoluter Ereignisverweigerung, kurzum: um Schlaf.
Und ich darf Ihnen versichern, daß mir dies in allen Geschichten meines Sammelbandes *Das vertrocknete Graubrot und andere Gutenachtgeschichten* vorbildlich gelungen ist. Es handelt ausschließlich von toten, gewichtigen Gegenständen wie Backsteinen, Findlingen oder ausrangierten Mühlrädern, ist auf schwerstes Gralsunder Eisenholzpapier gedruckt, wird zu einem Preis veräußert, der im Vergleich zur gebotenen literarischen Leistung und dem praktischen Nutzwert selbst dem knickerigsten Geizhals wie geschenkt erscheinen muß, und ist erhältlich in allen Buchhandlungen, die sich ihr Sortiment nicht von Möchtegernkritikern vom Schlage Laptantidel Latudas diktieren lassen.
Bist Du es, Latuda, der da so gequält wimmert?
»Macht der Kerl doch tatsächlich Reklame für seine eigenen Bücher!« höre ich Dich stöhnen. Nun, wie Du vielleicht bemerkt hast, tat ich dies innerhalb einer Mythenmetzschen Abschweifung - was wiederum literarisch legitim ist. Wir Autoren haben eh viel zu wenig Möglichkeiten, auf die Vorzüge unserer Werke hinzuweisen - warum nicht in unseren eigenen? Bislang war dies nur auf Umschlagklappen möglich, aufgrund traditioneller Schamgrenzen. Die Mythenmetzsche Abschweifung aber ist eine schamfreie Zone, in der ausdrücklich jedem spontanen Impuls nachgegeben werden darf - durchaus auch dem Bedürfnis der Eigenwerbung. Ja, es wäre sogar denkbar, den Raum der Mythenmetzschen Abschweifung für kommerzielle Zwecke an andere zu *vermieten*. Sagen wir mal etwa an eine Senfgurkenfabrik, die auf die Bekömmlichkeit ihrer Essigfrüchte hinweisen möchte. Oder an einen Dichterkollegen, der es schon zu höheren Auflagen gebracht hat und den einen oder anderen Goldbeutel für Werbezwecke springen lassen kann. Warum denn nicht? Es handelt sich um einen kritik- und moralfreien Raum, warum damit nicht das eine oder andere Brötchen verdienen? Ich finde das würdevoller, als auf

bezahlten Lesungen den Literaturclown abzugeben. Kommende Generationen von Dichtern werden mir für diese Pioniertat danken. Ich kann schon jetzt vorausschicken: gern geschehen. Wo waren wir stehengeblieben?

»Es kommt auf uns zu«, wisperte Krete.

»Horrr!« Die Stimmen waren wieder ein Stück näher gekommen. Schlangengezischel. Ein Uhu rief. Eine Nachtigall antwortete. Das Krächzen eines Raben. Ensel und Krete wichen zurück.

»Horrr!« - jetzt war das Geschöpf höchstens noch eine Armeslänge von ihnen entfernt. Krete glaubte, heißen Wildtieratem auf ihrem Gesicht zu spüren. Die Geschwister krochen rückwärts, flink und ohne Rücksicht auf ihre zarten Knie, die im Nu mit winzigen Holzsplittern gespickt waren.

»Horrr«, knurrte die Stimme, tief, gereizt und viel zu nah. Ensel und Krete kugelten Hals über Kopf aus der Baumröhre. In ihrer Hast konnten sie sich gerade noch an der Hand fassen, dann rannten sie los, über die Lichtung zum Waldsaum. Krete blickte über ihre Schulter zurück. Am Himmel hing eine magere Mondsichel. So konnte Krete zumindest den Schattenriß dessen erkennen, was hinter ihnen aus dem toten Baum gekrochen kam: Es war eine große, aufrecht gehende Gestalt mit langen Krallen an den Händen. Es war kein Tier, denn es trug einen spitzen Hexenhut.

»Die Hexe!« schrie Krete und riß Ensel mit sich. Sie liefen hinein in den dichten Wald.

Die Gestalt erstarrte für einen Augenblick und fauchte wie ein Fuchs, den man in die Enge getrieben hat. Dann torkelte sie den Kindern hinterher.

Ensel und Krete rannten und sprangen, sie fielen über Wurzeln und prallten gegen Bäume, aber sie halfen sich immer wieder gegenseitig hoch und stolperten weiter. Blätter und Äste schlugen ihnen ins Gesicht, Spinnweben blieben an ihren Haaren hängen, Brennesseln verbrannten ihnen die Waden.

»Horrr!« brüllte es durch den Forst.

Ensel strauchelte, stürzte und brachte Krete mit zu Fall. Es ging eine Böschung hinab, sie kollerten wie leere Fässer übereinander und fielen schließlich ins Leere. Es ging nicht tief abwärts, nur zwei, drei Meter, aber das genügte, um ihnen Entsetzensschreie abzuringen. Der Boden des Loches, in das sie fielen, war hoch mit Laub bedeckt, was ihren Aufprall abmilderte.

Das Geschöpf mit dem Hexenhut blieb stehen und horchte, woher die Schreie kamen.

»Wir sind in ein Loch gefallen. Ganz ruhig!« flüsterte Krete, als Ensel im Dunkeln nach ihr griff. »Wir bleiben hier drin. Wenn wir versuchen, im Dunkeln rauszuklettern, machen wir nur unnötigen Lärm.«

Sie hörten das Wesen in der Nähe ihres Loches herumfuhrwerken. Es riß Gebüsche auseinander und schien mit sich selbst zu reden. Zischen und Grunzen. Piepsen, Pfeifen. Zwitschern. Dann beugte es sich über das Loch und stieß einen Kuckucksruf aus.

Ensel und Krete waren so still wie noch nie zuvor in ihrem kurzen Fhernhachendasein. Sie bewegten sich nicht. Sie atmeten nicht. Sie schlossen sogar die Augen und verbargen ihr Gesicht in den Händen. Sie versuchten, nicht vorhanden zu sein.

Das Wesen schnupperte und knurrte wie ein Wolf. Piepste wie eine Ratte. Zischte wie eine Waldkobra. Schlürfte wie eine Fledertratte.

Kretes Schläfen pochten von der Anstrengung, die Luft anzuhalten. Sie wußte, daß es jetzt nicht mehr möglich war, geräuschlos Luft zu holen. Ensel konzentrierte sich darauf, sich nicht zu bewegen, er ahnte, daß selbst die geringste Regung verräterische Geräusche verursachen konnte. Aber je verbissener er sich darauf konzentrierte, sich nicht zu rühren, desto mehr schienen seine Füße ihrem eigenen Willen zu gehorchen. Seine Zehen wurden warm und juckten. Seine Achillessehne verkrampfte sich, seine Fußsohlen fingen an zu brennen, und unwillkürlich zuckte Ensel mit dem rechten Fuß, nur ein bißchen, aber es genügte, um eine verhängnisvolle Kettenreaktion auszulösen. Ensels Zeh stieß gegen einen winzigen trockenen Ast, der knisternd zersplitterte. Eine

Eichel, die daran lose gebaumelt hatte, fiel auf ein uraltes trockenes Laubblatt, das laut zerbarst wie eine Glasscheibe.
»Schuuu!« machte die Gestalt und beugte sich tiefer über das Loch. Ensels Augen schienen aus den Höhlen zu quellen. Unter ihm fiepste etwas. Ein Waldmäuschen, das sich unter dem Laub zum Schlafen eingekugelt hatte, erwachte und beschwerte sich piepsend über den Lärm. Die Gestalt mit dem Hexenhut piepste zurück, es klang wie eine Drohung. Das Mäuschen verstummte. Dann erhob sich das Wesen und stapfte davon.
»Horrr!« knurrte es ein letztes Mal von weitem, und kurz darauf war es verschwunden.
Noch wenige Sekunden schafften die Geschwister es, die Luft anzuhalten. Dann atmeten sie ein, gierig wie zwei Schwammtaucher, die aus großer Tiefe an die Wasseroberfläche zurückkehren.
Keiner von ihnen sagte ein Wort. Nach einer halben Stunde fielen Ensel und Krete fast gleichzeitig in leichten Schlaf.

Als sie beim ersten Tageslicht aus dem Loch kletterten (es sah so kreisrund und sauber aus, als sei es durch den Einschlag eines Meteors entstanden), krochen dichte, flache Nebelbänke über den Waldboden. Ensel und Krete leckten ein paar große Blätter ab, die vom Morgentau benetzt waren, und linderten damit ihren größten Durst.
»Nebel«, sagte Krete. »Wo Nebel ist, da ist Wasser in der Nähe. Vielleicht einer der Bäche, die durch die Dörfer der Bären führen. Wenn wir einen Bach finden, können wir ihm bis nach Bauming folgen.«
Ensel war verärgert, daß er die Idee nicht zuerst gehabt hatte. »Wenn wir einen Fluß finden, kann ich ein paar Forellen fangen.«
»Klar«, sagte Krete. »Das tu nur.«

Sie wateten durch den Nebel, der sich wie ein endloser weißer Wurm zwischen den Bäumen hindurchwand. Ensel riß einen langen, dünnen Ast ab und prüfte ihn auf seine Tauglichkeit als Speer. Er hatte Buntbärkinder beim Forellenfischen beobachtet. Sie stapften durch den Bach, bis sie einen großen Stein auf dem Grund gefunden hatten, der einen Hohlraum unter sich barg. Sie versperrten einen seiner Eingänge mit dem Fuß und griffen in den Hohlraum. Nicht selten befand sich darin eine Forelle.
Einmal aber hatte sich dort ein Gemeiner Vierkneifer aufgehalten, eine bösartige zamonische Krebssorte mit vier kräftigen Scheren. Der kleine Buntbär war vor Schmerz kreischend aus dem Bach gesprungen, zwei große Vierkneiferscheren fest in seiner Hand verklammert. Daher wollte Ensel lieber mit der Harpune auf die Jagd gehen.
Krete bestaunte die Kleinflora, die den Wald säumte, Pilze, Gesträuch und Blumen in verwirrender Vielfalt: Totentrompeten, Schwarze Grabnägelchen, Altweibergerippe, Teufelsranken, Galgenbäumchen, Gespenstergras, Friedhofsmoos, Dämonenginster, Gelbfingriger Gruselfarn, Nasenbluter, Leichenschwamm, Hexenkraut - Krete hätten die Haare zu Berge gestanden, wenn sie die volkstümlichen Namen all dieser Pflanzen gekannt hätte.
»Sieh mal«, rief Ensel, »der Wald lichtet sich.« Das Blätterdach über ihnen war stellenweise aufgerissen, die Bäume standen nicht so dicht wie gewöhnlich. Eine Tausendfüßlerspinne baumelte an ihrem Faden von einem Buchenast herab. Krete zog den Kopf tief zwischen ihre Schultern, als sie darunter weghuschte. Ungewöhnlich viele Bäume lagen gefällt im Laub, neben ihren gesplitterten Stümpfen. Es sah aus, als hätte unter den Pflanzen des Forstes ein Kampf getobt, ein Schlachtfeld gefallener Bäume. Ein doppelköpfiges Wollhühnchen saß auf einem niedrigen Ast und sah traurig auf Ensel und Krete herab. Unter ihm sprangen drei schwarze Krähen mit silbernen Schnäbeln auf einem gesplitterten Baumstumpf herum, hackten nach Holzwürmern und krächzten schaurig. Es ging nun bergauf, und der wattige Nebelwurm robbte sich einen kleinen Hügel hoch, den Ensel und Krete zügig er-

stiegen. Als sie sich auf dem Kamm der Anhöhe befanden, konnten sie unter sich einen Waldsee erblicken, dunkel und kreisrund, von zahlreichen gefällten Bäumen umgeben. Der Nebel wand sich in Kurven um ein paar geborstene Baumkrüppel bis hinab zum düsteren Wasser, wie eine Schlange, die zur Tränke kriecht. Über dem See gab es kein Blätterdach, zum ersten Mal seit langem hatten Ensel und Krete freie Sicht auf den Himmel.

»Es ist kein Fluß«, sagte Krete ernüchtert. »Aber es ist Wasser.« Sie liefen den Hügel hinab zum Ufer, Ensel mit hocherhobenem Speer. Als sie am Rand des Sees standen, ließ er den Stock wieder sinken. Das Wasser war pechschwarz und glänzte ölig, dicke Blasen trieben auf der Oberfläche, von denen sich gelegentlich eine öffnete und schwefligen Gestank aufsteigen ließ.

»Das können wir nicht trinken«, sagte Ensel. »Und Fische scheinen da auch keine drin zu sein.« Er trat an den Rand des Tümpels und begutachtete ihn, indem er sich tief zum schwarzen Wasserspiegel hinunterbeugte.

»Wenn da Fische drin sind, möchte ich nicht mal wissen, wie die aussehen«, sagte Krete angewidert. Sie hielt sich mit spitzen Fingern die Nase zu.

Ensel war enttäuscht. Wie gerne hätte er Krete einen erbeuteten Fisch unter die Nase gehalten. Trotzig stocherte er mit der Harpune im Wasser herum. Als der Stock die Wasseroberfläche berührte, ging ein mächtiger Stoß durch Ensels Körper, als habe ihn ein Blitz getroffen. Er zuckte hoch und machte unwillkürlich einen Schritt in den See hinein. Das fettige Wasser umfing seine Knöchel, und ihm wurde schlagartig schwarz vor Augen.

»Was machst du da?« fragte Krete. Ihr Bruder schien den Gedanken der Fischjagd doch noch nicht aufgegeben zu haben und war in den Teich hineingewatet. »Ensel! Komm da raus!«

Ensel flog durch das Weltall. Er sah Planeten, Sonnen, ganze Milchstraßen. Kometen donnerten an ihm vorbei, weißschweifig und lodernd. Er fühlte sich kalt und groß, leicht und schnell, er sauste durch die endlose Weite des Universums, an Wolken glühender Energie vorbei, durch ungeheure Räume dunklen Nichts. Ein Meteoritenschauer ging auf ihn nieder, es hagelte eisernes Gestein, ohne daß er etwas davon verspürte.
Dann sah er von weitem ein Sonnensystem. Lange hatte er Zeit, neun unterschiedlich große Satelliten zu beobachten, die einen weißglühenden Feuerball umkreisten, bis er eintauchte in den Tanz der Planeten.
Ensel passierte den äußersten von ihnen, einen kleinen orangefarbenen Planeten mit vielen Kratern und Gesteinsnarben. Er flog in großer Entfernung an einem dunkelblauen Planeten vorbei, den drei dünne Asteroidenringe umgaben. Ein weiterer blauer Planet, wesentlich mächtiger, umgürtelt von zehn Ringen aus kosmischem Staub. Ein gelber Gigant, mit noch mehr, noch dichteren, noch breiteren Ringen. Und immer näher kam Ensel der Sonne.
Ein gelbrot gestreifter Planet kreuzte seine Bahn in weiter Entfernung, der größte bisher. Ein roter Planet, durchzogen von zahlreichen Kanälen. Dann trieb Ensel auf einen kleineren, blau und weiß gefärbten Planeten zu, den ein grauer Mond umkreiste. Er dachte, er würde auch an diesem Himmelskörper vorbeirauschen, aber er kam ihm zu nah.
Ensel wurde schwer und schwerer. Mächtige Kräfte schienen an ihm zu reißen, ihn zu diesem Planeten hinzuzerren. Er konnte jetzt erkennen, daß dieser Himmelskörper etwas besaß, über das die anderen nicht verfügten: Wasser. Landmassen, grau und mächtig. Wolken. Ensel tauchte ein in die Atmosphäre, und schlagartig wich die Eiseskälte des Weltalls, ihm wurde glühendheiß. Er donnerte durch Wolkenberge, vibrierend vom Luftwiderstand, und durch die Reibungshitze begann er zu schmelzen. Ja – Ensel schmolz, das konnte er deutlich spüren, immer und immer mehr! Dann rissen die Wolken auf, und Ensel erkannte die Umrisse des Kontinents, auf den er zustürzte: Das war Zamonien, so wie er es

im Erdkundeunterricht gelernt hatte. Links die Tatzeninsel, rechts die nördlichen und östlichen Nattifftoffen, in der Mitte ein großes Wüstengebiet - unverkennbar. Und Ensel stürzte immer schneller, wie ihm schien. Jetzt konnte er die Umrisse eines riesigen Forstes erkennen. Es war der Große Wald, ganz deutlich zu identifizieren, genau so wie er auf den Karten der Buntbären abgebildet war. Ensel stürzte mit zunehmendem Tempo auf das Gehölz zu.

Krete wußte nicht, was sie tun sollte. Ensel stand bis zu den Knöcheln im öligen Wasser, mit geschlossenen Augen, und schrie wie am Spieß. Es war ein langgezogener, unaufhörlicher Schrei in wilder Panik, wie von jemandem, der aus großer Höhe in die Tiefe stürzt. Dieser Eindruck wurde noch dadurch verstärkt, daß Ensel wild mit den Armen ruderte. Aber Krete konnte nichts erkennen, was ihm Schmerzen verursachte oder dieses absurde Verhalten rechtfertigte. War das vielleicht einer seiner idiotischen Scherze?
»Ensel, laß das! Komm da raus!«
Ensel schrie weiter, anhaltend und beängstigend.
»Jetzt komm endlich raus, das ist nicht lustig. Vielleicht ist das ein Sumpf. Ensel!«
Ihr Bruder kreischte unaufhörlich.
»Ensel!«
Krete überlegte, hinterherzuwaten und ihn herauszuziehen. Es war nur ein kurzer Schritt ins schlammige Wasser, aber Krete zögerte.
»Ich kann dich zu deinem Zögern nur aufrichtig beglückwünschen«, sagte da eine wohlbekannte Stimme hinter ihr. »Ich würde diesen mysteriösen Schlamm auch nicht betreten.«

Ensel stürzte in den Großen Wald. Er war ein fallender Berg, eine monströse Kanonenkugel, die sich in das Gehölz rammte. Blattwerk explodierte in Wolken aus wirbelndem Laub, ganze Eichen zersplitterten unter Ensels Gewicht, als er krachend ins Erdreich fuhr.
Dann war Ruhe. Absolute Stille. Hitze.
Ensel schmolz immer noch. Er glühte, brannte, kochte und zerfloß

in das riesige Loch, das er mit seinem mächtigen Körper geschlagen hatte. Tage, Wochen, Monate vergingen. Und Ensel kühlte ab. Die Vögel fingen wieder an zu singen. Er war nicht mehr kalt, er war nicht mehr heiß. Er war nicht mehr hart, und er war nicht mehr schwer. Er war jetzt flüssig, warm und leicht. Er war ein See aus geschmolzenem kosmischem Eis. Und er bemerkte, daß etwas in ihm erwachte.

Ein großes, langbeiniges und bösartiges Wesen bewegte sich in Ensel und streckte die Glieder. Er spürte, wie es sich auf dem Grunde des Sees erhob und seine Beine (es waren acht) erprobte. Das Monstrum (es fühlte sich an wie ein Monstrum) wankte ein wenig hin und her, trat dann fest auf und stieg aus Ensel hinaus. Mit mächtigen Schritten erschütterte es den Boden, als es im Wald verschwand.

Bromm!
Bromm!
Bromm!
Bromm!
Bromm!
Bromm!
Bromm!
Bromm!

»Moment mal!« dachte Ensel, »was ist hier eigentlich los? Wo bin ich? Warum ist es so dunkel? Was ist das für eine Geschichte mit dem Weltall und dem Stürzen und so? Und wo ist Krete?«

»Du bist in *mir!*« sagte eine Stimme, todtraurig und anrührend einsam. **»Bleib doch!«**

»Ich bin – in was? Wer bist du?« fragte Ensel.

»Ich bin der See. Aber ich war nicht immer ein See. Einst war ich ein Meteor, ein mächtiges Stück kosmischen Eises, das durch das Weltall schwebte. Ich habe dir meine Erinnerungen gezeigt. Das war mein Flug durch das Weltall. Der Sturz auf

diesen Planeten. Du könntest dich ruhig ein bißchen bedanken. Nicht jedem wird es zuteil, an den Erinnerungen eines Meteors teilhaben zu dürfen.«
»Äh, danke!« dachte Ensel mechanisch. Als gebürtiger Zamonier war ihm das Phänomen der Telepathie vertraut. Es gab eine ganze Reihe von Daseinsformen, die sich durch Gedanken verständigen konnten. Aber noch nie hatte er mit einem gesprochen. Oder besser: gedacht.
»Das war meine beste Zeit, draußen im All. Schwerelos. Unsterblich. Beziehungsweise: perfekt konserviert. Einsam – na schön. Aber alles hat seinen Preis. Dafür hatte ich die Aussicht. Das Universum, Rundumpanorama. Jetzt bin ich nur noch einsam. Ich bin flüssig, schwer zerren die Anziehungskräfte dieses verdammten Planeten an mir, ich muß ständig dagegen ankämpfen, nicht im Erdboden zu versickern. Irgendeine andere Kraft saugt an meiner Oberfläche, will, daß ich verdunste. Ganz schön gnadenlose Naturgesetze sind das hier! Alles auf Vergänglichkeit ausgerichtet. Ich finde das spießig. Im Weltall ist das anders.«
»Was war das für ein Wesen, das aus dir herausgestiegen ist?«
»Du meinst die Hexe?«
»Das war eine Hexe?«
Der kosmische Tümpel schwieg. Es brummte dumpf in Ensels Kopf, ihm war, als könne er die Empfindungen des Gewässers spüren. Er spürte *Reue. Wut. Scham.*
»Ich weiß nichts von einer Hexe.« Die Stimme des Sees klang bockig.
»Du hast gerade Hexe gesagt.«
»Hab ich nicht.«
»Hast du wohl.«
»Hab ich nicht!«
»Hast du wohl!«
»Gar nicht!«
»Wohl!«
»Gar nicht!«

Schweigen. War das Trotz, was Ensel da spürte? Er registrierte Empfindungen, die ihn an seine Auseinandersetzungen mit Krete erinnerten.
»Ich weiß nichts von einer Hexe«, sagte die Stimme, immer noch pampig. **»Ich weiß nur, daß etwas in mir drin war, viele Millionen Jahre lang. Gefroren. Tot, wie ich dachte. Aber als ich schmolz, wachte es wieder auf. Und ging in den Wald. Das ist alles, was ich weiß. Können wir jetzt das Thema wechseln?«**
»Ich glaube, ich muß gehen«, sagte Ensel unsicher.
»Du gehst doch nicht wieder? Bleib bitte hier!«
Furcht.
»Wir könnten soviel reden!«
»Worüber möchtest du denn gerne reden?« fragte Ensel.
Verwirrung. Anstrengung. Ratlosigkeit.
»Äh, puh, keine Ahnung … ich habe mich noch nie unterhalten.«
Scham.
»Du brauchst dich nicht zu schämen. Ich kann es dir beibringen.«
Freude. Dankbarkeit.
»Wirklich? Das wäre großartig. Ich könnte dir dafür Bilder zeigen.«
»Bilder?«
Stolz.
»Nun ja, ich verfüge über Ansichten fast des gesamten Universums. Was du bisher gesehen hast, war gar nichts. Ich habe außerdem noch Erinnerungen an meinen Heimatplaneten. Bevor wir von diesem Asteroiden zertrümmert wurden. Bevor ich ein Meteor wurde. Komm! Tauch in mich ein! Wir werden eine tolle Zeit haben. Ich zeige dir das Universum. Komm doch einfach!«
Begehren.
Ensel überlegte. Das war ein Angebot, das man nicht so einfach ablehnte.
Er könnte der erste Fhernhache werden, der das Weltall bereiste.
»Kannst du dir vorstellen, wie das aussieht, wenn ein Stern ex-

plodiert? Aus nächster Nähe? Wie sich Galaxien ballen? Hast du schon mal Raumschlangen gesehen, aus flüssigem Quecksilber und Millionen von Kilometern lang? Gasquallen, die ganze Monde verschlingen? Die Lichtsauger des Pferdekopfnebels? Ich habe Raumschiffe gesehen ...«

»Raumschiffe?« Ensel hatte nicht die geringste Ahnung, wovon der Meteor da sprach, aber das Wort elektrisierte ihn. *Raumschiffe.*

»Ja. Raumschiffe. Schiffe, auf anderen Planeten gebaut, die durch das Weltall schweben. Fliegende Scheiben aus Stahl. Gläserne Röhren, kilometerlang, gefüllt mit leuchtendem Nebel. Es gibt Raumschiffe, die eigentlich Lebewesen sind. Ich habe welche gesehen, die waren aus Holz und groß wie Monde. Oder aus gemeißeltem weißem Stein, voller Ornamente, wunderschön glänzend im Licht der Sterne.«

Wehmut.

»Es gibt Leben auf anderen Planeten?«

Empörung.

»Natürlich. Meinst du, ihr habt den einzigen Planeten mit Lebewesen im ganzen Universum?«

Hohn.

»Was denkst du, was ich bin? Was denkst du, was das war, was aus mir aufgestiegen ist und in den Wald marschiert ist? Der Planet, von dem ich stamme, wimmelte von Lebewesen! Da leben sogar die Mineralien. Da denkt die Luft. Dagegen ist dieser Kontinent hier gar nichts!«

Mitleid.

»Willst du mal ein paar Bilder sehen? Von Tiefseesaugern oder Glasriesen? Hast du schon mal einen galoppierenden Berg gesehen? Oder gefrorene Blitze? Meere aus Strom? Raubfische aus Licht, die vor einem goldenen Himmel lebendige Wolken jagen? Titanische Maschinenwesen in unbarmherzigem Kampf? Willst du das sehen? Willst du?«

»Ja! Ja!« rief Ensel und riß die Augen auf.

Er wurde vom einströmenden Licht so schmerzhaft geblendet, daß er aufschrie. Es war nicht der einzige Schmerz, den er empfand. Irgend etwas umklammerte brutal sein Handgelenk, und sein Hintern tat weh. Zwei Schatten schoben sich zwischen ihn und das Licht, einer von links, einer von rechts. Er erkannte Krete, die sich über ihn beugte und seine Hand festhielt. Und er erkannte einen grünhäutigen Gnom.

»Bist du in Ordnung?« fragte Krete. »Du hast geschrien wie am Spieß.«

»Was?« Ensel sah sich um. Er saß auf dem Hosenboden, am Rand des Tümpels. Seine Beine waren von schwarzem Schlamm bedeckt. Krete und der Gnom musterten ihn mit besorgten Blicken.

»Wir haben dich aus dem See gezogen. Wenn dieser, äh, Waldgnom nicht gewesen wäre, hätte ich es nicht geschafft. Er hat mich festgehalten, damit ich mich zu dir rüberbeugen konnte, ohne den See zu betreten.«

Der Gnom hob abwehrend die Hände. »Das war doch ein Akt der Selbstverständlichkeit.« Ensel schüttelte sich und versuchte, auf die Beine zu kommen. Schwankend stand er im Gras und schlug sich mit dem rechten Handballen vor die Schläfe.

»Wir müssen ihm Zeit lassen«, sagte der Grünhäutige verständnisvoll. »Die Freude über seine Rettung betäubt noch sein Dankbarkeitsvermögen.«

»Seid ihr bescheuert?« rief Ensel wütend. »Ich war gerade im Begriff, die Wunder des Universums kennenzulernen. Ich hätte Lebewesen auf einem anderen Planeten gesehen! *Raumschiffe*!« Er ging entschlossen auf den See zu.

»Halt!« rief Krete. »Der Tümpel. Ich glaube, das ist die Hexe.«

Ensel blieb stehen. »Das ist keine Hexe.« Er warf Krete einen mitleidigen Blick zu. »Das ist ein geschmolzener Meteor.«

»Ich unterbreche euren geschwisterlichen Disput nur ungern, aber ich glaube, dies ist der richtige Augenblick für eine Enthüllung meinerseits«, warf der Gnom dazwischen. Die Aufmerksamkeit richtete sich auf ihn.

»Ich muß euch ein Geständnis machen«, sagte er mit belegter Stimme. »Ich lüfte mein Inkognito. Ich bin gar kein Waldwichtel. Ich bin ein Stollentroll.«

Ensel und Krete waren nur mäßig überrascht. Schon in der Fhernhachenschule wurde man gewarnt, von Stollentrollen keine Hilfe in Anspruch zu nehmen. Man hatte allerdings versäumt, Abbildungen dieser verschmähten zamonischen Daseinsform herumzureichen (zamonische Illustratoren hielten es in der Regel für rufschädigend, einen Stollentroll zu verewigen), sonst wären die beiden schon bei ihrer ersten Begegnung mit ihm darauf gekommen. Ensel und Krete wußten nur, daß diese Kobolde zwergenhaft und bucklig waren. Aber das waren viele in Zamonien. Krete kannte sogar ein paar Fhernhachen, die nach dieser Beschreibung als Stollentrolle durchgegangen wären.

»Ja, ich gehöre zur meistgemiedenen Daseinsform der zamonischen Gesellschaft. Deshalb ziehe ich ein Leben im Großen Wald vor. Ich ziehe die Einsamkeit der Natur den ausgestreckten Zeigefingern vor, das Zwitschern der Vögel den Stimmen, die da nur rufen würden:

Siehe: ein Stollentroll! Ein Unberührbarer, ein Ausgestoßener. Haltet euch von ihm fern!« Der Troll taumelte kurz, fand aber wieder das Gleichgewicht.

»Lieber soll das fallende Laub mein Sargdeckel sein, als daß ich mich auf einem zamonischen Ausgestoßenenfriedhof verscharren lasse. Habt ihr schon mal einen Ausgestoßenenfriedhof gesehen?«

Weder Ensel noch Krete hatten jemals von solchen Beerdigungsstätten gehört.

»Die Särge dort haben Löcher, damit die Würmer besser eindringen können. Die Grabsteine werden aus Seife geschnitzt, damit der erste Regen sie fortspült. Als Blumenschmuck sind nur Brennesseln und Disteln zugelassen. Und es ist ausdrücklich erlaubt, auf den Gräbern Tanzveranstaltungen abzuhalten.« Der Troll schluchzte erregt. Er riß ein Büschel Gras aus dem Boden, nieste lautstark hinein und warf die verschleimten Blätter hinter sich.

»Aber was rede ich von solch unerquicklichen Dingen? Ich wollte euch doch eigentlich Freude bereiten. Darum laßt mich endlich Abbitte leisten für mein vergangenes Handeln: Darf ich euch diesmal den richtigen Weg zeigen?«

Krete sah dem Troll fest in die Augen. »Vielen Dank. Wir wissen deine Hilfe am See wirklich zu schätzen. Aber damit sind wir quitt. Du hast uns schon einmal in die falsche Richtung geschickt. Meine Mutter hat gesagt, daß Stollentrolle nie die Wahrheit sagen können, selbst wenn sie es wollen. Wir würden es daher auch vorziehen, uns von dir fernzuhalten. Komm, Ensel.« Sie zog Ensel, der wieder wie hypnotisiert auf den See starrte, am Hemd.

»Gut«, sagte der Troll leise und wie zu sich selbst, »als wir uns zum ersten Mal trafen, war unsere Beziehung, sagen wir mal: locker. Daher erlaubte ich mir diesen Scherz. Diesen dummen, grausamen Scherz, den ich seither bitter bereue. Kaum ward ihr im Wald verschwunden, wurde mir bewußt, was ich getan hatte. Ich hatte die Gelegenheit, Freundschaft zu schließen, vertan. Nicht zum ersten Mal! Nicht zum ersten Mal in meinem Leben tauschte ich dieses Geschenk gegen die Gelegenheit zu einer kleinen schäbigen Niedertracht.«

Der Troll boxte sich zur Bestrafung an die eigene Stirn.

»Und ich bereute! Ja, ich bereute es jede Stunde, jede Minute, jede Sekunde, die mich von euch trennte.« Er krallte die gelben Fingernägel in seine Brust. »Nun war ich wieder alleine im Wald. Gemieden und verachtet selbst von den kleinsten Geschöpfen des Forstes.« Der Stollentroll ließ die Hände sinken. Er schniefte kaum hörbar. Dann ballte er die Fäuste und sah die Geschwister mit tränenumflorten Augen an.

»Aber nun begegnen wir uns erneut. Das Schicksal gibt uns eine zweite Gelegenheit. Das ist den wenigsten vergönnt!«

Ensel und Krete sahen sich an. Der Troll hatte Nerven, fand Ensel.

»Aber ihr zieht es vor, mich zu verachten, meine Gegenwart zu fliehen. Ich verstehe das nicht nur, ich respektiere es sogar. Ihr müßt Furchtbares durchgemacht haben. Dafür übernehme ich die Verantwortung.« Der Troll blickte entschlossen nach oben, so als erwarte er für diese Bemerkung einen Blitzschlag.

Krete versuchte Ensel weiterzuziehen.

»Laßt mich nur noch eines sagen …«, wisperte der Stollentroll. Er seufzte tief und hauchte: »Schade.«

Krete hielt inne, beeindruckt von der Trauer, mit der der Stollentroll das Wort »schade« geflüstert hatte.
Die Augen des Gnoms füllten sich mit Tränen, seine Mundwinkel vibrierten.
»Während unserer Trennung habe ich viel über unsere Beziehung nachgedacht. Denn mittlerweile war da etwas gewachsen. Nicht nur Sympathie, oh nein. Nicht nur einseitige Freundschaft. Dafür gibt es nur ein Wort: Liebe.« Der Gnom wisperte das letzte Wort so leise, daß es kaum zu verstehen war. Er setzte sich ins Gras, zog einen Schuh aus und fing an, mit seinen Zehen zu spielen. Sein Blick ging ins Leere, und er lächelte, als schaue er in eine ferne, glücklichere Zukunft.
»Denn ich weiß: Unsere Beziehung könnte wachsen. O ja. Tiefer werden. Reifen.« Er seufzte. »Das geht natürlich nicht so hopplahopp. Ich muß noch lernen, gefühlsmäßige Nähe zuzulassen. Glaubt mir, das ist nicht einfach für jemanden, den man ansonsten gerne als Wischlappen benutzt.« Der Troll stülpte den Schuh wieder über seinen Fuß, sprang auf die Beine und entblößte seine linke, von Eiterpickeln übersäte Schulter.

»Ihr meint, mein Äußeres sei unrein, voller Pockennarben? Dann müßtet ihr mal meine geschundene Seele sehen! Die geht auf Krücken, kann ich euch sagen!«

Der Troll fiel auf die Knie und rutschte auf die Geschwister zu, während er verzweifelt die Hände rang.

Krete erinnerte sich daran, einmal aus Versehen auf ein Insekt getreten zu sein, das dann noch eine Weile mit den Beinen gezappelt hatte. Die damaligen Empfindungen waren denen, die sie angesichts des Trolls verspürte, sehr ähnlich. Sie wurde von Ekel, Mitleid und Schuldgefühl hin- und hergerissen.

»Schön - verstoßt mich!« krächzte er erbärmlich. »Lehnt meine Hilfe ab! Geht eures Weges! Aber laßt mich nur noch eines sagen: Ich bin hierhergekommen, um den Vorgang der *Heilung* in Gang zu bringen. Ja, ich bin ein Stollentroll. Ich bin aber auch die Reue. Und die ausgestreckte Hand.«

Der Stollentroll streckte den beiden die Hände entgegen, während er durch das Gras auf sie zurutschte.

Ensel war fasziniert. So durchsichtig der Inhalt der Ansprache war, so überzeugend war der Vortrag. Die Stimme des Trolls schien getränkt von Aufrichtigkeit. Er hätte ihn gerne an seine Brust gedrückt.

Der Troll hatte jetzt Kretes Füße erreicht. Er umklammerte ihren Unterschenkel und preßte seine stachelige Wange dagegen. Krete zog schnell ihren Fuß weg und sprang einen Schritt zurück. Der Stollentroll schluchzte ins Gras. Krete sah ihn lange von oben herab an. Dann packte sie Ensels Handgelenk wieder fester und zog ihn mit sich, in den Wald hinein.

Der Troll richtete sich auf.

»Ich flehe euch an«, rief er. »Geht nicht in diese Richtung!«

Ensel und Krete marschierten weiter. Nur Ensel blickte noch einmal zurück.

Der Troll machte eine beleidigte Miene.

»Na schön. Ihr habt es so gewollt. Behalte ich meine Informationen über die *Grenze* eben für mich.«

Krete blieb stehen. »Was für eine Grenze?«

»Es gibt eine natürliche Grenze im Wald, die kein vernunftbegabtes Wesen übertritt«, sagte der Troll. »Da würde nicht einmal ein Laubwolf hingehen.«
Krete war plötzlich sehr interessiert. Auch der Laubwolf in ihrem Traum hatte von einer Grenze gesprochen. Sie ließ Ensel los und ging zum Stollentroll zurück. Ensel stolperte hinterher.
»Was ist mit der Grenze?«
Der Stollentroll räusperte sich und deutete mit einem dürren Finger in die Richtung, in die Ensel und Krete weitergehen wollten.
»Ihr wollt da lang? Laßt mich drei Gründe aufzählen, das nicht zu tun.« Er zählte an seinen krummen Fingernägeln ab: »Erstens: die Pflanzen. Zweitens: der Boden. Drittens: die Atmosphäre.«
Die beiden lauschten aufmerksam. Der Troll hatte jegliche Theatralik abgelegt und sprach jetzt mit sehr sachlicher, kühler Stimme:
»Es geht eine unsichtbare Grenze durch den Großen Wald, die ihn in zwei Bereiche trennt. Der eine Teil ist der, in dem wir uns gerade befinden: Das ist der *gefährliche* Teil. Der andere, das ist der *sehr gefährliche* Teil.«
Der Stollentroll ließ seine Lider zur Hälfte herab und smirkte.*
»Also: die Pflanzen. Es gibt Gewächse jenseits dieser Grenze, die sich an Wildheit und Gefährlichkeit mit jedem Raubtier Zamoniens messen können. Es gibt Pflanzen, die sich an Intelligenz mit jedem zamonischen Lebewesen messen können. Und es gibt welche, deren Heimtücke sich mit der von Stollentrollen messen kann - ich rede natürlich von ungeläuterten Stollentrollen, nicht von bekehrten Exemplaren wie mir.« Der Stollentroll hüstelte.
Ensel und Krete sahen sich an.
»Und schließlich gibt es Pflanzen, die ihr besser nicht gesehen haben solltet.« Die Stimme des Trolls war jetzt ohne jede Falschheit.
»Was meinst du damit?«

**Smirken (Ich smirke, du smirkst, er/sie/es smirkt):* Ich habe diese Wortschöpfung als Ersatz für ein zamonisches Verb gewählt, das eine Tätigkeit umschreibt, die zwischen Lächeln und Grinsen liegt und ausschließlich von Stollentrollen beherrscht wird. In der deutschen Sprache gibt es dafür keine entsprechende Bezeichnung. (Der Übersetzer)

»Was ich gesagt habe. Es gibt Dinge, ohne deren Kenntnis man ein weniger bekümmertes Dasein fristet.«

Krete war erstaunt über den ernsten und rätselhaften Ton, den der Stollentroll plötzlich anschlug. Sein Blick füllte sich für einen Augenblick mit Furcht, dann schüttelte er sich kurz, stampfte zweimal mit dem Fuß auf und fuhr fort:

»Zweitens: der Boden. Ihr glaubt, ihr habt nichts mehr, auf das ihr euch verlassen könnt, seitdem ihr euch im Wald verlaufen habt. Aber ihr habt immer noch den Waldboden. Er ist vielleicht rauh und unwegsam, aber er ist fest, und er verändert sich nicht. Jenseits der Grenze ist das anders. Ganz anders. Soviel zum Boden.«

Der Troll holte tief Luft.

»Drittens: die Atmosphäre. Ich rede von der Luft, die ihr dort atmet, ich rede von Dingen, die darin herumschweben. Mikroorganismen. Schlechte Vibrationen. Böse Wellen. Sie kriechen in eure Ohren und Nasen und Gehirne und …«

Der Troll brach ab, als könne er unmöglich weiterreden.

»Gibt es da, wo wir nicht hingehen sollen, eine Hexe?« fragte Krete wie nebensächlich.

»Ich hörte Gerüchte darüber. Dünne, schwarze Gerüchte«, antwortete der Troll.

»Komm, wir gehen«, sagte Krete. »Du willst uns nur wieder reinlegen. Die Hexe wohnt in einem ganz anderen Teil des Waldes. Wir waren dort und haben sie gesehen.«

»Ihr habt sie gesehen?« Der Troll wirkte erstaunt. »Stand sie zwischen Birken?«

»Nein, sie kroch aus einem hohlen Baum.«

»Dann war es keine Hexe«, winkte er ab. »Hexen stehen immer zwischen Birken.«

»Blödes Ammenmärchen!« fauchte Krete, packte Ensel beim Handgelenk und zerrte ihn wieder hinter sich her. Ensel winkte dem Troll bedauernd zu.

Der Stollentroll winkte zurück und sah den beiden traurig nach, bis sie zwischen den Bäumen verschwunden waren. Dann hellte sich seine Miene auf. Er legte sich der Länge nach ins Gras.

»Kähähä!« meckerte er, während er anfing, mit seinen langen gelben Fingernägeln im Waldboden nach Würmern zu wühlen. »Kinder! Tun immer genau das Gegenteil von dem, was man ihnen empfiehlt …«

»Stollentrolle! Die sagen immer das Gegenteil von dem, was sie meinen. Wenn wir noch mal diesem fiesen Zwerg begegnen sollten, lassen wir uns gar nicht erst auf ein Gespräch ein«, kommandierte Krete. »Das führt zu gar nichts.«
»Ich weiß nicht«, sagte Ensel, der gedankenverloren hinter seiner Schwester herschlurfte. »Er schien ziemlich genau Bescheid zu wissen über …«
»Letztes Mal sind wir in die Richtung gegangen, die er uns gezeigt hat. Diesmal gehen wir in die entgegengesetzte Richtung. Jetzt sage ich mal, wo's langgeht.«
Ensel dachte an Raumschiffe. Gläserne Röhren, kilometerlang, schwebend im Weltall. Er selbst am Steuer.
»Ensel?«
»Hm?«
»Vertrau mir!«
Natürlich traute auch Ensel dem Stollentroll nicht über den Weg. Was ihn allerdings wesentlich skeptischer stimmte, waren die seltsamen Pflanzen, die er jetzt gelegentlich zwischen anderen Gewächsen des Waldes ausmachte. Nicht, daß er sich mit Pflanzen besonders auskannte, aber diese hier waren zu außergewöhnlich, um seiner Aufmerksamkeit zu entgehen. Sie hatten zuerst nur vereinzelt zwischen den Bäumen gestanden, kleine eiförmige Früchte mit glänzender violetter Oberfläche. Auch die schwarzen Pilze fielen ihm jetzt immer wieder auf. Sie standen in Gruppen zusammen und wuchsen manchmal sogar auf den Bäumen, auf den Ästen, Wurzeln und aus Astlöchern heraus.

»Krete?«
»Was ist?«
»Hast du die Pflanzen gesehen?«
»Natürlich hab ich die gesehen. Was ist damit?« Krete war immer noch wütend.
»Sie sehen komisch aus. Es werden immer mehr.«
»Das ist irgendsoein Gemüse, das nur im Großen Wald wächst.«
»Und die Pilze? Die schwarzen Pilze?«
»Ich weiß es nicht! Ich bin keine Botanikerin.«
Die beiden marschierten schweigend weiter. Nach kurzer Zeit gesellten sich neue Pflanzen hinzu. Eine gelbe, quallenförmige Pilzart klebte an jedem zweiten Baum. Meterhohe vielfarbige Farne schwankten im Zwielicht hin und her, obwohl es völlig windstill war. Dazu dunkelblaues Moos, das in immer dickeren Teppichen den Waldboden bedeckte. Und immer größere Kolonien von schwarzen Hexenhutpilzen und violetten Eiern.
»Ich glaube, wir gehen doch in die falsche Richtung«, sagte Ensel.
Krete widersprach nicht. Die Pflanzen fingen an, auch sie nervös zu machen. Die vertrauten Gewächse wurden immer mehr von den fremdartigen verdrängt. Es war tatsächlich so, als hätten sie eine natürliche Grenze überschritten. »Wir gehen zurück«, sagte

Krete und drehte sich auf dem Absatz um. »Ich will mich nochmal mit dem Troll unterhalten.«
»Wo ist zurück?« fragte Ensel.
Sie wanderten zügig in die entgegengesetzte Richtung, aber je weiter sie vordrangen, desto radikaler veränderte sich der Wald. Ensel hatte noch nie zuvor solche Bäume und Pflanzen gesehen, nicht einmal auf Abbildungen. Dreieckige Stämme, blutrote Borke, Rinden, die gefleckt waren wie Raubkatzenfell, dicke tonnenförmige Gewächse mit Tentakeln. Bizarr verdrehte, verknotete Luftwurzeln, Bäume, die aussahen wie Korallen oder Eingeweide.
Waren das noch Pflanzen, oder war das bereits tierisches – oder sonstwelches – Leben? Der ganze Wald war in ständiger Bewegung, dampfte, atmete, keuchte. Die Bäume hatten pulsierende Adern auf ihrer Borke, Schlingpflanzen wedelten durch die Luft, der Waldboden vibrierte, als ob er von Armeen von Insekten darunter in rhythmischer Bewegung gehalten wurde. Manchen Wurzeln konnte man beim Wachsen zusehen, es gab eine rotbraune Bambusart, die so schnell wucherte, als würde sie von unten aus dem Erdreich geschoben.
Ensel und Krete waren schon seit längerer Zeit verstummt, keiner von beiden wollte sich die eigene Furcht eingestehen oder die des

anderen wecken. Krete wünschte sich, wieder den rauhen Waldboden unter den nackten Füßen zu haben, alle Dornen und Brennnesseln Zamoniens waren besser als das hier. Das Erdreich gab nach und quietschte und blubberte, wenn man auftrat, es war, als ginge man auf einer dünnen Torfschicht, die über einem Sumpf lag. Gase entluden sich pfeifend aus Löchern im Moos, es stank nach Schwefel und Kompost. Die ganze Natur war vielfältiger und vielfarbiger geworden, Blautöne und Violett hatten Grün und Braun abgelöst. Die Blätter waren schwarz, die Pilze tiefrot oder orange, das Gras hellblau. Schleim quoll schmatzend aus Astlöchern, durchsichtig und gelb, wie flüssiger Bernstein. Ein rüsseläugiger Märzkäfer brummte eilig vorbei, als sei er vor irgend etwas auf der Flucht.
Krete fing an, sich bittere Vorwürfe zu machen. Es bestätigte sich auch, was der Troll über die Beschaffenheit der Atmosphäre gesagt hatte: Die Luft war voll von gespenstischem Wispern und Raunen, es knackte und knirschte in ihren Gehörgängen. Ensels Kopfhaut stand unter seltsamer Spannung, seine Haare richteten sich unter seiner Mütze auf, und in seinen Zahnwurzeln pochte es schmerzhaft. Kopfweh und Ohrensausen kamen und gingen, und die Augendeckel wurden schwer wie Blei.
»Hörst du das?« fragte Ensel, der plötzlich stehengeblieben war.
Krete lauschte. Ja, da mischte sich ein neues Geräusch in die unbehagliche Atmosphäre.
»Da knistert was«, sagte Krete.
»Denn wo's knistert, brennt der Wald«, fiel es Ensel ein. »Ein Waldbrand?« hauchte er.
Sie spähten in die Richtung, aus der das beunruhigende Geräusch zu kommen schien. Tatsächlich, ganz weit hinten zwischen dem Astgeflecht, im blauen Dunkel flackerte ein Licht. Nein, zwei, drei unruhige Flammen schienen dort zu tanzen, vielleicht auch mehr.
»Was macht man denn bei einem Waldbrand?« fragte Krete.
»Man versucht zu löschen. Vielleicht ist das Feuer noch so klein, daß ich es austrampeln kann. Wir sehen mal nach.«

Sie kämpften sich durch den Urwald, auf das geheimnisvolle Leuchten zu. Krete kam es vor wie in einem Alptraum, in dem man etwas Eiliges zu erledigen hat und nicht vorankommt, weil die Füße am Boden kleben bleiben. Glitschige Schlingpflanzen peitschten ihnen ins Gesicht, giftig aussehende Stachelgebüsche fächerten sich urplötzlich vor ihnen auf und versperrten den Weg. Der Untergrund gab mehrmals so unerwartet nach, daß beide immer wieder strauchelten und hinfielen. Es war, als sei dem Wald daran gelegen, die beiden nicht zügig vorwärtskommen zu lassen.
Als sie ihr Ziel endlich erreichten, waren sie zunächst zu erschöpft, um gebührend erstaunt über den ungewöhnlichen Anblick zu sein. Die Ursache des Leuchtens waren, man konnte es nicht anders nennen, brennende Bäume. Aber sie standen nicht in Brand, wie von einem Blitz entzündet, nein, sie brannten eher wie Kerzen. Von den meisten standen nur noch die Stümpfe, in ihrem Innern loderten helle Flammen, und an den Seiten floß das Holz herunter wie flüssiges Wachs. Ihr flackernder Schein versetzte die umstehenden Bäume und anderen Gewächse in wilde Zuckungen, Licht und Schatten tanzten wie rastlose Gespenster um den seltsamen Ort.

»Ich will heim«, sagte Krete.
»Ich auch«, antwortete Ensel.
Eilig liefen sie weiter. Unter dem Waldboden zerplatzten Blasen, es gluckste und rumorte, fremdartige Gerüche stiegen auf. Ein Baum, der aussah wie eine Unterseeanemone, wiegte sich verzückt hin und her. Muschelförmige Pilze öffneten ihre Schalen und offerierten Ensel und Krete schleimige rote Perlen, als die beiden an ihnen vorbeihasteten. Sie kamen an Bänken aus grünem Meerschaum vorbei, an Korallenbäumen, weißgelb gescheckt. Ein purpurnes Gewächs, halb Schwamm, halb Seestern, einige Meter im Durchmesser, hielt eine alte Eiche im Würgegriff. Es war, als gingen sie auf dem Meeresgrund spazieren.
Ensel hätte sich kaum gewundert, wenn als nächstes ein Hai an ihnen vorbeigeschwommen käme.
Schwarze Orchideen öffneten schmatzend ihre Kelche und ließen kreiselnde Blütenpollen aufsteigen, die wispernd durch die Luft trieben. Schleimige Baumwurzeln krochen über Kretes nackte Füße, fettig aussehende Pilze zuckten im Gleichtakt.
»Das hat nichts mehr mit zamonischer Botanik zu tun«, rief Krete empört und trat in eine ölige Pfütze. »Ist das wieder ein Traum?«
»Ich habe mal gehört, daß man im Traum nicht riechen kann«, sagte Ensel leise.
Krete schnupperte. Wenn Ensels Behauptung stimmte, dann war das kein Traum: Es gab einiges zu wittern. Aber was war das? Manche Gerüche machten sie traurig, andere ließen sie kurz auflachen.

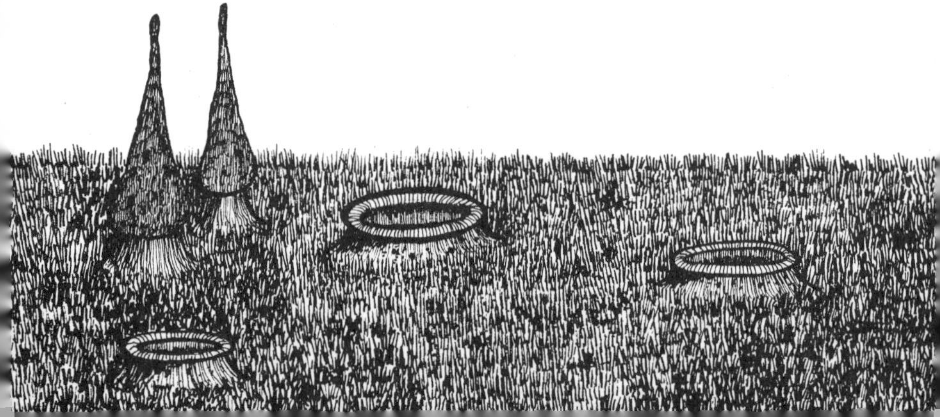

Ein Geruch machte sie wütend, ein anderer jagte ihr Angst ein. Sie sog tief die Luft ein und mußte plötzlich weinen. Schließlich hielt sie sich die Nase zu.

»Bei uns denkt sogar die Luft«, wiederholte Ensel die Bemerkung des Meteors, die ihm gerade durch den Kopf ging.

»Was?«

»Ach, nichts … Der Stollentroll hat recht gehabt«, sagte Ensel. »Sogar die Luft ist hier anders. Wir hätten auf ihn hören sollen.«

»Ach was!« schnauzte Krete trotzig und empfand doch das gleiche wie ihr Bruder. Sie war jetzt wütend auf sich selbst, auf ihre arrogante Art, mit der sie die Hilfe des Trolls abgelehnt hatte. Es war, als dränge der Wald auf alle möglichen Arten in sie ein, um sie mit Furcht zu erfüllen, durch die Ohren, durch die Augen, durch die Nase, durch die Gedanken. Krete stellte fest, daß man sich nicht gleichzeitig Ohren und Nase zuhalten konnte, denn dazu hätte sie einen zusätzlichen Arm benötigt.

Ensel und Krete stolperten weiter und bemerkten nach einer Weile erleichtert, daß wenigstens die beängstigenden Gerüche nachließen, je weiter sie sich von den brennenden Bäumen entfernten. Aber die Pflanzen des Waldes machten keine Anstalten, wieder vertrautere Formen anzunehmen. Ensel konnte kaum noch gehen, sein ganzer Körper wurde von einem rabiaten Schwächegefühl überwältigt. Seine Hände zitterten, es war ihm, als spüre er eine nahende Ohnmacht, als falle er gegen seinen Willen in Schlaf. Heißhunger stieg in ihm auf.

»Essen!« rief Ensel. »Wir müssen endlich etwas essen, sonst sterben wir!«

Er lehnte sich an einen Baumstumpf, der wenigstens entfernt an die Überbleibsel einer alten Eiche erinnerte, die der Blitz getroffen hatte. Langsam rutschte er mit dem Rücken an der knotigen Rinde herab und blieb japsend sitzen. Kalter Schweiß stand auf seiner Stirn. Er sah sich verzweifelt nach Beeren um. Zwischen den Wurzeln des Stumpfes wuchsen grüne Tentakel und einige der schwarzen Pilze. Hinter dem Baumwrack standen zwei weitere Stümpfe, etwas kleiner, ebenfalls von Pilzen und tentakelähnlichen Pflanzen umwachsen. Ensel überlegte, wie man die drei Pflanzenkrüppel überdachen könnte, mit Ästen und Blättern. Dann hätten sie für die Nacht ein Dach über dem Kopf. Vielleicht konnte er sie auch ringsum umkleiden, dann hätten sie sogar ein Zelt. Aber zunächst mußte er sich stärken.

»Ich gehe keinen Schritt weiter«, sagte er. »Wir bleiben hier und essen ein paar von den Pilzen.«

»Das tun wir nicht. Sie sehen giftig aus.«

»Hier sieht alles giftig aus, und es ist mir egal. Dann sterbe ich eben. Wenn ich sie nicht esse, sterbe ich vor Hunger. Wenn ich von den Pilzen sterbe, sterbe ich wenigstens satt.«

Ensels Logik war schwer zu entkräften. Krete überlegte, wie lange es dauerte, bis man vor Hunger starb. Zwei Tage, drei? Und wie war das? Fiel man einfach um, ohne Vorwarnung, wie bei einem Herzschlag? Wie weit waren sie eigentlich vom Hungertod entfernt? Vielleicht standen sie ja tatsächlich kurz davor.

Ensel hatte einen der Pilze gepflückt und betrachtete ihn prüfend.

»Man darf sich die Dinger nicht zu genau ansehen«, sagte er. »Es gibt eine absolut sichere Methode zur Identifizierung von Giftpilzen. Man ißt nur eine winzige Menge und wartet eine Stunde ab. Zeigen sich keine Symptome, ist der Pilz harmlos. Zeigen sich welche, dann sind die wegen der geringen Menge harmlos. Prinz Kaltbluth macht das so in *Der Wald mit den tausend Armen.*« Er führte den Pilz zum Mund.

Der Beruf des Schriftstellers verpflichtet gelegentlich (nicht immer!) zur Aufrichtigkeit, daher muß ich an dieser Stelle etwas gestehen, auch wenn es mich in Konflikt mit der zamonischen Justiz bringen könnte. Aber wie schon erwähnt, die Gesetzlosigkeit gehört zu den Grundtugenden des Dichters, daher gestehe ich hier ohne jede Scham: Ich habe einmal vom Hexenhutpilz gekostet. Jawohl.

Obwohl der Konsum dieses Pilzes vom Gralsunder Gesundheitsministerium ausdrücklich unter Verbot gestellt ist, galt es zu einer gewissen Zeit in Gralsunder Künstlerkreisen als schick, den einen oder anderen Hexenhutpilzrausch auf dem Kerbholz zu haben. Es ist keine Entschuldigung, aber ich möchte dennoch nicht unerwähnt lassen, daß ich damals ein junger Hüpfer von kaum zweihundert Jahren war. Zwielichtige Kreaturen, blutschinkische Schmuggler, hatten welche nach Gralsund gebracht und boten sie auf dem schwarzen Markt in einer Form an, die den Pilz angeblich genießbar machte, ohne daß man ernsthafte gesundheitliche Schäden davonzutragen hatte. So glaubten wir jedenfalls in unserem jugendlichen Leichtsinn.

Er war abgekocht, entsalzt, getrocknet, gefroren, magnetisiert und dann pulverisiert worden, und man durfte ihn nur in einer Tabakmischung geraucht und in winzigster Dosierung zu sich nehmen. Einige Künstlerkollegen hatten das probiert und versprachen mir sensationelle Visionen und künstlerische Inspiration nachhaltigster Art. Es würde mein Leben und meine künstlerische Arbeit radikal beeinflussen, versicherten sie mir - was sich auf gewisse, leider aber nicht auf die erhoffte Weise bewahrheiten sollte. Nun, der Künstler ist dem Rausch verpflichtet. Jedenfalls glaubt man das als junger hitzköpfiger Schreiberling gerne, wenn Leber und Nieren noch wie selbstverständlich Überstunden einlegen. Wir versammelten uns zu fünft im Hinterzimmer einer Kaschemme, tranken uns mit Skorpionschnaps Mut an und stopften eine Pfeife mit Hexenhuttabak. Ich nahm einen tiefen Zug daraus. Es schmeckte bitter und beißend, und prompt wurde mir schwarz vor Augen. Mir war, als hätte sich der Boden unter mir geöffnet, und ich fiel in einen tiefen Schacht.

An den Wänden des Schachtes wuchsen seltsame Pflanzen, violette Gewächse mit glatter Oberfäche, quallenförmige Pilze, wabernder Tang. Ich fiel und fiel, aber ohne jede Angst, in wachsender Verzückung.

Dann machte ich die Augen auf. Ich saß immer noch im Kreis meiner Künstlerfreunde, aber sie hatten sich in die vier Reiter der Apokalypse verwandelt. Sie trugen Totenschädel auf den Schultern, und wenn sie lachten, krochen Würmer und Motten aus ihren schaurigen Gebissen. Also schloß ich wieder die Augen und stürzte weiter. Ich befand mich, soviel war klar, unterhalb Zamoniens. Das Gift des Pilzes gaukelte mir vor, daß ich durch das Erdreich hindurchfallen konnte, ich sah glühende Lavawürmer und monströse Tausendfüßler, die sich hier unten ihren Weg bahnten, ich stürzte vorbei an skelettierten Dinosauriern, groß wie Segelschiffe, an Riesendiamanten und ganzen Säbelzahnlöwen, in Bernstein eingeschlossen. Dann befand ich mich plötzlich im Freien, ich war durch das Dach einer gigantischen Höhle gestürzt, deren Wände in gespenstischem Blau schimmerten. Schließlich landete ich, und ich landete unsanft. Ich fiel in einen Topf mit schwerem Öl, und der Topf war aus Stein und so groß wie der Krater eines Vulkans. Er schien von unten beheizt zu werden, das Öl begann zu kochen und drang in meine Glieder und machte mich schwer und schwarz und aufgedunsen. Erst jetzt bemerkte ich, daß der Topf voller Lebewesen war: Wolterken und Fhernhachen und Blutschinken und Nattifftoffen und jede andere denkbare zamonische Daseinsform. Ich sah, wie diese Wesen vom Öl zerkocht wurden und sich auflösten. Und dann geschah das Grauenhafteste: Ich spürte, wie mein eigener Körper sich auflöste, wie Arme und Beine von mir abfielen und in dem Öl davontrieben. Schließlich löste sich auch mein Kopf ab, und dann kochte das Öl nochmals auf, und die ganzen Glieder und Rümpfe und Köpfe im Topf buken auf gräßliche Art wieder zusammen. Mein Kopf saß auf dem Rumpf eines Fhernhachen, ich hatte Arme mit Scherenklauen und die haarigen Beine eines Blutschinken. Dann wurde ich ohnmächtig. Als ich aus meinem Rausch erwachte, hatten sich die vier Apokalyptischen Reiter wieder in meine

Künstlerfreunde verwandelt, und mein Kopf schien mit kochendem Blei gefüllt zu sein.

Nach diesem Vorfall schrieb ich ein halbes Jahr lang wie ein Besessener. Ich schrieb fast ohne Pause, nur von wenigen Stunden alptraumdurchsetzten Schlafes unterbrochen, höchstens jede dritte oder vierte Nacht. Ich wußte nicht, was ich da in einer mir anscheinend vollkommen unbekannten Sprache verfaßte, ich kritzelte einfach drauflos, von der Wichtigkeit meines Tuns völlig durchdrungen, absolut unempfindlich gegen die Versuche meiner Freunde, mich gelegentlich an die frische Luft zu zerren. Hätten sie mir nicht ab und zu einen Kanten Brot in den Mund gestopft oder etwas Wasser eingeflößt, wäre ich wohl verhungert oder verdurstet.

Endlich verflog mein Schreibrausch und mit ihm die letzten Symptome des Pilzkonsums. Ich hatte ein ganzes Buch geschrieben, ein Buch von vielen hundert Seiten. Ich hatte es ohne irgendeine Korrektur vorzunehmen, ohne das geringste Zögern getan, als sei es mir diktiert worden. Als ich versuchte, das Kauderwelsch zu entziffern, stellte ich nach langem Rätselraten endlich fest, daß das Werk *mit dem Ende anfing* - und zwar mit dem letzten Buchstaben des ganzen Textes. Ich hatte auf Zamonisch geschrieben - aber rückwärts.

Dann übertrug ich den Text zurück, ich mußte einfach nur von hinten nach vorne lesen. Es war das Entsetzlichste und Grauenerregendste, was ich jemals gelesen habe - und ich habe eine Menge schlechter Texte meiner Kollegen gelesen, das darf man mir glauben, ganz zu schweigen von der Autobiographie Laptantidel Latudas. Verzeihen Sie mir meinen kleinen Scherz, aber er ist ein schmerzlindernder Reflex auf die Erinnerung an den dämonischen Inhalt des von mir im Rausch verfaßten Konglomerats von Bestialitäten. Nur der grimmigste Humor kann gelegentlich die Gespenster bannen, die mich seit dieser Niederschrift immer wieder heimsuchen. Das Buch handelte von Dingen, von Ideen, von Wünschen, von Formeln und Prophezeiungen, die niemals ausgesprochen werden dürfen. Das *Blutige Buch* war Gutenachtlektüre dagegen. Ich weiß, meine geneigten Leser bersten vor Neugier, das Unsägliche zu erfahren, aber sie sollten mir auf Knien danken, daß ich die mir selbst auferlegte Schweigepflicht einhalte. Dies ist das einzige Buch, das ich niemals veröffentlichen werde. Ich versiegelte es in flüssigem Bleiglas und vergrub es an einer Stelle Zamoniens, die nur mir und den einäugigen Zyklopengeiern, die währenddessen über mir kreisten, bekannt ist.

Dies waren meine Erfahrungen mit dem schwarzen Hexenhutpilz. Ich lege sie hier offen, um die Jugend unseres Kontinents vor dem Verzehr dieser Satansfrucht zu warnen. Ich nahm sie in ihrer wahrscheinlich mildesten Form zu mir, vielleicht ein hundertstel Gramm, aufwendigst entgiftet - und es kostete mich ein halbes Jahr meines Lebens.

»Nur ein ganz kleines bißchen, einen Mundvoll«, sagte Ensel, »das kann nicht schaden.«

Er schickte sich gerade an, in den Pilz zu beißen, als etwas Glitschiges sein Handgelenk umschlängelte. Es war eine Schlingpflanze, eine von denen, die am Fuß des Baumstumpfes zwischen den Pilzen wuchsen. Der Baumstumpf - oder besser: das, was Ensel für einen Baumstumpf gehalten hatte - öffnete die Augen. Er hatte sehr viele Augen, die in alle möglichen Richtungen starrten, sich ständig öffneten und schlossen und hin und her rollten. Zwischen all den Augäpfeln teilte sich ein breiter Schlitz, der offensichtlich der Mund der Kreatur war, und sie sprach:

»Von diesen Pilzen würde ich die Finger lassen, mein Sohn, Böse Träume. Sehr böse Träume.«

Ensel ließ den Pilz fallen und sprang auf. Krete schrie laut vor Schreck. Die Schlingpflanze ließ das Handgelenk los, der Stumpf wankte leicht hin und her und rollte wild mit den Augen. Dann sagte er mit tiefer, vertrauenerweckender Stimme: »Entschuldigung, ich wollte euch nicht erschrecken. Keine Angst. Wir tun nichts.«

Beim Wort »wir« öffneten auch die beiden vermeintlichen Baumstümpfe dahinter ihre zahlreichen Augen.

»Wir beißen nicht«, sagten sie gleichzeitig.
»Was ist das?« fragte Ensel mit bebender Stimme.
Krete wußte, was das war. »Das sind Sternenstauner«, sagte sie.

Sternenstauner. *Die Wächter des Universums. Die Hüter des ewigen Lebens. Die Unsterblichen.* Die zamonische Biologie hat verschiedene Namen für das, was Krete Sternenstauner nannte, und sie waren alle reichlich aufgeblasen. Etwas kleiner hatten es die Wissenschaftler, die Feldforschung über Sternenstauner betrieben, leider nicht. Aber ihre Ehrfurcht ist nachvollziehbar, immerhin handelte es sich bei ihnen um die ältesten Lebewesen Zamoniens. Vielleicht sogar die ältesten der Welt. Da kann einen schon mal das Pathos übermannen.

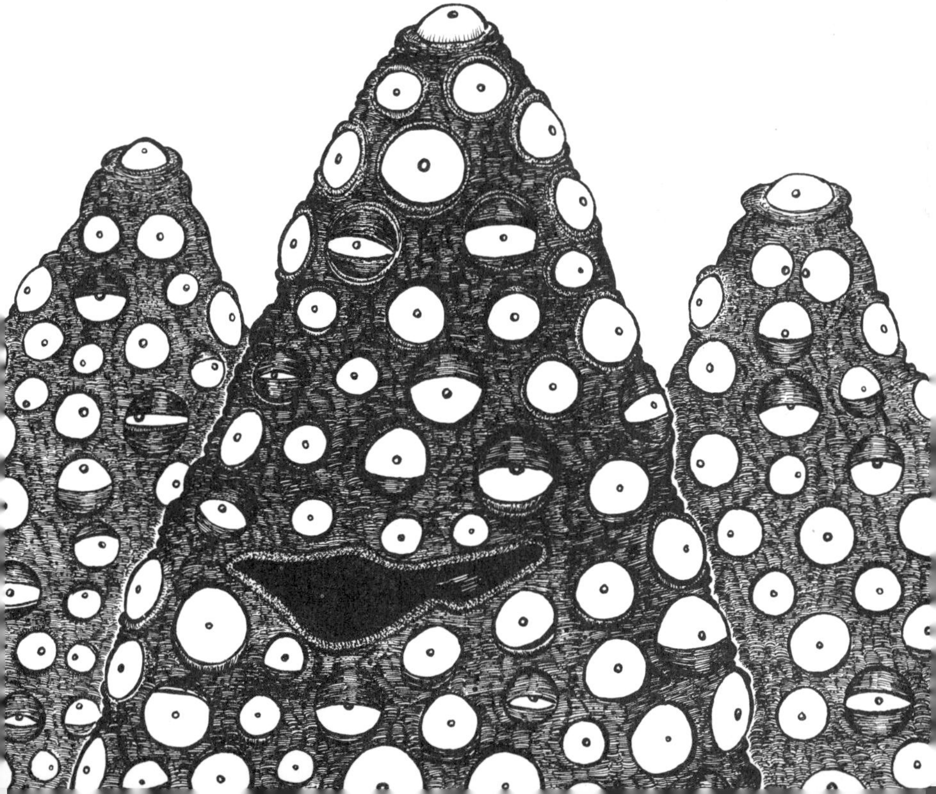

Es gab nur wenige Sternenstauner in Zamonien, ein paar im Tal des Grübelns bei Dullsgard und angeblich wenige vereinzelte Exemplare in den Tälern und auf den Gipfeln der Finsterberge. Perlentaucher berichteten von welchen auf dem Grunde der Zamonischen Riviera. Und es gab einige im Großen Wald, wo man zumindest ihr Stöhnen in der Nacht hören konnte.
Die Herkunft von Sternenstaunern ist mehr umstritten als jeder andere Gegenstand der zamonischen Wissenschaft. Sie selber geben darüber nur ungern und in kryptischen Metaphern Auskunft - wenn überhaupt. Fast jeder Wissenschaftler hat seine eigene Theorie über ihre Herkunft - ich finde sie fast alle banal und phantasielos, bis auf die von Professor Doktor Abdul Nachtigaller. Ja, so sehr ich Nachtigallers positivistisches Zamonienbild verachte, so sehr mich die elitäre Bildungspolitik seiner Nachtschule anekelt - an seiner Sternenstaunertheorie ist etwas dran. Ich möchte einmal versuchen, sie aus seinem *Lexikon der erklärungsbedürftigen Wunder, Daseinsformen und Phänomene Zamoniens und Umgebung* in allgemein begreifliche Sprache zu übersetzen: Nachtigaller vermutet, daß die Sternenstauner ein erster Versuch der Natur sind, Leben zu erschaffen. Ein Experiment, eine Generalprobe des Universums. Aus ästhetischer Sicht kein besonders gelungenes Experiment, wenn man sich die Sternenstauner mal etwas genauer ansieht: keine wohlgeformten Gliedmaßen, kein richtiger Körpermittelpunkt, ungepflegte Haut, keine Beine und eindeutig zu viele Augen. Aber sie leben, sie denken, sie empfinden und ja, sie sprechen sogar. Also nicht ganz schlecht für einen ersten Entwurf, zumal man ihnen Unsterblichkeit nachsagt. Das ist der Natur bei keinem weiteren Lebewesen gelungen.
Schade eigentlich.
Man sagt, daß sich dort, wo heute unser Sonnensystem ist, vor langer Zeit eine dunkle Wolke aus interstellarem Gas befand. Das streiten heutzutage eigentlich nur noch ein paar überkandidelte Alchimisten ab, die glauben, unser Planet sei ein Pfannkuchen, der in einer gigantischen Suppenschüssel schwimmt. Interessant ist die Frage: Woraus bestand dieses Gas?
Aus Hydrogen und Helium wahrscheinlich, und zu einem gut Teil

aus Zeit. Nur wo Zeit ist, kann Leben entstehen. Auch Wasserstoff ist lebensnotwendig, aber Nachtigaller hält die Bedeutung von Wasserstoff für die Entstehung des Lebens für völlig überschätzt – Zeit ist wesentlich maßgeblicher. Auch in diesem Punkt pflichte ich ihm bei.
Wie eine Gewebeprobe von den Sternenstaunern aus dem Tal des Grübelns ergab, besteht ihre Hautoberfläche zu einem erstaunlich hohen Anteil aus biologisch verdichtetem Gennf. Gennf wiederum ist bekanntlich gasförmige Zeit, verdichtetes Gennf also verdichtete Zeit. Das macht ihre Unsterblichkeit plausibel, ist aber auch ein Indiz dafür, daß die Sternenstauner der Ursprung des Lebens auf unserem Planeten sind, denn Gennf ist nachweisbar die älteste chemische Verbindung unseres Kontinents. Es ist daher denkbar, daß sich die Sternenstauner schon vor Ukzilliarden Jahren (diese Dimensionen von Zeit sind nur durch die Möglichkeiten der Druidenmathematik zu fassen) im Weltall formten, vielleicht auf einem kleinen Asteroiden. Dann ballte sich besagte Wolke aus Hydrogen, Helium, Gennf und meinetwegen auch Wasserstoff um sie herum und begann zu wirbeln oder sowas. Keine Ahnung, wie das genau funktioniert, ich bin schließlich kein Wissenschaftler, sondern Dichter.
So entstand dann unser Planet, und die Sternenstauner waren mittendrin, die Keimzelle des Lebens. Nachtigaller glaubt, daß sie Millionen Jahre lang auf dem Meeresgrund herumgestanden und irgendwelche Zellen abgesondert haben, aus denen dann die Artenvielfalt unseres Planeten entstand. Anschließend tauchten sie zusammen mit dem Kontinent Zamonien aus dem Meer auf, und nun stehen sie eigentlich nur noch herum, die Keimzellen allen Daseins, unglaublich alt, vielleicht unsterblich, angeblich unendlich weise, Reliquien einer längst vergangenen Zeit, unbrauchbar geworden wie versteinerte Urfische.

Der Vieläugige zog sämtliche Augenbrauen hoch. »*Sternenstauner*? So nennen sie uns? Habt ihr gehört, Jungs? Sie nennen uns Sternenstauner!«

Die beiden Artgenossen hinter ihm lachten, es klang, als würden Quallen husten.
Der erste Sternenstauner richtete all seine Pupillen zum Himmel. »Naja, wir beobachten die Sterne, zugegeben, aber da gibt es eigentlich nicht viel zu bestaunen. Das sind brennende Gasblasen, sonst nichts. Sie entzünden sich, sie brennen, und dann verlöschen sie wieder. Pfft! Haben wir schon ein paarmal zu oft gesehen. Zugegeben, es sind *sehr große* Gasblasen, aber ...« Der Sternenstauner hielt inne und blickte zum Waldboden. »Wir haben sehr gute Augen, aber wir benutzen sie lieber zur Beobachtung der uns umgebenden Natur. Der Mikrokosmos. Da ist wesentlich mehr los, das kann ich euch sagen. Auf einem einzigen Grashalm spielt sich mehr ab als in manch einer ganzen Milchstraße.«
Ensel konnte das aufgrund seiner eigenen Naturbetrachtungen nur bestätigen.
»Nun, wir wollen euch eure jugendliche Begeisterung für die Wunder des Universums nicht vermiesen. Na schön – ja, wir sind die Sternenstauner. Die Hüter des Universums.«
Die beiden anderen Stümpfe lachten anzüglich.
»Jetzt verratet mir mal, was euch in diesen entlegenen Teil des Waldes geführt hat. Ihr seid die ersten sprechenden Lebewesen, die sich seit sehr langer Zeit zu uns verlaufen haben.«
»Genau das ist unser Problem«, antwortete Krete, die sich entschlossen hatte, die Wortführerschaft zu übernehmen. Sie hatte in der Fhernhachenschule einmal ein Referat über Sternenstauner gehalten und dafür die höchste Punktzahl erhalten, eine Doppelvier mit Sternchen. Sie war sozusagen eine Kapazität, was das Thema Sternenstauner anging. »Wir haben uns verlaufen.«
»Das ist bitter. Und dennoch beneidenswert. Ihr seid zu beglückwünschen.«
»Wie bitte?«
»Wer sich verlaufen kann, kann gehen – das ist beneidenswert. Wir sind leider festgewachsen.«
»Oh.« Eine kurze peinliche Pause entstand. Die Sternenstauner waren Konversation nicht gewohnt, und Krete war immer noch in

Ehrfurcht erstarrt. Die Geschwister scharrten mit den Füßen, während die Sternenstauner Laute der Unbehaglichkeit von sich gaben. Endlich nahm sich Krete ein Herz:

»Vielleicht können wir euch irgendwie helfen?«

Der große Sternenstauner gluckste belustigt. »Das einzige, was uns helfen könnte, wäre, uns zu verpflanzen. Irgendwohin, wo mehr los ist. Aber dazu seid ihr zu klein und zu schwach. Wir wiegen ... äh, na, ist ja auch egal, wieviel wir wiegen. Ich rede nicht so gern über mein Gewicht. Wir wiegen jedenfalls ziemlich viel. Aber danke für das Angebot.«

Krete versuchte, eine intelligentere Frage zu stellen.

»Stimmt es, daß ihr unsterblich seid?«

»Sind wir. Hoffen wir jedenfalls.«

Die beiden anderen Sternenstauner lachten wieder. Der Wortführer hob seine Tentakel.

»Soll ich dir was über Unsterblichkeit erzählen, Kleines? Hast du schon mal etwas von der Genfflaus gehört? Sie lebt auf unserer Oberfläche. Sie ist mikroskopisch klein. Sie trinkt unsere Tränen und ißt unsere überschüssigen Hautschuppen. Die gewöhnliche Genfflaus hat ein Gedächtnis von einer Minute. Wenn sie sieht, daß ein Artgenosse stirbt, hat sie es eine Minute später wieder vergessen. Sie weiß einfach nicht, daß sie auch einmal das Zeitliche segnen muß, verstehst du? Beneidenswert.

Dumm und sterblich sein, das ist das Glück! Wir wissen nicht mal, ob wir nicht vielleicht doch irgendwann mal dran glauben müssen. Bis jetzt ist das mit der Unsterblichkeit noch eine unbewiesene These. Und wir können noch so alt werden, wir werden nie wissen, ob sie wirklich stimmt. Darin liegt eine gewisse Tragik, verstehst du? Aber herrje, wir wollen uns nicht beklagen. Soviel kann ich dir bestätigen: Wir sind seeehr alt.«

Die beiden anderen Sternenstauner ächzten asthmatisch.

»Ihr müßt unglaublich klug sein«, hauchte Krete.

»Ich würde dir wirklich gerne zustimmen, Kleines, aber auch da muß ich leider abwinken.« Er wedelte mit seinen Tentakeln. »Na schön, wir sind - vielleicht - unsterblich, und wir sind Ukzilliardenolze von Jahren alt – aber was bringt uns das? Jede Schnecke, die hier vorbeigeschleimt kommt, ist klüger als wir, weil sie mehr von der Welt sieht – halt, falsches Bild, Schnecken haben ja gar keine Augen! Siehst du, wie dumm ich bin?« Die beiden anderen Sternenstauner brummten erheitert.

»Aber ihr versteht schon, worauf ich hinauswill. Jedes mobile Lebewesen im Wald ist klüger als wir – sofern man Klugheit in Lebenserfahrung umrechnen kann.« Der Sternenstauner stutzte. »Sag mal – willst du auf irgendwas Bestimmtes hinaus?«

Krete stockte.

»Naja … Ich hatte gehofft, daß ihr uns den Weg aus dem Wald erklären könnt.« Der Sternenstauner und seine Kollegen sahen Krete mit all ihren Augen an.

»Hör zu, Mädchen, diese Frage hatte ich befürchtet – besser, ich sage es dir gleich, und ich sage es dir unverblümt: *Es gibt keinen Weg aus dem Wald.*«

Krete erschrak. »Wie meinst du das?«

»So, wie ich es gesagt habe. Das Universum hat mehrere Richtungen, mein Kind. Ein paar zuviel für meinen Geschmack, man kann gar nicht genug Augen haben, um das alles im Blick zu behalten.« Der Sternenstauner rollte wild mit den Pupillen. »Wir können das Universum beobachten, soviel wir wollen – es macht letztendlich doch, was es will. Genauso verhält es sich mit dem Wald.«

Der Sternenstauner sprach nun sehr feierlich.

»Es ist vollkommen gleichgültig, in welche Richtung ihr geht. Der Wald wird mit euch wachsen und euch immer wieder im Kreis führen, bis ihr wieder dahin kommt, wo ihr hergekommen seid. Ihr befindet euch in einem lebendigen Labyrinth. Es gibt keinen Weg hinaus. Es geht nur immer tiefer hinein. Tut mir leid, euch nichts Besseres mitteilen zu können. Ihr seid nunmehr ein Bestandteil des Waldes. Wie wir.«

Krete schossen die Tränen in die Augen. Ensel stampfte mit dem Fuß auf.

»Das ist nicht wahr!« rief er.

»Hört zu, Kinder, wir können euch nicht helfen, aber wir können euch etwas erzählen. Auch das wird euch nicht aus eurer Misere befreien, aber es erleichtert wenigstens das Verständnis eurer Situation. Hört gut zu!«

Ensel und Krete lauschten gespannt.

»Vor einiger Zeit war der Wald noch in Ordnung. Das ist jetzt kein nostalgisches Geschwafel, es war ganz einfach ein ganz normaler, gesunder Wald.

Ein Wald der Spitzenklasse, mit mehr Baum-, Tier- und Pflanzensorten als sonst ein Wald auf unserem Planeten. Deshalb kamen alle möglichen Sorten Zamonier vorbei: Wanderer, Naturfreunde, Wissenschaftler, Abenteurer, Waldläufer ..., damals waren wir schwer auf dem laufenden. Wir sprechen fast alle zamonischen Dialekte, nur vom Zuhören. Wir lernten zamonische Urmathematik. Blutschinkischen Grobianismus. Zamonische Geschichte. Klatsch und Tratsch. Ansonsten standen wir drei Hübschen hier in der Gegend rum, beobachteten das Universum und die Paarungsgewohnheiten der Genffläuse und aßen die Champignons, die an unseren Wurzeln wuchsen. Wir hatten einfach eine gute Zeit.«

Die beiden anderen Sternenstauner seufzten.

»Dann kam dieses Ding vom Himmel. Ein lodernder Ball, ein Schweif von einem Kilometer. Er krachte mitten in den Wald. Bumm!«

»Der Meteor«, hauchte Ensel.

»Du sagst es. Ein Meteor. Er brachte das Monstrum in den Wald. Wir haben es nie gesehen, aber oft gehört: ›Bromm! Bromm! Bromm!‹ Das waren seine Schritte, die den Waldboden erzittern ließen. So ging das lange, lange Zeit: ›Bromm! Bromm! Bromm!‹ Keine Ahnung, was es da machte, aber vermutlich jagte es die Geschöpfe des Waldes. Nach und nach verließen sämtliche Tiere den Wald. Sogar die Insekten. Es wurde sehr still, abgesehen von den Schritten des Ungeheuers. Dann, eines Tages, hörte man auch die Schritte nicht mehr. Woraus wir schlossen, daß das Monstrum tot oder verschwunden war. Und siehe da: Die Tiere kamen zurück. Der Wald war wieder in Ordnung, jedenfalls für eine gewisse Zeit. Und dann kamen die schwarzen Pilze.«

»Die Dinger hier?«
»Genau. Irgendwann hörten die Champignons auf zu wachsen, und an ihrer Stelle wuchsen diese häßlichen Pilze. Uns bleibt nichts anderes übrig, als sie zu essen, denn ansonsten würden wir verhungern, und dann hat sich das mit der Unsterblichkeit. Sie halten uns am Leben, aber sie verursachen Alpträume, die sich gewaschen haben, das kann ich euch sagen. Hört man eigentlich unser Stöhnen in der Nacht? Wir schämen uns ein bißchen dafür, aber wir können nichts dagegen machen.« Der Sternenstauner seufzte und schloß für einen Augenblick sämtliche Lider.
»Wenn wir träumen, haben wir Einblicke in eine Welt, die es besser nicht geben sollte. Wir träumen von Dingen, die wir gar nicht wissen wollen. Wir träumen von Orten, an denen wir nicht sein wollen - und manchmal habe ich das Gefühl, wir waren wirklich dort. Wir wissen Dinge ...« Der Sternenstauner stockte.
»Ich träume von Dingen, die unter der Erde sind. Tief, tief unten. Und ich träume von Pflanzen im Wald ... Von Pflanzen, die keine sind, sondern ...« Der Sternenstauner schauderte. Dann sah er Ensel und Krete voller Mitleid an.
»Was auch immer. Ich fürchte, ihr werdet sie noch früh genug sehen.«
»Hör auf!« rief einer der anderen Sternenstauner.
»Du machst den Kleinen ja angst.«
»Was wißt ihr über die Hexe?« hakte Krete ein.
Der Sternenstauner öffnete und schloß hektisch die Augen und verdrehte sie in Richtung seiner Kollegen.
»Was für eine Hexe? Habt ihr was von einer Hexe gehört, Jungs?«
Die Sternenstauner glotzten verlegen zu Boden. »Hexe? Nö. Ich kenne keine Hexe.«
»Was für eine Hexe denn? Wir wissen nichts von einer Hexe.«
Krete starrte dem großen Sternenstauner so lange in die vielen Augen, bis er sie alle niederschlug.
»Na schön«, sagte er, »ich habe sowieso schon viel zuviel gesagt, also sage ich auch noch den Rest: Ihr müßt das große Opfer bringen.«
»Was für ein Opfer?«

»Kindliche Unschuld. Jugend. Das ist das Opfer.«
»Was meinst du damit?«
»Äh - ihr seid doch unschuldig, oder? Ich meine, ihr habt doch nicht etwa irgendwas auf dem Kerbholz? Irgendeine unverzeihliche Schuld auf euch geladen oder sowas in der Art?«
»Wir sind trotz des Verbotes der Buntbären in den Wald gelaufen«, gestand Ensel.
»Aaaach - das ist keine Schuld! Das ist jugendlicher Leichtsinn. Ihr seid wirklich unschuldig wie die Gänseblümchen. Jungs, seht euch nur diese beiden kleinen Engel an. Sie sind völlig frei von schlimmen Gedanken.«
Die beiden Sternenstauner stöhnten neidisch.
»Das Vorrecht der Jugend!« seufzte der eine.
»Wartet nur ab, ihr werdet auch älter, und dann eines Tages ...«
»Halt die Klappe!« unterbrach ihn der große Sternenstauner. »Sie befinden sich noch im Zustand der Gnade. Sie hätten wirklich das Zeug, das große Opfer zu bringen.«
Krete wurde wütend. »Könnt ihr mir jetzt endlich erklären, was ihr mit dem Opfer meint?«
»Herrje«, seufzte der Sternenstauner, »muß ich wirklich so deutlich werden? *Ihr* seid das Opfer. Kindliche Unschuld oder sowas. Ich könnte mir vorstellen, daß irgend etwas hier im Wald ganz scharf darauf ist. Nennt es von mir aus ›die Hexe‹. Jugendliche Unschuld ist ein Geschenk, das selbst Hexen nicht herbeizaubern können.«
»Die Hexe kann zaubern?«

»Ich habe nicht gesagt, daß es eine Hexe ist. Und niemand kann zaubern. Für alles gibt es eine wissenschaftliche Erklärung. Aber hier ist etwas im Wald, das über mächtige, ungewöhnliche Kräfte verfügt. Kräfte, die noch nicht empirisch erfaßt wurden. Das macht sie rätselhaft, aber nicht zu Zauberei. Nun ja, dieses Etwas ist ganz versessen darauf, euch kennenzulernen. Soviel kann man wohl behaupten. Das sagen mir meine Träume.«
Die beiden anderen Sternenstauner brummten zustimmend.
»Ihr meint, wir sollen uns der Hexe opfern?«

»Ich habe *nicht* gesagt, daß es eine Hexe ist.«
»Egal, was es ist - wir sollen uns ihm ausliefern?«
»Naja ... wir könnten uns vorstellen, daß dann wieder Ruhe im Wald wäre. Daß dann wieder Champignons wachsen und so ...«
»Wir sollen uns opfern, damit ihr wieder Champignons essen könnt?«
Der Sternenstauner überlegte zum ersten Mal in diesem Gespräch, was er als nächstes sagen sollte.
»Komm, wir gehen!« rief Krete. »Die Geschöpfe dieses Teils des Waldes scheinen alle nicht richtig im Kopf zu sein.«
Krete und Ensel liefen wutentbrannt davon.
Die beiden Sternenstauner musterten ihren Artgenossen mit zahlreichen Blicken. Er hob abwiegelnd die Tentakel.
»Was ist? Hab ich was Verkehrtes gesagt? Kommt, Jungs, wenn man so lange keine Konversation mehr gehabt hat, läuft es einfach so aus einem raus. He! Was glotzt ihr mich so an?«

Der Natur sind die Tragödien, die sich in ihr abspielen, egal. Noch kein Galgenbaum hat sich darüber aufgeregt, daß Unschuldige an ihm aufgeknüpft wurden. Kein Grashalm eines Schlachtfeldes trauert den Gefallenen nach.
Wer hat das geschrieben? Na, ich natürlich, und zwar in meinem Roman *Tiefe Mitten*. Wer sonst in Zamonien formuliert ähnlich tiefschürfend? Was ich damit sagen wollte: Da waltet kein gnädiger Geist in der Natur, nur weil sie so reibungslos funktioniert. Selbst das Verhalten der ältesten Lebewesen Zamoniens ist von Egoismus durchdrungen - warum auch nicht? Sollten sie über eine höhere Form von Wissen oder Moral verfügen, nur weil sie so absurd alt sind? Wie kommt es eigentlich, daß man in Zamonien Senilität so hartnäckig mit Weisheit verwechselt? Was hat es auf sich mit

unserem fanatischen Rentnerkult? *Steuerbefreiung, wenn man über fünfhundert Jahre alt wird. Keine Zulassung für ein politisches Amt, wenn man keine zweihundert ist. Freier Zutritt in allen Museen für Tausendjährige. Kostenloser Zahnersatz ab dreihundertfünfzig.* Wäre es nicht wesentlich sinnvoller, wenn man in der Jugend mit Privilegien und Steuervorteilen überschüttet würde - dann, wenn man etwas damit anstellen kann? Unsere Jungen sollen die Museen besuchen, damit sie etwas für die Zukunft lernen können. Was haben wir davon, wenn klapprige Greise unserer Jugend den Blick auf unsere Meisterwerke verstellen? Ein alter Hund lernt keine neuen Tricks mehr.
Es wird wahrscheinlich niemanden überraschen, daß ich meine eigene Meinung über die sittliche Reife von Sternenstaunern habe. Sie hatten Ukzilliarden Jahre Zeit zum Nachdenken - und alles, was ihnen einfällt, ist, zwei kleine Kinder ins Verderben zu schicken, damit sie sich an Champignons verlustieren können. Könnte es sein, daß Alter und Erfahrung mit Intelligenz und moralischer Reife wenig oder gar nichts zu tun haben? Daß es auch nichts hilft, tausend Jahre alt zu werden, wenn man blöde geboren wurde? Wieso sind militärische Führungskräfte meist in fortgeschrittenem Alter, und warum stehen Fußsoldaten immer in der Blüte ihrer Jugend? Was hat es für einen Sinn, unsere jungen Hoffnungsträger ins Feuer zu schikken? Sie dürfen meine politischen Ansichten ruhig für naiv halten, aber wäre es nicht wesentlich gerechter, bei kriegerischen Konflikten unsere Rentner ins Feld zu schicken? Diese Art von Schlachten wären schnell vorbei, das kann ich garantieren. Bevor die Armeen aufeinanderprallen, wären die Soldaten auf dem Weg eingeschlafen. Oder eines natürlichen Todes gestorben. Die einzigen Schüsse, die es da geben würde, wären *Hexenschüsse*. Womit wir wieder beim Thema wären.

»Das war eine der größten Enttäuschungen meines Lebens!« schimpfte Krete, als sie sich weit genug von den Sternenstaunern entfernt hatten.

»Diese drei alten Kartoffeln wollen, daß wir uns opfern! Ist das zu fassen? Ich habe mir unter den ältesten Lebewesen Zamoniens etwas Geistreicheres vorgestellt.«
»Blöd sind sie nicht«, sagte Ensel. »Wir Kinder sollen uns opfern, damit die Alten was Leckeres zu essen kriegen.«
»Ist das alles, was man lernt, wenn man so alt wird? Kleine Kinder opfern! Das könnte ihnen so passen!«
»Das ist die richtige Einstellung!« lobte Ensel und ergriff Kretes Hand. »Wir gehen einfach weiter, bis wir zu Hause sind.«

Aber so zügig sie auch marschierten, so oft sie kehrtmachten oder Haken schlugen, es war tatsächlich, als wandere der Wald mit ihnen, ja, als sei er ihnen ständig ein kleines Stück voraus. Der fremde Planet, von dem der Meteor Ensel erzählt hatte, hätte nicht eigenartiger aussehen können.
»Vielleicht sind wir durch ein Dimensionsloch gegangen, ohne es zu merken«, mutmaßte Ensel. »Vielleicht sind wir schon längst auf einem anderen Planeten. In einem anderen Sonnensystem. In einer anderen Dimension.«
»Red keinen Blödsinn. Hier haben sich nur die Pflanzen verändert. Die Sonne über uns ist immer noch dieselbe.« Krete wies mit dem Zeigefinger auf die wärmende Glut, die durch das Blätterdach glitzerte.
Ensel fand es beinahe schade, wie mühelos Krete seinen phantasievollen Verdacht entkräftet hatte.
Sie erstiegen einen gelben schwammigen Hügel, der mit blauen Pilzen bewachsen war, die im Innern rhythmisch glühten. Manche dieser Pilze waren so groß wie kleinere Bäume, silbrige fette Würmer glitten brummend über ihre Stämme.
Krete ekelte es, mit ihren nackten Füßen in die Poren des gelben

Riesenschwammes treten zu müssen, sie befürchtete bei jedem Tritt, darin steckenzubleiben.

»Sieh mal«, rief Ensel, als sie den Hügel erstiegen hatten, und zeigte hinunter auf einen Baumkreis.

»Das sind Tannen«, sagte Krete.

Eilig stolperten sie über den schmatzenden Grund hügelabwärts. Als sie vor dem Tannenrund standen, hielt Ensel Krete zurück.

»Halt«, sagte er, »ich weiß, was sich hinter den Tannen befindet. Es ist eine Lichtung, und auf ihr liegt ein ausgehöhlter Baumstamm.«

»Meinst du?«

»Ich möchte nur, daß wir auf Enttäuschungen vorbereitet sind.«

Ensel und Krete durchschritten den Kreis der Nadelbäume. Echte Tannennadeln rieselten ihnen auf den Kopf und die Schultern und erfüllten sie für einen Augenblick mit neuer Hoffnung. Die Lichtung war größer als die, die sie immer wieder gesehen hatten, und auf ihr lag auch kein ausgehöhlter Baumstamm. Auf ihr wuchsen Pflanzen, Hunderte von verkrümmten, halbmeterhohen Gewächsen, die schon vom Waldsaum aus einen so fremdartigen Eindruck machten, daß Ensel und Krete augenblicklich stehenblieben.

»Was sind das für Pflanzen?« fragte Krete. »Was sind das für Stimmen?« Die Luft war von leisem, vielstimmigem Gewisper erfüllt.

Ensel hatte in der letzten Zeit so viele außergewöhnliche Gewächse gesehen, daß er beschlossen hatte, sich durch nichts mehr verblüffen zu lassen. Aber was da auf der Lichtung stand, erfüllte ihn mit einem Unbehagen, das kein fluoreszierender Pilz in ihm hervorrufen konnte. Bewegten sich die Pflanzen? Ja, wenn auch nur kaum wahrnehmbar. Flüsterten sie? Nein, das war etwas anderes.

»Da weint jemand«, sagte Krete. Tatsächlich, irgend etwas zwischen den Pflanzen schien zu schluchzen, leise vor sich hin zu winseln. Wenn man genau hinhorchte, hörte man mehrere Stimmen, die da weinten.

»Hallo?« rief Krete. »Ist da jemand?«

Ensel hätte Krete am liebsten die Hand auf den Mund gelegt. Eben noch hätten sie sich unbemerkt aus dem Staub machen können. Wo geschluchzt wurde, neigte Ensel stets dazu, sich in die entgegengesetzte Richtung davonzumachen. Bei Krete war das anders, sie wurde durch Geräusche der Trauer geradezu magnetisch angezogen. Es kam Ensel vor, als beherrsche seine Schwester eine traurige Fremdsprache, die er nicht verstand.

Ensel war jetzt auf alles gefaßt. Die Hexe, die sich kichernd zwischen den Pflanzen erhob. Ein wildes Tier, das seine Opfer durch Geschluchze lockte und gleich über sie herfiel. Bewohner von fremden Planeten, die durch Weinen kommunizierten. Alles war möglich, aber er war nicht vorbereitet auf das, was dann tatsächlich geschah: Die Pflanzen drehten sich um und sahen Ensel und Krete an.

Die beiden Geschwister umklammerten einander und erstarrten bis ins Mark.

»Und schließlich gibt es Pflanzen, die ihr besser nicht gesehen haben solltet«, hörte Ensel den Stollentroll wie von Ferne rufen. *»Es gibt Dinge, ohne deren Kenntnis man ein weniger bekümmertes Dasein fristet.«*

»Ich träume von Pflanzen im Wald ... Von Pflanzen, die keine sind ...«, hörte Krete den Sternenstauner raunen. *»Wußtest du, daß dieser Wald weinen kann?«* Das war die Stimme des Laubwolfes, die in Kretes Kopf erklang.

Die Pflanzen hatten die Gesichter von Tieren. Es waren die Gesichter von Geschöpfen des Großen Waldes, von Eulen und Bibern, von Spechten und Rehen, von Wieseln und Amseln, von Einhörnchen und Schuhus. Aber all diese Gesichter schienen nicht richtig zusammenzupassen. Ein Biber mit einem Spechtschnabel. Ein Amselkopf mit einem Geweih. Ein Frosch mit einem Einhorn, umwachsen von fauligem Moos. Große schwarze Hexenhutpilze mit den Augen und Ohren von Waldkaninchen. Blumen mit Fledermausohren. Und manchmal alles durcheinander, Augen, Nasen, Nagezähne, Ohren, Krallen, Flügel, eingewachsen in grünes Pflanzenfleisch.

Aber das wirklich Erschreckende waren nicht die Pflanzentiere selbst. Das Erschreckende war, daß all ihre Augen mit Tränen gefüllt waren. Es waren die Pflanzen, die da weinten.

»Das ist der Garten der Hexe«, flüsterte Krete.
Dann rannten die beiden davon, unter den Tannen hindurch, immer tiefer hinein in den fremden, bösartigen Forst.

Darf ich an dieser Stelle einmal auf meine schriftstellerische Raffinesse hinweisen? Natürlich darf ich das, innerhalb einer Mythenmetzschen Abschweifung darf ich alles. Es wird Ihnen in der Aufregung wahrscheinlich entgangen sein, daß ich auf der letzten Seite die Buchstaben der Sorte E derart raffiniert angeordnet habe, daß sie, wenn sie mit Linien verbunden werden, ein exaktes Hexagramm ergeben. Wenn Sie außerdem die Anzahl dieser Es mit der Anzahl der auf der Seite benutzten Ypsilons multiplizieren, dann ergibt das die schwarzmagische Zahl 666 (natürlich nicht in der zamonischen Urmathematik). Multiplizieren Sie diese 666 mit der untenstehenden Seitenzahl und diese Summe wiederum mit der Anzahl aller Buchstaben dieses Buches, ergibt das jene Anzahl von Teufelselfen, die nach den Grundsätzen der Gralsunder Dämonologie auf eine Nadelspitze passen, nämlich 7 845 689 654 324 567 008 472 373 289 567 827,5. Dies jedoch nur am Rande.*

Weder Ensel noch Krete hätten die Frage beantworten können, wie lange sie gelaufen waren. Sie rannten, solange ihre kleinen Lungen es gestatteten, dann stolperten sie weiter, bis sie wieder Luft beka-

*Das gilt natürlich nur für den zamonischen Urtext, nicht für die vorliegende Übersetzung. So peinlich auch Mythenmetz' prahlerischer Verweis auf seine artistischen Vorzüge sein mag (und sein geradezu taktloser, an solcher Stelle völlig unpassender und fast schon selbstzerstörerischer Eingriff in seinen eigenen Text), das erzählerische Kunststück im Original ist wirklich verblüffend (und, das muß zu seiner Verteidigung gesagt werden, ohne diesen Hinweis gar nicht zu bemerken). Ich habe mehrere Wochen damit verbracht, diesen erzählerischen Zaubertrick mit den Mitteln unserer Sprache nachzuahmen. Es ist unmöglich. (Der Übersetzer)

men, und liefen schließlich wieder ein Stück. Irgendwann verfielen sie in eine weniger erschöpfende Gangart, aber sie machten keine einzige Pause, stundenlang. Erst dann fingen sie wieder an, der Vegetation Beachtung zu schenken. An der Fremdartigkeit des Waldes hatte sich nichts geändert.

Der Tag ging spürbar zur Neige, die Wärme und das Tageslicht wichen aus dem Wald. Am Saum einer blauen Wiese, die von einer mannshohen farbenprächtigen Orchidee bewacht wurde, ließ Ensel sich fallen.

»Hier bleibe ich jetzt liegen«, sagte er. »Ich kann nicht mehr. Ich will schlafen. Ich will essen.«

»Kommt gar nicht in Frage«, sagte Krete. »Wir haben noch ein paar Stunden, bevor es ganz dunkel wird. Wir müssen das Licht nutzen.«

»Wozu?« fragte Ensel. »Um unsere Kräfte zu verplempern? Der Wald veräppelt uns. Die Sternenstauner hatten recht: Er wächst mit uns. Wir können genausogut hier sitzen bleiben.«

»Nein«, rief Krete, »das werden wir nicht tun. Wir werden marschieren, solange wir können. Jeder Meter, den wir gehen, ist ein Schritt in die richtige Richtung, denn er beweist, daß wir noch nicht aufgegeben haben.«

Um zu demonstrieren, wie ernst es ihr war, tat Krete einen energischen Schritt nach vorn ins hohe Gras.

Flutsch! machte es, und sie war verschwunden.

Ensel war zu verdutzt, um etwas zu unternehmen. Seine Schwester war in der Wiese untergegangen wie in einem Tümpel.

»Krete!« rief er endlich und sprang auf.

Keine Antwort. Das blaue Gras bewegte sich in ringförmigen Wellen, wie Wasser, in das man einen schweren Stein geworfen hatte.

»Krete!« schrie Ensel verzweifelt.

»Treibgras«, sagte darauf die Orchidee neben ihm. »Das ist kein Gras, das ist wuchernde Niedertracht. Ich schäme mich, neben so etwas zu wachsen.«

Ensel hatte schon zuviel durchgemacht, um sich noch von einer sprechenden Pflanze beeindrucken zu lassen. Die Orchidee hatte

in der Mitte ihrer Blüte einen horizontalen Spalt geöffnet, der ihr Mund zu sein schien. Die beiden Blütenkelche, die aus ihrem hinteren Teil wuchsen, gingen auf wie Lider und entblößten zwei empört blickende Augen.

»Was hast du gesagt?« fragte Ensel nur.

»Ich sagte: Treibgras. Man denkt, es ist nur ein paar Zentimeter hoch, aber in Wirklichkeit sind es zehn, zwanzig Meter. Das ist keine Wiese, das ist ein Loch voll Gras.«

Krete war noch zu verblüfft, um Angst zu haben. »Ich bin im Gras versunken«, dachte sie, »was es nicht alles gibt.« Es war stockfinster, und sie sank langsam, aber stetig immer tiefer. »Gut, daß es kein Sumpf ist, sonst wäre ich ertrunken. In Gras kann man zum Glück nicht ertrinken.« Sie griff links und rechts neben sich in die

Halme und packte fest zu, um Halt daran zu finden. Krete verspürte einen jähen Schmerz in beiden Handflächen, und sofort ließ sie wieder los. Ihre Hände fühlten sich klebrig und warm an. »Blut«, dachte Krete. »Ich habe mich an den Gräsern geschnitten.«

»Wie kann ich sie da rausholen?« Ensel war aus seiner Erstarrung erwacht und lief aufgeregt vor der Orchidee hin und her.
»Du? Gar nicht. Wenn du da reingehst, versinkst du nur selber. Du erstickst in den Halmen.«
»Man kann darin ersticken?«
»Natürlich. Deine kleine Gefährtin ist gerade dabei.
Je tiefer man rutscht, desto weniger Luft bekommt man. An den Halmen kann man sich nicht festhalten, sie sind messerscharf. Schließlich erstickt man am Gras. Ich habe schon viele Rehe da reinspringen sehen. Ein paar Wochen später kommen sie wieder hoch - aber nur die Skelette. Das wachsende Gras trägt sie nach oben. Richtig gruselig ist das.«
Ensel sprang aufgeregt am Rand der Wiese herum. »Was kann ich nur machen? Was kann ich nur machen?«
»Vielleicht hat sie ja Glück, und sie wird von der Halmmuräne gefressen. Dann muß sie nicht langwierig ersticken.« In der Stimme der Orchidee schwang ein tröstender Ton.
»Was für eine Halmmuräne?«
»Na, kein Grassee ohne Muräne! Wenn die Halmmuräne sie erwischt, ist es ruckzuck vorbei. Ein Happs, und die Sache ist gegessen.«

Die Halmmuräne lag auf dem Boden des Grassees und langweilte sich. Das war nichts Außergewöhnliches: Die Halmmuräne langweilte sich immer. Sie unterschied sieben Arten der Langeweile: die Morgenlangeweile, die Vormittagslangeweile, die Mittagslangeweile, die Nachmittagslangeweile, die Abendlangeweile, die Mitternachtslangeweile und die Nachtlangeweile. Sie unterschieden sich nur in subtilen Nuancen voneinander, leichte Gradunterschiede der Ödnis, die nur Halmmuränen wahrnehmen können. Es gab

auch keine Erlösung durch Schlaf, denn Halmmuränen schlafen nicht. Sie benötigen keine Erholung, weil ihr Leben so ereignisarm ist, daß sie kaum Energie verbrauchen. Nicht, daß die Muräne unter der Langeweile gelitten hätte: Sie war ihr so alltäglich, daß sie gelernt hatte, sie zu genießen. Im Gegenteil, die Halmmuräne verabscheute jede Form von Ablenkung, jeden Weckruf aus ihrer traumähnlichen Lethargie. Welche sie aber dennoch gelegentlich hinnehmen mußte, denn auch Muränen müssen sich ernähren, und sie sind Fleischfresser. Also ging sie ab und zu auf die Jagd, etwa einmal im Jahr, und erbeutete ein paar Einhörnchen oder Spatzen, die sich in den Gräsern verfangen hatten. Ab und zu sprang auch ein Reh in das tückische Gestrüpp, dann mußte sie nur durch die Halme gleiten und das zarte Tier abnagen.
Die Halmmuräne gähnte herzhaft. Was für ein herrlicher, vollständig ereignisloser Spätsommertag. Nicht ein Windhauch kräuselte den schützenden Grassee. Kein lästiges Getier verlief sich in den tückischen Halmen. Die Muräne schloß die Augen und dachte an nichts.
Flutsch!

Was war das? Aufregung im Gras, Tumult geradezu. Die Halme gerieten in wellenförmige Bewegung, unverkennbares Anzeichen einer Versinkung! Die Halmmuräne hob ihren Kopf um einige Zentimeter, Ausdruck höchster Erregung, und die anstrengendste Bewegung, die sie seit vier Tagen gemacht hatte.
Kurzes, intensives Schnuppern.
Ja, etwas versank. Und da war auch Blut, das roch sie mit ihrer Freßnase, ihrem Witterungsorgan, das sich aber auch zum Abknabbern kleinerer Fleischfasern eignete. Die Muräne setzte sich in Bewegung.

»Was kann ich machen? Was kann ich nur machen?« Ensel stand händeringend vor der Orchidee.
»Wie gesagt: du – gar nichts. Aber ich. *Ich* könnte was machen.«
»Du kannst ihr helfen?«
»Klar. Ich könnte meine Pollenzunge in das Gras hängen lassen und sie rausziehen.«
»Dann tu es doch! Mach schon!«
»Lieber nicht.«
»Was? Warum nicht?«
»Ich mische mich nicht gerne in fremde Angelegenheiten. So sehr ich das Treibgras verachte: Es ist mein Nachbar. Ich lebe hier. Ich habe hier meine Wurzeln – und das ist jetzt nicht nur bildlich gesprochen! Du marschierst einfach weiter. Ich bleibe festgewachsen. Ich muß mich *arrangieren.*«
Ensel lief im Kreis und überlegte fieberhaft, wie er die Orchidee dazu überreden könnte, seine Schwester zu retten.
»Es ist bald vorbei«, sagte die Pflanze. »Es dauert nie lange.«
»Wie lange?«
»Jetzt schon wieder etwas weniger lange.«
Ensel schlug sich mit beiden Fäusten gegen die Schläfen, um die Denkvorgänge zu beschleunigen.
Die Orchidee versuchte ihn zu trösten: »Ich könnte mir vorstellen, daß sich ein langer Grashalm um ihren Hals gewickelt und sie erwürgt hat. Oder geköpft. Dann hätte sie es jetzt schon hinter sich.«

Ensel fielen die Sternenstauner ein. »Hör zu: Was ist, wenn wir dich verpflanzen?« Er sprach sehr hastig.
»Was meinst du damit?«
»Wenn du meine Schwester da rausholst, graben wir dich aus und pflanzen dich da wieder ein, wo du hinwillst. Weg vom Treibgras.«
»Du meinst, ihr würdet mich in eine Gegend mit anständiger Nachbarschaft verpflanzen? Weg von diesem kranken Gemüse?«
»Ja! Ja!«
»In den Schatten einer tausendjährigen Eiche etwa? An einen Bach, in den ich meine Wurzeln wachsen lassen kann? Wetterunabhängigkeit? Eigene Wasserversorgung? Irgendwohin, wo es keine Blattschneideameisen gibt?«
»Wo immer du willst.«
»Hmmm ...« Die Blume schloß ihre Blütenaugen und schien das Angebot abzuwägen.

Krete hatte sich mittlerweile vom Schreck genügend erholt, um in Panik geraten zu können. Sie trampelte mit den Füßen, aber das brachte ihr nur neue Schnittwunden an den nackten Füßen ein. Die Halme umringten sie immer dichter, der Druck von allen Seiten wurde immer mächtiger, Gras drang ihr in Mund, Nase und Ohren. »Ich bekomme keine Luft mehr«, dachte sie. »Ich ertrinke auf dem Trockenen.«

Die Orchidee öffnete die Augen und sah Ensel gönnerhaft an.
»Hm ... Na schön - abgemacht!«
»Hol sie raus! Hol sie raus!« schrie Ensel.
Die Pflanze streckte eine enorm lange Zunge aus ihrem Kelch und hielt sie Ensel hin.
»Erst einschlagen«, sagte sie. Ensel schlug ein. Pollenstaub flog auf und kitzelte in seiner Nase.
Die Orchidee tunkte ihre Zunge in den See aus Gras. Sie fuhrwerkte eine Weile darin herum, wie ein Angler, der seinen Köder an die richtige Stelle positioniert. Dann hielt sie inne. Nichts geschah.

»Was ist?« fragte Ensel ungeduldig.
»Geduld«, brummte die Pflanze.
»Du angelst an der falschen Stelle!«
»Ruhe.«
Ensel verstummte.

Die Halmmuräne glitt schwerfällig durch das Grasgestrüpp. Jede Windung war ihr lästig, jede Bewegung unangenehm. Sie ächzte vor Mißmut. Auf die Jagd gehen. Dieser Teil ihres Daseins war ihr mit Abstand der verhaßteste, aber sie wußte gleichzeitig, daß ihr Dasein nicht mehr lange währen würde, wenn sie dieser Tätigkeit nicht wenigstens ab und zu nachging. Der letzte Jagdzug war schon eine Weile her, ein mageres Vögelchen, das mittlerweile völlig verdaut war.
Ah, da war das Opfer ja schon!
War das ein Reh? Vier Gliedmaßen, ein schlanker Körper, ein kleiner Kopf – das könnte ein junges Reh sein. Aber wieso hatte es kein Fell? Nun, das war egal. Das Fell war an den Rehen sowieso immer das unangenehmste. Zu zäh, und dann noch die ganzen Haare! Vielleicht hatte man das Flehen der Halmmuräne erhört und ihr endlich ein Reh ohne Fell vorbeigeschickt. Routinemäßig prüfte sie mit ihrer Zunge die Haut ihres Opfers. Es zuckte unter der Berührung und fühlte sich nicht besonders widerstandsfähig an. Leichte, ja leichtverdauliche Beute. Die Halmmuräne war entzückt.
Krete konnte nichts sehen, aber sie fühlte etwas Schleimiges, das über ihren Unterschenkel glitt. Sie zuckte zurück und spürte zugleich etwas anderes, das sich über ihr Gesicht schlängelte. War das ein Seil? Krete griff beherzt zu.
Die Muräne öffnete indessen den Schlund so weit es ging, um ein möglichst großes Teil aus ihrem Opfer herauszubeißen. Dann stieß sie mit dem Kopf nach vorne und schnappte zu.

Die Pflanze fing an, ächzend ihre Zunge einzuziehen.
»Hast du sie? Hast du sie?« schrie Ensel.

»Hurrmff!« machte die Orchidee.
»Schneller!« rief Ensel.
Die Pflanze wechselte vor Anstrengung die Farbe.
»Harrurrmpf!« ächzte sie. Sie gab sich offensichtlich wirklich Mühe.

Die Muräne verlor vier Zähne, als sie ins Leere schnappte und ihre Kiefer aufeinanderkrachten. Ihr Opfer war urplötzlich verschwunden, nach oben geglitten. Das war unerhört und eigentlich unmöglich. Sehr erbost machte sie sich unverzüglich an die Verfolgung.

Der Kopf von Krete tauchte aus dem Treibgras auf. Sie hatte sich fest an die Zunge geklammert, sie prustete und spuckte ein Büschel blaues Gras aus. Die Orchidee lüftete Krete aus der nun aufgeregt wogenden Masse. Sie schwebte strampelnd über der Wiese und japste nach frischer Luft, als die Muräne unter ihr auftauchte und ihren vielzähnigen Rachen aufklappte.
»Die Muräne!« rief Ensel. »Höher! Höher!«
»Hirrmmpf!« machte die Orchidee und hievte Krete so hoch, wie es ihr nur möglich war.

Die Muräne schnappte zu, zum zweiten Mal ins Leere, verlor diesmal drei Zähne, schüttelte wütend den schmerzenden Kiefer und tauchte wieder ab in den Grassee. Es gab noch ein letztes Rascheln und Wogen im Gehälm, vom Grunde des Sees erklang ein enttäuschtes Fauchen, dann kehrte wieder Ruhe ein.
Die Orchidee setzte Krete sanft zwischen sich und Ensel ab. Krete fiel auf die Knie, röchelte und hustete Grasfetzen.
»Siehst du wohl!« tadelte Ensel mit erhobenem Zeigefinger. »Nicht *jeder* Schritt ist ein Schritt in die richtige Richtung.«

»Oha, *das* ist also Fortbewegung! Das ist ja phan-tas-tisch!« Die Orchidee quasselte ununterbrochen, seitdem Ensel und Krete sie ausgegraben hatten.
Ensel trug sie mit beiden Händen vor dem Bauch. Trotz ihrer stattlichen Größe war sie sehr leicht, denn sie war ja eine Pflanze und verfügte über keine schweren Muskeln oder Knochen.
»Ich kann den Wind spüren, obwohl er gar nicht weht. Ständig neue Eindrücke, sehr verwirrend. Da! Ein Baum! Da - noch ein Baum! Wahnsinn! Ich hatte ja keine Ahnung, was ich da verpasse. Das Leben ist bisher komplett an mir vorübergegangen.«
»Daran gewöhnt man sich«, gab Ensel zurück. »Hast du schon eine Stelle gefunden, wo wir dich einpflanzen sollen?«
»Nein. Geht das noch schneller?«
Soviel die Blume auch redete - sie wußte offensichtlich, was sie wollte. Oder besser: was sie nicht wollte. Sie wollte vor allen Dingen nicht mehr zwischen all diesen fremdartigen Gewächsen vegetieren, sie suchte nach einer gemäßigteren Umgebung. Mit dem Instinkt, den nur eine Pflanze besitzen kann, lenkte sie Ensel immer weiter in Gefilde, in denen vertraute Waldflora wuchs.
»Sieh mal - eine Eiche!« rief Ensel.
»Da - Brennesseln!« antwortete Krete.
»Jetzt links!« kommandierte die Orchidee.
Weder Ensel noch Krete hätten jene Pflanze benennen können, die nun immer öfter den Weg säumte - Florinthisches Liebfrauenstroh -, aber sie hatten sie schon oft in Gehölzen ihrer Heimat gesehen. Da waren auch Augustblümchen und Waldmeisterlein, Safranzimelle und Ostzamonischer Weglagerich. Das Gras war grün und die Rinden der meisten Bäume braun.
Die Dämmerung war schon längst hereingebrochen, aber der umgebende Wald war wieder so vertraut geworden, daß Ensel und Krete neuen Mut schöpften. Keine tanzenden Farne mehr, vorwiegend beruhigendes Blattgrün, Tannen und Eichen. Sie beschlossen, ein Nachtlager zu errichten. Ensel grub ein kleines Loch, in das sie die Orchidee provisorisch einpflanzten. (»Aber nur vorübergehend!« hatte die Blume gezetert und auf ein paar schwarze

Pilze hingewiesen, die sie nicht als ständige Nachbarschaft akzeptieren könne.)
Dann legten sich die Geschwister auf den Waldboden, und die Orchidee breitete zärtlich ihre Blätter über ihnen aus. Die dritte Nacht brach an, und diesmal hatten Ensel und Krete beschlossen (jeder still für sich, um den anderen nicht zu ängstigen), wach zu bleiben. Krete zwickte sich immer wieder in den Arm, und Ensel konzentrierte sich, ganz Wachsoldat, dessen Aufgabe höchste Alarmbereitschaft war, auf die Geräusche des Waldes. Eine halbe Stunde später waren beide fest eingeschlafen.

Weder Ensel noch Krete, noch die Orchidee hörten, wie etwas im Wald erwachte, um auf die Jagd zu gehen. Sie hörten nicht, wie es knisternd und schmatzend aus dem Boden wuchs. Zuerst gab es ein tiefes Schlürfen, ein atemholendes Geräusch, langanhaltend und unwirklich. Dann ging ein heller, feiner Ton durch den Wald, wie auf Glas erzeugt. Die Geschwister erwachten gemeinsam mit der Orchidee.
»Da macht jemand Musik«, flüsterte Ensel.
»Das nennst du Musik?« Krete erschauderte.
»Ich kenne diesen Ton«, brummte die Orchidee schlaftrunken. »Wie ich ihn hasse.«
Der Ton wurde immer höher, lauter, durchdringender. Überall raschelte es im Unterholz, aufgeregtes Kleintiergezeter von allen Seiten, Vögel krächzten in heller Panik. Über allem lag dieser körper- und seelenlose Ton, der nicht von dieser Welt zu sein schien.
Krete versuchte für sich zu benennen, was an dieser Stimme falsch war. Falsch war schon mal nicht das passende Wort, sie sang nicht

falsch, sondern - rückwärts! Das war es, die Stimme schien keine Laute von sich zu geben, *sondern welche einzusaugen.* Es klang wie das letzte verzweifelte Atemholen eines Sterbenden, grauenerregend in die Länge gezogen.

Krete hielt sich die Ohren zu, aber der Gesang wurde dadurch nicht ein bißchen gedämpft. Es erschreckte sie über die Maßen, daß er durch ihre Hände drang, von keinem Hindernis aufzuhalten. Er wirkte so - von allen anderen Geräuschen isoliert - nur noch grauenerregender, unbarmherziger. Krete ließ die Hände sinken.

Dann sahen sie die kleinen Lichter. Die Luft um sie herum war plötzlich erfüllt davon, zuerst dachte Krete, es seien Glühwürmchen oder Irrlichter, dann aber sah sie, daß es durchsichtige Gerippe waren, Skelette von kleinen Waldtieren, von Fröschen, Mäusen, Schlangen, Baumhörnchen, Spechten und Uhus.

Die fliegenden Gerippe gaben klagende, weinerliche, verzweifelte Laute von sich, die sich steigerten, je höher und lauter der hohe Ton wurde. Die gespenstischen Erscheinungen formierten sich zu einem einzigen Strom, wie von einer fernen Macht dirigiert. Ein weiteres, ein schlürfendes Geräusch mischte sich in die Kakophonie, die immer mehr anschwoll. Der Strom von jammernden und winselnden Skeletten verschwand zwischen den Bäumen, und endlich brach das Ganze jäh und überraschend ab: Die Gerippe waren davongeflogen, und mit ihnen ihr Klagen und der hohe Geisterton.

»Was war das?« fragte Krete.

Ensel nahm die Hände vom Gesicht und sah nur Dunkelheit.

»Ich weiß es nicht.«

»Ich weiß es auch nicht«, sagte die Pflanze. »Aber ich habe es schon oft erlebt. Ich glaube, da ist etwas im Wald, das Seelen saugt.«

»Das Seelen saugt?« Diese Vorstellung jagte Ensel einen frostigen Schauer über sein kleines Herz.

»Denkt nicht weiter daran, sonst macht ihr diese Nacht kein Auge mehr zu.«

Daran hatten die beiden auch jegliches Interesse verloren. Für den Rest der Nacht brauchten sich Ensel und Krete keine Mühe mehr zu geben, nicht wieder einzuschlafen.

Als es hell wurde, klopften sie den Tau von den Kleidern, gruben die Orchidee aus und machten sich auf den Weg.
»Links!« kommandierte die Blume.
»Rechts!«
»Geradeaus!«
»Drunterdurch!«
»Jetzt scharf rechts!«
Ensel und Krete gehorchten. Bald fanden sie das erste tote Einhörnchen. Es lag steif und starr auf dem Waldboden, als sei es im Schlaf erfroren. Ein paar Schritte weiter lag eine tote Krähe auf dem Rücken. Ein kleines Stück Fußmarsch weiter noch ein Einhörnchen. Dann fanden sie immer mehr tote Waldtiere, alle kleinerer Art, Vögel, Frösche, Schlangen, Backenhörnchen, aber auch Ameisen und Tausendfüßler lagen verendet auf den Tannennadeln. Sie versuchten, die toten Tiere nicht zu beachten, und trotteten einfach vorwärts.
Es roch wieder nach Erde und Fichtennadeln, nach Harz, nach echtem Wald. Bald machten Birken und Ulmen die Hälfte des Baumbestandes aus. Sie sahen wieder vertraute Moose und Gänseblümchen. Eine Eiche stand riesenhaft über ein paar eitergelbe bizarre Gewächse gebeugt, als wolle sie sie verscheuchen. Es dauerte nicht mehr lange, da befanden sie sich in einem normalen Mischwald, so, wie er in der Nähe ihrer Pension ausgesehen hatte. Das einzige, was noch fehlte, waren Wege.

»Da vorne ist eine Lichtung«, sagte Ensel. »Und ich wette, da ist wieder der umgestürzte Baum in der Mitte.«
»Das ist mir egal. Hauptsache, der Boden bewegt sich nicht mehr. Wir gehen nach Hause.« Was sie gestern noch zur Verzweiflung getrieben hatte, ließ jetzt die Hoffnung in ihr keimen.
»Da lang!« befahl die Orchidee. »Zur Lichtung.«
Ensel schleppte die Orchidee durch ein Baumspalier und sah sich um. In der Mitte der Lichtung lag kein Baumstamm. Dort stand ein Haus.

III.
Das Haus

An dieser Stelle werden sich die Leser in mehrere Fraktionen teilen. Die optimistischen Fhernhachen zum Beispiel werden rufen: Oh, ein Haus, der Inbegriff zamonischer Zivilisation! Das ist bestimmt ein Haus der Waldwacht, welches fürsorgliche Buntbären errichtet haben für den Fall, daß sich Touristen im Wald verlaufen. Sicher ist es gut bestückt mit haltbaren Lebensmitteln wie verdosten Ölsardinen, wachsversiegeltem Honig, eingesalzenem Stockfisch, Zwieback und Rosinenschokolade. Vermutlich gibt es dort warme Decken für die Nacht, Kerzen und Sturmlichter gegen die Dunkelheit sowie Erbauungsliteratur für gepeinigtes Kindergemüt. Und sicher wird es regelmäßig von Brandwächtern kontrolliert, so daß diese Geschichte einen baldigen und glücklichen Ausgang erfährt. Hurra geschrien!
Die Pessimisten aber werden rufen: Seid ihr bescheuert? Seht euch mal die restlichen Seiten des Buches an - sieht das nach einem baldigen Ende aus? Das ist das Haus der verdammten Hexe! Sie wird die armen Kinder auffressen und ihre Seelen aussaugen oder sowas! Lauft, Kinder, lauft, was ihr könnt!
Die Schüler des Superpessimisten Humri Schiggsall werden sagen: Dieses Haus ist vielleicht *leer*. Das bestürzt uns, denn wenn die Kinder es betreten, wird niemand darin sein, der ihnen helfen kann. Ist es *halbvoll*, dann bestürzt uns das um so mehr, denn es könnte sich um eines der zamonischen Halblebewesen oder Geistwesen bösartiger Veranlagung handeln, das darin lauert, etwa ein Nachtschattendämon oder eine Gruselmume, und die sind ja bekanntlich auf kleine Kinder nicht gut zu sprechen. Ist es aber *voll*, dann wünschen wir erst recht gute Nacht, denn dann kann es sich bei seinem Inhalt nach den Grundsätzen unserer Philosophie nur um das Schlimmste handeln, nämlich die Hexe. Laßt also alle Hoffnung sausen, Kinder - ihr seid so oder so verloren! Freunde der rikschadämonischen Gruselliteratur werden entzückt in die Hände klatschen: Na, endlich - ein Hexenhaus! Hexenhäuser sind *die* Garanten für eine Wendung ins Gänsehauterzeugende. Wir haben schon Hexenhausgeschichten gelesen, in denen Köpfe gestapelt wurden. Hexenhäuser sind nicht selten mit Gesichtern tapeziert oder aus Knochen erbaut, auf einem Fundament aus Leichen. Nur frisch hinein, Kinder - das gibt ein Blutbad!

Die nattifftoffischen Kommunalpolitiker unter den Lesern werden ihre Lesebrillen hochschieben und fragen: Ein Haus? An dieser Stelle des Waldes? Ist das grundbuchamtlich dokumentiert? Unseres Wissens gibt es in diesem Teil des Großen Waldes keine Baugenehmigungen, auch nicht für Buntbären. Ist das Fundament von einem behördlichen Architekten geprüft? Hat es die für Waldhäuser amtlich verordneten Laubwolfsicherungsfenster? Wenn nicht, Kinder, dann ist es wohl ein Hexenhaus, und euch bleibt nur noch die Möglichkeit, im zamonischen Grundgesetz (welches ihr hoffentlich immer unter dem Arm tragt) nachzuschlagen, und zwar unter § 445 E: Da sind die Schutzbestimmungen verzeichnet, die zamonische Minderjährige bis zum 50. Lebensjahr gegenüber gemeingefährlichen Daseinsformen genießen. Lest sie der Hexe vor, denn selbstverständlich ist sie eine gemeingefährliche Daseinsform. Bleibt nur noch zu hoffen, daß sie die zamonische Gesetzgebung als Orientierungshilfe akzeptiert.
Die ganz schlauen Leser, Leute vom Schlage des Professor Doktor Abdul Nachtigaller und Absolventen seiner Nachtschule etwa, werden sagen: Hm. Wir sollten aus den vergangenen Ereignissen eine Lehre ziehen und die Sache rein empirisch betrachten. Die Erfahrung der letzten Tage lehrt uns, daß in diesem Wald nicht alles das ist, was es zu sein vorgibt. Vielleicht ist das gar kein Haus. Vielleicht ist es nicht einmal *irgend etwas*. Vermutlich ist es nur wieder eine von diesen Halluzinationen, angeregt durch in Sauerstoff lösliche Hexensekretausdünstungen. Nach unseren (teils statistischen, teils hypothetischen) Berechnungen befinden sich die armen Kleinen wieder dort, wo die Waldspinnenhexe einst begraben wurde, und bilden sich das Ganze nur ein. Unsere Empfehlung: Kinder, macht auf dem Absatz kehrt und marschiert wieder in den Wald. Und Laptantidel Latuda wird sagen: Ach herrje, ein Hexenhaus. Jetzt zieht er wirklich auch noch das betagteste Kaninchen der zamonischen Literaturgeschichte aus seinem alten Hut. Warum läßt er nicht gleich sein ganzes Personal von einem Meteor erschlagen? Dann hätte die Qual wenigstens ein schnelles Ende. Ich aber sage: Gemach! Vielleicht ist es nichts von alledem. Vielleicht ist dieses Haus weder leer noch voll. Vielleicht solltet ihr einfach weiterlesen und den Augenblick genießen.

Das ist der Platz! Hier will ich leben! Hier will ich sterben!« rief die Orchidee aufgeregt.

Die Lichtung war wirklich außergewöhnlich schön. Eine saftige, grüne Wiese mit Gänseblümchen und Klatschmohn verziert, ein glasklarer Waldbach, der mitten hindurchfloß, ringsum prächtig gewachsene Eichen. Ein paar Birken. Keine schwarzen Pilze. Kein verkohlter Baumstamm. Stattdessen ein kleines drolliges Haus mit einem Garten davor.

»Grabt mich ein! Grabt mich ein!« zeterte die Pflanze. »Da. Neben dem Haus. Im Halbschatten! Wo der Bach fließt. Bei den Gänseblümchen.«

Ensel tat, wie es die Orchidee wünschte. Sie gingen langsam auf das Haus zu. Nichts rührte sich darin.

Am Bach angekommen, fing Ensel an, mit den Händen das weiche Erdreich aufzuwühlen.

»Von hier aus kann ich meine Wurzeln direkt in den Bach wachsen lassen«, schwärmte die Blume, als Krete die Erde um sie herum festklopfte.

»Hallo, Leute!« rief die Orchidee den Gänseblümchen zu. »Auf gute Nachbarschaft!« Die Gänseblümchen regten sich nicht, was Krete für ein gutes Zeichen hielt. Die Geschwister bedankten sich nochmals für die erwiesene Hilfe. Aber die Orchidee war schon zu beschäftigt damit, sich mit den Gräsern ihrer Umgebung bekannt zu machen. Ensel und Krete gingen prüfend um das Haus herum. Vor der Verandatreppe blieben sie stehen und betrachteten den kleinen Garten. Ensel, der Gemüse ansonsten konsequent verachtete, lief das Wasser im Mund zusammen. Blumenkohl. Tomaten. Rhabarber. Radieschen. Petersilie und Schnittlauch. Mohrrüben und Zwiebeln.

»Das ist das Haus der Hexe«, sagte Krete plötzlich.

»Das ist mir egal, wessen Haus das ist«, maulte Ensel, müde, ausgehungert und gereizt. Er war seit Tagen durch den Wald gewandert. Er hatte halluziniert, war einem Wesen mit tausend Stimmen entkommen, hatte Pflanzen mit Tiergesichtern gesehen, brennende, tanzende, stöhnende Bäume. Er hatte mit Sternenstaunern gesprochen. Er war durch das Weltall geflogen und zur Erde gestürzt. Er hatte keine Angst vor nichts und niemandem mehr, auch nicht vor einer Hexe. Er war hungrig wie ein Laubwolf. Wenn es eine Hexe gab, sollte sie sich in acht nehmen, daß *sie* nicht von *ihm* gefressen wurde.

»Wer es auch ist, er oder sie ist nicht zu Hause. Möglicherweise ist es ein Stationshäuschen der Waldwächter. Wir wissen immer noch nicht, ob es überhaupt eine Hexe gibt.«

»Ich habe sie gesehen. Du hast sie gehört.«

»Das ändert nichts daran, daß das hier nicht auch ein Waldwächterhäuschen sein könnte.«

»Woher willst du wissen, daß hier niemand daheim ist?«

»Weil keiner rauskommt.«

»So funktionieren Fallen nun mal. Drinnen sitzt einer, der so tut, als wäre er nicht da.«

Ensel schwieg. Dann fiel ihm ein Plan ein:

»Ob es ein Hexenhaus ist, werden wir ja sehen. Weglaufen können wir immer noch. Wenn es ein Hexenhaus ist, und die Hexe ist nicht zu Hause, finden wir vielleicht etwas zu essen. Oder wir plündern den Garten. Wir könnten ihr ein Schnippchen schlagen. Was soll daran verkehrt sein?«

Krete gingen die Argumente aus. Auch sie war so müde und hungrig, daß es ihre Angst überwog.

»Du zuerst«, sagte sie.

»Von mir aus«, gab Ensel zurück und betrat die Treppe.

»Ich würde mir das nochmal gut überlegen«, sagte da eine Stimme, die den beiden mittlerweile recht vertraut war.

Sie drehten sich um. Hinter ihnen, im Gras der Lichtung, saß der Stollentroll und zupfte einem Gänseblümchen die Blütenblätter aus.

»Ich weiß, daß ihr auf meine Ratschläge keinen Wert mehr legt, aber beim letzten Mal wäre es euch besser bekommen, mir Glauben zu schenken. Kähä.«

»Du weißt, was in dem Haus ist?« fragte Krete lauernd.

»Natürlich nicht. Nur ein Verrückter würde freiwillig in ein Haus gehen, das mitten in einem einsamen Wald steht. Es gibt Gruselgeschichten, die von so etwas handeln.«
»Was würdest du uns denn empfehlen? Du weißt doch sonst immer alles«, fragte Krete.
»Ich empfehle euch gar nichts mehr. Ich werde mich hüten, Empfehlungen auszusprechen. Die werden dann ja doch nur in den Wind geschlagen.« Der Troll schob gekränkt die Unterlippe nach vorn und senkte seinen Blick auf das gerupfte Gänseblümchen. »Ich stelle Alternativen zur Diskussion, das ist alles. Ist das nicht das, was man unter Freunden tut, wenn man helfen, aber niemandem seinen Willen aufzwingen will? Korrigiert mich, wenn ich mich irre. Ich übe noch.«
»Ist das das Haus der Hexe?« fragte Krete streng, um das Gerede des Trolls abzuwürgen.
»Ich weiß nichts von einer Hexe. Ich weiß nur von *Gerüchten* über eine Hexe. Ich weiß auch von Gerüchten über Hexen, die dazu geführt haben, daß unschuldige Damen, die gar keine Hexen waren, als solche verbrannt wurden. Ein dunkles Kapitel der zamonischen Geschichte.«
Jetzt hatte der Troll Krete aus dem Konzept gebracht.
»Willst du behaupten, wir bilden uns das alles nur ein? Die Schreie im Wald? Die toten Tiere?«
»Im Großen Wald haben sich noch ganz andere als ihr ganz andere Sachen eingebildet. Die Nacht hat viele Stimmen.« Der Troll wedelte mit den Händen über seinem Kopf und verdrehte die Augen, um geistige Verwirrung zu versinnbildlichen. »Es könnte das Haus einer Hexe sein - stimmt. Es könnte aber auch ein Waldwächterhäuschen sein.
Es könnte auch das Haus eines Regenwurms sein, der es im Immobiliengeschäft zu etwas gebracht hat. Ich weiß es wirklich nicht. Ich pflege nicht in abgelegene Waldhäuschen einzudringen, in der Absicht, in anderer Leute Angelegenheiten herumzuschnüffeln. Oder Mundraub zu begehen.«
Der Stollentroll grinste.

»Wir wollen nichts stehlen. Wir wollen uns nur etwas zu essen besorgen.«
»Sag ich ja: Mundraub. Kein großes Vergehen, aber immerhin: ein Vergehen. Ich ziehe es vor, auf der Seite des Gesetzes zu stehen.«
Ensel und Krete wichen von der Veranda zurück.
Der Stollentroll hob die rechte Hand und schob die Unterlippe vor, wovon er glaubte, daß es ihm einen respektablen Eindruck verlieh.
»Ich mache euch einen Vorschlag zur Güte: Ich führe euch aus diesem ganzen Schlamassel heraus. Ich nehme euch bei der Hand und bringe euch zurück zu den Buntbären. Es ist nicht weit, ein halber Tagesmarsch vielleicht. Das ist mein Angebot.«
Krete musterte den Stollentroll scharf.
»Unter einer Bedingung …«
»Aha«, triumphierte Krete. »Jetzt kommt's.«
»Die Bedingung lautet: Ihr dürft auf keinen Fall das Haus betreten.«

»Wir dürfen nicht mal nachsehen, ob es ein Waldwächterhaus ist?«
»Das ist die Bedingung. Sie soll euch nur vor dem Schlimmsten bewahren.«
»Dann ist es ein Waldwächterhaus«, rief Krete.
»Aber du hast doch gerade noch gesagt, daß es das Haus der Hexe ist!« warf Ensel ein.
Krete winkte ab. »Dann habe ich mich eben geirrt. Wenn ein Stollentroll uns davon abhalten will, es zu betreten, kann es nichts Bösartiges sein. Eher das Gegenteil.«
»Aber letztes Mal hat er uns auch das Richtige empfohlen.«
»Das war ein Trick, um uns dazu zu bringen, das Falsche zu tun. Sieh dir mal die Orchidee an.« Krete zeigte auf die frisch eingepflanzte Blume am Rande des Gartens. Sie schwafelte angeregt auf die umstehenden Gänseblümchen ein.
»Sieh nur, wie wohl sie sich fühlt«, sagte Krete. »Sie verfügt über natürliche Instinkte. Würde sie sich neben einem Hexenhaus niederlassen?«
»Sie hat es immerhin neben einem rehefressenden Grassee ausgehalten«, gab Ensel zu bedenken. »Wir wissen nicht mal, ob es eine böse oder eine gute Hexe ist.«
»Hast du die toten Tiere vergessen?«
»Vielleicht geht eine Seuche im Wald um - außerdem, was soll das beweisen? Es ist kein Beweis dafür, daß sich in diesem Haus *keine* Hexe aufhält.«
»Da ist keine Hexe drin.« Krete stampfte mit dem Fuß auf.
»Vielleicht doch!« widersprach Ensel.
»Tut sie nicht.«
»Tut sie doch.«
»Tut sie nicht.«
»Tut sie doch.«
»Tut sie nicht.«
»Kähähä«, meckerte der Stollentroll.
»Moment mal!« sagte Ensel. »Eben war *ich* noch dafür, das Haus zu betreten, und du warst dagegen. Der Troll hat uns ganz durcheinandergebracht.«

Ensel und Krete richteten ihre erbosten Blicke auf den grinsenden Gnom.
»Vorsicht!« schrie der Stollentroll in diesem Augenblick und zeigte mit weit aufgerissenen Augen auf etwas hinter ihnen. »Die Hexe! Hinter euch!«
Ensel und Krete fuhren herum. Auf der Veranda war niemand. Die Tür war verschlossen wie zuvor. Auch am Fenster war nichts zu sehen.
»Komisch«, sagte der Stollentroll, »aber ich hätte schwören können, daß die Hexe ihre lange Nase durch die Tür gesteckt hat. Kähähä.« Ensel und Krete drehten sich wieder nach ihm um. Aber da war kein Stollentroll mehr. Die Lichtung war leer wie die Veranda.
»Ich glaube, wir verlieren langsam vor Hunger den Verstand«, sagte Ensel. »Ich gehe jetzt rein und sehe nach, ob etwas zu essen da ist.«
Er betrat die Holztreppe. Die Stufe knarrte so laut, daß Krete zusammenfuhr. Sie beobachtete aufmerksam den Waldsaum.
Die Tür war nur angelehnt. Ensel stieß sie auf, wohlgeölt und lautlos gab sie den Eingang frei. Ensel steckte den Kopf hinein und sah sich um.
»Meine Güte!« sagte er. »Ist das … *richtig*!«
Das war das einzige Wort, das ihm dazu einfiel.
Das Haus war tatsächlich so eingerichtet, daß es Ensel vollkommen perfekt erschien. Sämtliche Möbel, Stühle, der Tisch, der Ofen und der Kamin, selbst die Töpfe und Kannen auf den Regalen schienen für Zwerge gefertigt zu sein. Oder besser: für die Kinder von Zwergen. So als sei dieses Haus für Ensel und Krete maßgeschneidert worden.
»Hier wohnen sehr kleine Zwerge«, sagte Ensel. »Gibt es zwergwüchsige Hexen?«
Krete war Ensel nachgestiegen, inspizierte das Innere der Behausung und spürte dabei eine seltsame Empfindung. Sie hatte zum erstenmal in ihrem Leben den Eindruck, sich in einem Raum zu befinden, der ihr gehörte. Auf dem Bauernhof ihrer Eltern war sie zu Hause, aber es war alles auf die Größenverhältnisse der Er-

wachsenen zugeschnitten. Möbel mußten erklettert werden, beim Essen kam man gerade mit dem Kinn über die Tischkante, Keksdosen standen in unerreichbarer Höhe. Hier war das alles ganz anders. Krete fühlte sich ernst genommen.

Ensel schien ähnliches zu empfinden, denn er grinste zufrieden, als er an den Herd trat. Zu Hause hätte er einen Stuhl gebraucht, um zu sehen, was darauf stand. Es war ein kleiner Topf. »Sieh mal, Krete«, sagte er, »ich kann von oben in den Topf sehen. Von selber. Keiner braucht mich hochzuheben.« Er lüftete den Deckel des Topfes.

»Knödel«, stöhnte er. »Knödel in sämiger Soße.« Krete kam herbeigehüpft und spähte in den Topf. Darin lagen vier Knödel in dicker dunkler, samtiger Soße. Wasserdampf stieg auf und trug das Aroma der butterreichen Tunke in ihre Nasen. Sie duftete nach Thymian und Lebkuchen und schien noch warm zu sein. Ensel schmatzte.

»Ich werde einen dieser Knödel essen«, sagte er mit Nachdruck. »Es ist mir Wurscht, ob die eine Hexe gekocht hat oder ein Zwerg oder ein Waldwächter.« Seine Stimme nahm einen heroischen Klang an. »Ich werde diese Knödel essen, und wenn es das letzte ist, was ich tue.«

Krete war schon dabei, den Tisch zu decken.

Es ist schon bemerkenswert, wie sich die Geschmacksnerven im Laufe eines Lebens verändern. Man glaubt ja gerne, sie würden sich mit zunehmendem Alter verfeinern, anspruchsvoller und sensibler werden. Ich halte das für eine Verklärung des Alterungsprozesses, ein Gerücht, das vermutlich von genußsüchtigen Greisen in die Welt gesetzt wurde, die Probleme mit dem Älterwerden haben. Ich bin vom Gegenteil überzeugt. Ich glaube, daß der Gaumen in der Kindheit am empfindsamsten, am sinnlichsten ist. Wie zartfühlend reagiert er auf Bitternis und Herbheit von Speisen, wie sehr ist er der Süße zugeneigt. Wie rigoros trennt er Bekömmliches von Unbekömmlichem, wie radikal verdammt er gewisse Lebensmittel,

um andere emporzuheben. Das nenne ich wahres Feinschmeckertum, voller Leidenschaft und Ablehnung. Brennende, blinde Liebe und lodernder, ungerechter Haß, dazwischen gibt es nichts. So etwas bringt man im Alter nicht mehr fertig, da wägt man ab, da wird man milde und zahnlos, da akzeptiert man jedes labbrige Gemüse. Mit jedem Lebensjahr stumpfen nicht nur die Zähne, sondern auch Zunge und Gaumen ab, von alltäglichem Gebrauch und der Vielfalt der verschiedenen Mahlzeiten und Gewürze verschlissen. Man hält es für den Gipfel der feinschmeckerischen Raffinesse, in der Lage zu sein, eine lebende, atmende, nach faulender Qualle stinkende Auster zu verschlucken - dabei ist es nur das traurige Ende einer Geschmacksnervenkarriere.

Nur als Kind ist man in der Lage, eine *einfache* Mahlzeit wirklich zu würdigen, sie ins Endlose zu zelebrieren. Ah, die Soßen meiner Kindheit! Dünner, aber aromatischer Schweinefleischsaft zum Bratreis. Dicke süßsaure Tunke zum Rinderbraten, mit Rosinen. Helle Sahnesoße mit Kapern darin, zum pochierten Kalbfleischklops. Soßen offenbaren Kindern ihre intimsten Geheimnisse, Erwachsenen gegenüber verschließen sie sich. Es können dunkle Gewässer sein, auf deren Grund versunkene Städte ruhen. Reißende Lavaströme, die sich ihren Weg durch Kartoffelberge bahnen. Für die Erwachsenen ist es ein Teller mit Nudeln und Tomatensoße, für Kinder ist es der vielfach verschlungene magische Knoten in unverwundbar machendem Drachenblut, den nur geschicktestes Hantieren mit der Zaubergabel entwirren kann.

Nun mal Hand auf den Magen: Gibt es etwas Köstlicheres als jene Soße, die entsteht, wenn man Schweinekoteletts in Butter brät? Goldgelbe salzige Tunke aus Butter und Fleischsaft, durchsetzt mit knusprigen Fleischfasern, die man vom Boden der Pfanne geschabt hat - aaah! Nun, was aber steht auf den Speisekarten unserer zamonischen Restaurants? Steht dort: Hereinspaziert, hier gibt es jene goldgelbe Soße, die beim Braten von Schweinekoteletts wie von selbst entsteht? Heute mit Stampfkartoffeln? Nein, da steht: Dreimal gegrillter Grottenolm an Fledermausohrensalat. Oder: Rohe Salamanderleber in Geckotränensauce. Forellenkiemenparfait im Kalbshirnmantel. Man hält es für kulinarische Raffinesse, nach immer neuen, unbekannten Speisen zu verlangen, dabei ist es nur Dekadenz, Abstumpfung, Vergreisung der Geschmacksnerven. Beobachtet man Erwachsene beim Essen, entdeckt man selten leuchtende Augen oder Entdeckerstolz. Weder Begeisterung noch Ablehnung. Niemand spielt mit dem Essen! Es ist, als säßen sie mit verstopften Ohren in einem Geigenkonzert.

Wahre Jugend, unschuldigster, reinster Genuß liegt darin, den einfachsten Lieblingsgerichten die immergleichen Sensationen abzugewinnen. Und was könnte einfacher und zugleich zeitlos köstlicher sein als ein Knödel in sämiger Soße?

»Oohaaahaaammnaaahm!« machte Ensel und verdrehte die Augen vor Verzückung. »Das waren die besten Knödel, die ich jemals gegessen habe.«

Krete leckte ihren Teller ab. »Hmn«, gurrte sie. »Das war das Beste, was ich überhaupt jemals gegessen habe.«

Ensel lüftete seinen Hosenbund und sank noch etwas tiefer in seinen Stuhl. Er legte die Beine auf den Tisch. »Guck mal«, sagte er. »Ich kann die Beine auf den Tisch legen.«

Krete machte es ihm nach und grinste.

»Weißt du, woran ich gerade gedacht habe?« fragte er.

»Woran denn?«

»Ich dachte daran, daß das hier vielleicht niemandes Haus ist.«

»Ach. Und wer hat die Knödel gekocht?«

»Das meine ich ja. Irgend jemand hat die Knödel gekocht und ist gegangen. Und er kommt nie wieder. Frag mich nicht, warum ich das gedacht habe.«

»Weißt du was, Ensel?«

»Was denn?«

»Ich habe genau das gleiche gedacht.«

Sie sahen sich schweigend an. Ensel bekam einen verträumten Blick.

Krete fuhr fort, während sie ihren Blick über die gemütliche Ein-

richtung des Hauses schweifen ließ: »Und dann habe ich gedacht: Vielleicht sind wir jetzt erwachsen geworden. Vielleicht müssen wir gar nicht mehr nach Hause. Vielleicht *sind* wir zu Hause.«
»Du könntest kochen, und ich kümmere mich um den Garten«, schlug Ensel vor.
»Oder umgekehrt.«
»Wir gehen nie mehr in die Schule.«
»Nie mehr.«
Die beiden seufzten. Krete wurde ernst.
»Du meinst, wir könnten zusammenleben wie Vater und Mutter?«
»Nein. Das geht nicht. Aber wir leben zusammen wie Kerro und Gerti van Hacken. Unsere Nachbarn. Das sind auch Geschwister.«
»Die van Hackens haben sie aber nicht mehr alle. Sie unterhalten sich mit ihrem Ofen. Dreimal die Woche muß der Kopfdoktor kommen.«
»War ja nur ein Beispiel.«
Ensel stand ächzend vom Tisch auf (er mußte nicht mehr vom Stuhl herunterrutschen wie daheim) und ging zum Topf, um die restliche Soße auszuschlecken. Er lüftete den Deckel und sah, daß der Topf wieder voller Knödel war. Vier Stück. In sämiger Soße.
Ensel ließ den Deckel fallen. Es hätte ihn weniger erschreckt, wenn der Topf voller Würmer gewesen wäre.
»Krete?«
»Ja?«
»Das *ist* das Haus der Hexe.«
»Woher weißt du das?«
»Die Knödel sind wieder da.«
Krete sprang auf, und Ensel war schon auf dem Weg zur Tür.
»Horrr!« rief es da aus dem Wald.
»Schnell!« flüsterte Ensel. »Die Hexe kommt zurück. Wir müssen hier raus!«
Ensel machte langsam die Tür auf und sah nach, ob die Hexe schon auf der Lichtung war. Nein, sie war nicht auf der Lichtung. Sie stand direkt vor ihm. Ensel wich zurück, und die Hexe folgte ihm mit schlurfenden Schritten in den Raum. Sie sah genauso aus,

wie sich die Geschwister, ja, eigentlich jedermann eine Hexe vorstellt: groß, dürr, bucklig, in ein schwarzes Gewand gekleidet, mit einem spitzen schwarzen Hut auf dem Kopf. Eine lange gekrümmte Nase ragte aus dem faltigen Gesicht, bösartige kleine Augen funkelten Ensel an, rote Iris, violette Pupillen. Grünlich die echsenhafte Haut, durchsetzt mit Warzen und dicken Adern, grünbraun die Hände, gelbe lange Fingernägel an langgliedrigen Fingern. Die Hexe zeigte grinsend ihre fauligen Zahnstumpen und fuhr mit ihrer Zunge darüber, die aussah wie Rattenpelz. Ein kompostartiger Gestank ging von ihr aus, der Ensel und Krete noch weiter zurückweichen ließ.

»Ah, Besuch, Besuch, Besuch!« krächzte das alte Weib mit einer Stimme, die an eine sprachbegabte Ziege erinnerte. »Besuch habe ich schon ewig keinen mehr gehabt.« Die Hexe drehte sich um und verschloß die Tür mit einem Holzriegel, dann wandte sie sich den Geschwistern zu.

»Laßt mich nachdenken. Ja, der letzte Besuch - das war so ein Buntbär. Von der Waldwacht oder so, er trug eine schmucke Uniform. Er hatte sich im Wald verlaufen, war halbverhungert. In meiner Abwesenheit hat er meine Knödel gegessen, die als mein Abendessen gedacht waren. Das hätte er nicht tun sollen. Da ich kein Nachtmahl mehr hatte, mußte ich *ihn* verspeisen. Ich habe ihn bei lebendigem Leib gefressen. Da bleiben die wichtigen Vitamine besser erhalten.«

Ensel suchte den Raum nach einer brauchbaren Waffe ab. Das war schließlich nur eine alte, klapprige Frau, kein kräftiger Waldbandit. Schön, sie war dreimal so groß wie er, aber dafür waren sie zu zweit. Die große Suppenkelle über dem Herd müßte ausreichen, um die Hexe außer Gefecht zu setzen.

Als hätte die schreckliche Greisin seine Gedanken gelesen, glitt sie lautlos wie eine Riesenschlange zum Herd und versperrte so den Weg zur Suppenkelle.

»Der vorletzte Besuch - das waren drei Waldbanditen. Kräftige, muskulöse Kerle, echte Yetis. Sie kamen in der Nacht, hatten es auf meine Schätze abgesehen. Einem brach ich die Beine. Dem ande-

ren machte ich einen Knoten in die Arme. Den dritten habe ich gleich gegessen. Die anderen später.«
Ensel überlegte, ob die Hexe bluffte, aber da war etwas Selbstsicheres in ihrer Stimme, etwas Geschmeidiges in ihren Bewegungen, das ihn seinen Plan mit der Kelle aufgeben ließ.
»Nun, bei euch beiden Hübschen kann mir sowas wohl nicht passieren. Ihr seht nicht so aus, als ob ihr alten, hilflosen Frauen das Abendessen stehlt.«
Die Hexe trommelte mit ihren spitzen Fingernägeln auf den Topfdeckel. Dann ließ sie den Nagel ihres Zeigefingers langsam über den Deckel kratzen, was einen hohen und unangenehmen Ton erzeugte, der Ensel und Krete die Nackenhaare aufrecht stehen ließ.
»Es wäre auch nicht gesund für euch, denn die Knödel waren vergiftet«, murmelte sie beiläufig.
»Vergiftet?« keuchte Krete.
»Hmm«, machte die Alte gedankenverloren. »Hexenhutpilzgift. Nur Hexen sind dagegen immun. Alle anderen Lebewesen werden davon verrückt.«
»Horrr!« schallte es aus dem Forst. Die Hexe fuhr herum und erstarrte. Sie kniff ihre Augen zu winzigen roten Punkten zusammen und horchte.
»Horrr!« rief es wieder von draußen.
Das häßliche Weib warf seine Hände in die Luft und gab einen seltsamen Laut von sich, der an das Sägen von Grillen erinnerte. Dann wurde die Hexe dünner und dünner.
Ensel und Krete hielten sich umklammert.
»Sie schrumpft!« hauchte Krete.
Die Hexe wurde tatsächlich immer schmaler und kleiner, bis sie nur noch ein schwarzgrüner Pflanzenpflanzententakel war, der durch den Raum peitschte. Schließlich verschwand sie mit einem schlürfenden Geräusch in einer Bodenritze.
»Horrr!« rief es von draußen.
»Was ist nur los?« rief Krete. »Verlieren wir den Verstand? Wegen der vergifteten Knödel?«
»Wir müssen hier raus!« entschied Ensel und lief zum Hausein-

gang, um ihn zu entriegeln. Er entfernte den Holzriegel und öffnete die Tür.

»Halt!« rief Krete, die hinter ihn getreten war. »Da draußen ist etwas!«

Eine Gestalt stand am Saum der Lichtung, groß und schwarz wartete sie im Schatten der Bäume. Sie trug einen spitzen Hut. Und sie stand zwischen zwei Birken.

»Hexen stehen immer zwischen Birken«, dachten Ensel und Krete gleichzeitig.

»Wie ist sie dahin gekommen?« fragte Ensel.

»Das ist nicht dieselbe«, sagte Krete. »Das ist eine andere Hexe.«

»Sie ist noch am Waldrand. Laß uns durch die Hintertür verschwinden«, flüsterte Ensel.

»Es gibt keine Hintertür.«

Die Gestalt setzte sich in Bewegung, sie kam auf das Haus zu. Die Geschwister wichen zurück in den Raum.

»Komm, wir verriegeln die Tür«, rief Ensel.

»Nein, wir laufen in den Wald. Noch ist Zeit.«

»Vielleicht sind da draußen noch mehr davon. Vielleicht gibt es hier viele Hexen.«

Plötzlich erzitterte der Boden, und Ensel und Krete wankten von der Tür zurück. Sie ruderten mit den Armen, um nicht das Gleichgewicht zu verlieren. Eine Diele quietschte. Ein Holzlöffel wackelte an der Wand. Ein Eimer fing an, durch den Raum zu tanzen.

»Was ist das?« flüsterte Krete. »Ein Erdbeben?«

Das Fundament des Hauses vibrierte wie ein Tanzboden. Durch die Wände gingen Zuckungen, manche Bohlen schoben sich vor, andere bogen sich zurück. Das Holz schlug Blasen aus zähem, durchsichtigem Harz.

Die ganze Hütte schien plötzlich lebendig zu werden. Dielen verschoben sich, die Stühle brachen in sämtliche Einzelteile auseinander und fielen durch düstere Ritzen, der Tisch stakste auf hohen Beinen durch den Raum. Vor den Fenstern gingen Vorhänge aus dichten Lianen herunter, Äste wuchsen kreuz und quer aus den Astlöchern des Türrahmens und verwoben sich zu einem dichten

Pflanzengitter. Der Deckel auf dem Kochtopf klimperte, als würde Milch darin verkochen, dann lief der Topf über. Es waren dicke weiße Maden, die über seinen Rand quollen und auf der heißen Herdplatte zerplatzten und verbrannten.
»Wir können nicht mehr raus«, rief Krete verzweifelt.
Ein infernalischer Gestank erhob sich, Schwefel- und Kompostgeruch erfüllten den Raum, als habe man die Tore zur Unterwelt geöffnet. Die Wände fingen an zu pulsieren, ihre Holzmaserung verschwand, das beruhigende Braun veränderte sich zum dunklen Violett, Feuchtigkeit breitete sich aus, Öffnungen wuchsen hier und dort. Die Wände schmatzten und fingen an, die Töpfe und Pfannen, die an ihnen hingen, zu verschlucken.
Es gab ein langes, schlürfendes Geräusch, als der Teppich unter Ensels und Kretes Füßen in den Boden gesaugt wurde. Dort, wo vorher ein rustikaler Kerzenleuchter gehangen hatte, baumelte nun ein großer, prallgefüllter Sack von der Decke, der von innen vielfarbig leuchtete und sich rhythmisch pumpend bewegte. Was zuvor totes Holz gewesen war, war nun lebendige Masse aus wogendem Pflanzenfleisch.
»Die Hexe!« rief Ensel, der plötzlich alles begriff.
»Aber wo ist sie? Ist sie hier drin?« Krete blickte voller Schrecken um sich.
»Nein. *Wir sind in ihr.*«
»Was?«
»Das Haus ist die Hexe. Die Hexe ist das Haus. Und sie hat gerade angefangen, uns zu fressen.«
Der Herd glühte zunächst rot auf, dann blendend weiß. Eine Hitzewelle brandete durch den Raum, als der Ofen zischend zerschmolz und als weißflüssiges Eisen im Boden versickerte. Der Tisch zersprang in viele Teile und Splitter, die ebenfalls vom wogenden Untergrund verschluckt wurden.
An den Wänden schnappten die Löcher wie hungrige Mäuler, ein zäher weißer Schleim quoll aus ihnen heraus. Etwas sehr Großes stöhnte wollüstig, und neue Löcher öffneten sich im Boden. Der Raum fing an, sich mit Magensäften zu füllen.

Tja. Das war's. So endet das zamonische Märchen von Ensel und Krete: *Der Raum fing an, sich mit Magensäften zu füllen*. Sie wissen doch, daß alle zamonischen Märchen traditionell tragisch enden, nicht wahr?

Halt, Moment! Es gibt noch einen Satz: *Das Märchen ist aus, da läuft eine Maus, und wer sie fängt, darf sich eine große Pelzkappe daraus machen.* So endet die frühzamonische Urversion von Ensel und Krete – unsere Vorfahren müssen eine ziemlich unsensible Haltung Kleintieren gegenüber gehabt haben. Nun – das war's aber dann wirklich. Und wenn sie nicht gestorben sind – was unter den geschilderten Umständen ausgesprochen unwahrscheinlich ist –, dann leben sie noch heute.

Ende

He, Sie lesen ja immer noch! Was wollen Sie denn von mir? Was soll ich machen? Etwa mit dem größten Tabu der zamonischen Literaturgeschichte brechen? Nur in den Groschenromanen des Prinzen Kaltbluth triumphiert am Ende das Gute über das Böse, aber diese Schwarten zählen ja auch nicht zur akademisch anerkannten zamonischen Dichtkunst. Einen glücklichen Ausgang können wir also schon mal abhaken, ich möchte schließlich nicht mit Graf Klanthu zu Kainomaz in einer Schublade landen, Aufschrift *Schundliteratur*. Können Sie sich vorstellen, was Laptantidel Latuda aus der Tatsache machen würde, daß ich eine Geschichte mit glücklichem Ausgang verfasse? Ich weiß nicht, ob Sie mit meinem Gesamtwerk vertraut sind, aber ich habe bis dato über 500 Romane und zweitausend Kurzgeschichten verfaßt – *alle mit negativem Ausgang*. Der Blutzoll in meinem Werk ist höher als der der gesamten zamonischen Militärgeschichte. Manche Buchhändler legen meinen Büchern Baldrianpillen oder Riechfläschchen bei. Das ist ein Ruf, der verpflichtet.
Der Raum fing an, sich mit Magensäften zu füllen. Das finden Sie hart? Aber das ist doch völlig harmlos! Kennen Sie die zamonischen Märchen der Geschwister Zalpeter und Regine von Coma? *Der Smörg ohne Gesicht? Die Hand mit den fünfunddreißig Fingern? Das ofengebackene Männlein? Die drei Prinzessinnen und die hungrige Bratwurst?*
Im letztgenannten Märchen werden drei Prinzessinnen von einer lebenden Bratwurst verspeist. Im *Ofengebackenen Männlein* wird ein vergreister Zwerg in Blätterteig gehüllt und bei lebendigem Leib drei Tage lang gut durchgebacken. Und wenn ich Ihnen erzählen würde, was die Hand mit ihren fünfunddreißig Fingern so alles anstellt oder was der Smörg anstelle eines Gesichts hat, dann würden Sie die nächsten drei Tage aufs Essen verzichten.
Oder das Märchen vom *Vielgesiebten Prinzen*: ein Prinz, der so schön ist, daß sein häßlicher Bruder es nicht länger ertragen kann und ihn ermordet. Dann verbrennt er die Leiche. Anschließend siebt er die Asche mit sieben Präzisionssieben siebenhundertsiebenundsiebzigmal durch, auf daß keines seiner Atome mehr am anderen sei. Und dann streut er die Asche in einen Tornado, um sie weitest-

möglich über Zamonien zu verteilen. Wobei der häßliche Bruder natürlich selbst vom Tornado erledigt wird, auf ziemlich bestialische Weise. *Das* nenne ich hart.
Der Raum fing an, sich mit Magensäften zu füllen. Das ist für zamonische Verhältnisse ein eher tröstlicher Ausgang. *Und ein Komet zerschmetterte das Königreich mitsamt all seinen Bewohnern. Und da sie alle unter kosmischen Gesteinsmassen zu Brei zermalmt wurden, leben sie heute nicht mehr.* So endet *Der König mit den vier silbernen Beinen*, und das ist eigentlich noch ein harmloser Schluß mit einer schnellen, gnädigen Todesart. Zamonische Märchen sind nichts für zarte Gemüter, meine Lieben.
Entspannt euch, Leute, vielleicht sind die Magensäfte der Pilzhexe harmlos, und Ensel und Krete nehmen nur ein warmes Bad? Schön, vielleicht sind sie auch tödlich, aber mit schmerzmildernden chemischen Substanzen vermischt, die den beiden ein eher angenehmes Ableben gestatten? Oder:

Vielleicht konnten sie sich ja doch noch befreien?

Nun, über das letzte *Vielleicht* habe ich lange nachgedacht. *Vielleicht* sollte ich auf die zamonische Märchentradition pfeifen? *Vielleicht* sollte ich meinem Ruf eines innovativen Erzählers und Zertrümmerers von künstlerischen Tabus mal wieder etwas gerecht werden? Und seit wann, zum Finsterbergdämon, gebe ich einen Hexenhutpilz darauf, was dieser Scherenspüler von Latuda über meine Arbeit sagt? Hast Du gehört, Latuda? Ich spucke gezielt in Deine Richtung!*

Vielleicht konnten sie sich ja doch noch befreien?

*Dies ist die letzte Attacke, die Mythenmetz gegen seinen Erzfeind Latuda führte. Nach der Veröffentlichung von *Ensel und Krete* gab Laptantidel Latuda seinen Beruf auf, weil er immer öfter auf der Straße von Mythenmetz-Verehrern angepöbelt wurde, die sich von dessen Abschweifungen dazu aufgerufen fühlten. Er verfiel der Trunksucht und endete als Scherenspüler in einer Buchtinger Fellkämmerei, wo er bei einem Arbeitsunfall in einem Bottich aus Yetihaaren erstickte. (Der Übersetzer)

Ich habe gerüchteweise von einem atlantischen Lügengladiator gehört, der seiner Geschichte einen glücklichen Ausgang gegeben hat und dafür von seinem Publikum auf Händen getragen wurde. Nun haben Vorträge von Lügengladiatoren herzlich wenig mit zamonischer Literatur zu tun, aber man sollte seine Augen vor den Zeichen der Zeit nicht verschließen.
Mal gesetzt den Fall, ich würde der Geschichte einen glücklichen Ausgang geben – würde deswegen gleich das heilige Haus der zamonischen Literaturgeschichte einstürzen? Würde sich mein Arbeitszimmer mit Magensäften füllen? Ein Riß durch den Kontinent gehen? Zamonien versinken? Es wäre, das ist sicher, eine unerhörte, eine revolutionäre Tat, neben der sogar die Mythenmetzsche Abschweifung verblassen würde. Und sie könnte mit zahlreichen Literaturpreisen, Ehrendoktorwürden und nicht zuletzt hohen Auflagen entlohnt werden. Soll ich es wagen? Soll ich?

Vielleicht konnten sie sich ja doch noch befreien?

Na, das wollen wir doch mal sehen. Ziehen wir die Schublade mit den Rosinen ganz weit heraus …

Der Raum fing an, sich mit Magensäften zu füllen. Ensel und Krete sprangen hin und her, um nicht mit der zischenden Flüssigkeit in Kontakt zu geraten.

»Der Raum fängt an, sich mit Magensäften zu füllen!« rief Ensel. »Das ist das Ende!«

»Wir kommen nie wieder nach Hause«, sagte Krete und ergriff die Hand ihres Bruders.

»Horrr!« rief da die Stimme von draußen.

Und noch einmal: »Horrr!«, viel lauter und bedrohlicher.

Zwei Dinge geschahen.

Erstens: Die Säfte hörten auf zu fließen.

Zweitens: Es gab einen tiefen, bösartigen Laut, er kam aus dem Boden und klang wie eine zornige Antwort.

Dann Stille, drei Atemzüge lang.

»Horrr!« rief die Stimme von draußen. Es tat einen mächtigen Schlag, wie von Stahl, der auf Holz trifft. Dann krachte es ein zweites Mal, und diesmal war die Antwort von unten voller Wut und Schmerz.

»Die Hexe schreit!« flüsterte Ensel.

Ein weiterer Schlag, ein noch wütenderer Schrei, und das Blatt einer Axt drang durch das Astgewirr, das die Tür versperrte. Die Klinge verschwand wieder. Mehrere wuchtige Schläge. Holzsplitter flogen in den Raum. Die Pfützen auf dem Boden schäumten.

»Horrr!« schnaufte die Stimme von draußen.

Immer wieder drang die Axt durch das Geäst, eine Bresche wurde freigeschlagen. Die Hexe stöhnte und keifte, der Raum war in ständiger zuckender Bewegung. Endlich griffen zwei kräftige bepelzte Klauen zwischen das zerfetzte Geäst und rissen es mit einem Ruck auseinander. Der Ausgang war wieder frei.

Ensel und Krete klammerten sich aneinander, unfähig, etwas zu unternehmen. Hier drinnen waren sie in der Gewalt der Hexe, aber was war das da draußen? Gleich würden sie es erfahren, denn es kam gerade herein.

Ich möchte an dieser Stelle die Gelegenheit ergreifen, noch einmal deutlich darauf hinzuweisen, daß die im letzten Satz benutzte Technik eine beim zamonischen Patentamt geschützte Erfindung von *mir* ist und nicht, wie vielfach fälschlicherweise angenommen, von meinem geschätzten Schriftstellerkollegen Horken Smö.
Es handelt sich um die *Mythenmetzsche Ereignisandrohung*, die mittlerweile zum Standardrepertoire der zamonischen Literatur gehört. In fast jedem bedeutenderen Werk der jüngeren Literatur werden Sie Sätze lesen wie *Das sollte sich noch einmal böse rächen* oder *Er konnte ja nicht ahnen, daß dieser Fahnenmast in seinem Leben noch eine wichtige Bedeutung haben würde.* Sie dient dazu, die Leseloyalität von solchen Lesern aufrechtzuerhalten, die nicht gerade über eine hohe Aufmerksamkeitsspanne verfügen. Man hat mir vorgeworfen, damit an den niederen Instinkt der Neugier zu appellieren, aber das halte ich in der heutigen Zeit der allgemeinen Reizüberflutung (Druidenmärkte, Tanzveranstaltungen, Dämonenkirmes) für ein legitimes Mittel, die Kundschaft bei der Stange zu halten. Ich würde nicht ausdrücklich darauf hinweisen, daß diese Technik von mir erstmals in meinem Roman *Der sprechende Ofen* angewandt wurde *(Die Ofentür öffnete sich wie von selbst, und was dann geschah, sollte dem Leben des Köhlers eine Wendung geben, die … usw. S. 34.)*, aber in der letzten Zeit mehrten sich unqualifizierte Stimmen, die behaupteten, die Ereignisandrohung sei zum ersten Mal in Horken Smös Roman *Kein Kelch so weit* benutzt worden *(Er sah in den Kelch. Was er darin erblickte, war die Zukunft. Und sie war voller Ereignisse, die derart abenteuerlich … usw.* S. 164).
Dazu nur folgende Fakten: *Der sprechende Ofen* erschien im Frühling desselben Jahres, in dem Horken Smös *Kein Kelch so weit* veröffentlicht wurde. Vögel jubilierten in meinem Garten, und die ersten Spargelknospen durchstießen die Erdkrume, als ich das erste druckfrische Exemplar meines Romans in den Händen hielt. Soviel zu den jahreszeitlichen Gegebenheiten beim Termin *meiner* Buchveröffentlichung.
Nun zu Smö: Ich erinnere mich genau an den Tag, an dem sein Roman in die Buchhandlungen kam: Als ich in die Stadt ging, um

sein neues Werk zu erwerben, begann das Laub von den Bäumen zu fallen. Ein kühler Wind fegte durch die Gassen und verkündete den Einzug des Herbstes. Muß ich noch deutlicher werden?

In der Tür stand ein Bär. Er hatte ein schmutziges, von Tannennadeln gespicktes Fell, von dem man gerade noch ahnen konnte, daß es einmal goldblond gewesen war. Sein Blick war wild, entschlossen und gleichzeitig furchterregend, ein Eindruck, der noch verstärkt wurde durch die Tatsache, daß die Iris seines rechten Auges rot, die des linken aber gelb war. Er war in zerschlissenes braunes Sackleinen, das ihm bis zu den Knien hing, und eine dunkle Lederweste gekleidet und trug einen der großen Hexenhutpilzschirme als Kopfbedeckung. In den Fäusten hielt er eine schwere Axt.

Der Bär schien die Kinder nicht zu beachten. Er hob das Beil wie zum Gruß und rief mit donnernder Stimme: »Horrr! Ich bin da! Ich bin gekommen, um dich zu töten. Bereite dich auf ein qualvolles Ende vor, verdammte Hexe!«

Dann wandte er sich zu Ensel und Krete, beugte sich zu ihnen herab und sprach mit deutlich sanfterer Stimme: »Hallo, Kinder! Mein Name ist Boris Boris. Ich bin verrückt.« Er machte mit dem Zeigefinger eine Kreiselbewegung neben seiner Schläfe. »Ich bin gekommen, um euch zu befreien und die Hexe kaltzumachen.« Sein Finger zeigte jetzt auf seine Kehle und deutete einen horizontalen Schnitt an.

Dann erhob er sich, stapfte durch den Raum und sah sich prüfend um. Die Wände vibrierten wie in ängstlicher Erwartung.

»Genauso habe ich mir das vorgestellt«, brummte der Bär leise. »Widerlich.«

Er blickte hoch und begutachtete den prallen Beutel, der von der Decke hing. »Aha! Das muß der Sack mit den armen Tierseelen sein. Es ist alles wie in meinen Träumen. Horrr!«

Der Bär stemmte die Fäuste in die Hüften. »Ihr müßtet das Haus jetzt mal von draußen sehen. Es sieht aus wie einer dieser ekelhaften Pilze. Nur viel größer.«

Die Hexe stöhnte und grunzte gefährlich, aber der Bär nahm davon keine Notiz.
»Hört zu, Kinder: Ich bin Boris, der Bekloppte vom Großen Wald. Der Idiot, der von den Hexenpilzen probiert hat. Schmeckten übrigens gar nicht so übel, aber die Nachwirkungen … naja, Schwamm drüber. Wir sind uns schon begegnet, unter ziemlich ungünstigen Umständen. Der ausgehöhlte Baum, erinnert ihr euch? Das Wesen mit den vielen Stimmen? Das war ich.«
Ensel und Krete sahen sich mit großen Augen an. Der Bär nahm den Hut ab. Er betrachtete ihn angewidert und warf ihn dann zu Boden.
»Entschuldigt die etwas unappetitliche Kopfbedeckung, aber die Hexenpilze haben zufällig meine Hutgröße. Im Wald muß man sich schützen, es gibt da eine heimtückische Zecke, die Hirnhautentzündung übertragen kann. Und ich habe schon genug Ärger mit meinem Hirnkasten.«
Er klopfte dreimal mit dem Knöchel an seinen Schädel.
Ensel fragte sich, ob der Bär tatsächlich existierte. Er dachte an Prinz Kaltbluth. Den Laubwolf. Die Geheimbären. Die Knödel. Das Haus. Und jetzt ein verrückter Bär.
Vielleicht verwandelte er sich gleich in einen Küchenstuhl. Oder in einen Hexenhutpilz. In diesem Wald konnte man sich auf gar nichts verlassen.
Boris Boris sah Ensel verständnisvoll an und legte ihm eine Pranke auf die Schulter. »Ich weiß, was du jetzt denkst, mein Junge. *Halluzinationen*. Großes Thema hier im Wald. Aber ich kann dich beruhigen: Ich *habe* zwar Halluzinationen. Aber ich *bin* keine. Horrr.«
Ensel war davon noch nicht ganz überzeugt.
»Die Sache ist die: Dieses Haus ist kein Haus, sondern … naja, ehrlich gesagt, weiß ich das auch nicht so genau. Aber wir können es uns alle einfacher machen, wenn wir es ›die Hexe‹ nennen.« Der Bär rang nach Worten.
»Sie ist … nun ja, etwas, das unterirdisch im Großen Wald wächst. Sie hat die Fähigkeit, böse Träume zu erzeugen. Sie tötet die Tiere

des Waldes durch ihren Gesang. Sie raubt ihre Seelen, und ich fürchte, daß sie sich davon ernährt. Soviel ist klar. Was ich nicht weiß, ist, woher sie kommt.«

»Sie kommt von einem anderen Planeten«, erläuterte Ensel.

»Sie kommt von einem anderen Planeten? Woher weißt du das?«

»Ich, äh, war mal ein Meteor und bin durchs Weltall geflogen, und äh ...« Ensel stockte.

»Du warst mal ein Meteor?« Boris grinste breit. »Und ich dachte, *ich* wäre hier derjenige mit dem Dachschaden. Wenn wir hier heil rauskommen, mein Junge, müssen wir mal gemeinsam den Kopfdoktor aufsuchen.«

Ensel errötete.

Der Bär wandte sich abrupt um und schrie die Wände an:

»Hast du gehört, Hexe? Ich bin endlich da! Seit Jahren laufe ich in deinem verfluchten Wald herum, um mich an dir zu rächen! Und jedesmal hast du mich wieder in die Irre geführt. Aber über deiner Gier auf die Kinder hast du mich vergessen, stimmt's? Und jetzt bin ich hier, um dich zu erledigen.«

Boris Boris holte mächtig mit der Axt aus und schlug sie kraftvoll in den Boden. Die Hexe kreischte, alles geriet in Bewegung. Ensel und Krete purzelten übereinander, Magensaft brannte auf ihren Armen und Beinen.

Der Bär wandte sich wieder den Kindern zu:

»Ich weiß, ich bin verrückt, und das läßt sich nicht mehr ändern. Manchmal denke ich stundenlang rückwärts, und ich rede Unfug, und meine Hände machen sich selbständig. Aber ich bin nicht gemeingefährlich, ehrlich. Ich meine, ich laufe nicht mit einer Axt durch die Gegend und bringe Leute um oder sowas.«

Der Bär schwang wieder das Beil und hieb es in die gegenüberliegende Wand. »Ich habe gelernt, mit meinen Beschränkungen zu leben. Horrr! Horrr!« rief er, während er die Klinge seiner Axt immer wieder in die Wände trieb. Krete bemerkte, daß die Tür wieder zuwuchs.

»Ich glaube, wir sollten jetzt lieber verschwinden. Die Tür wächst wieder zu«, rief sie Boris Boris zu.

Der Bär beugte sich zu ihr hinab, blinzelte und flüsterte verschwörerisch: »Das ist Teil des *Geheimplans.*« Dann machte er sich wieder an seine schaurige Arbeit.
Krete wandte sich an ihren Bruder. »Wir sollten verschwinden, solange die Tür noch offen ist.«
»Aber er hat einen *Geheimplan*«, antwortete Ensel.
Krete senkte ihre Stimme: »Er hat selber gesagt, daß er verrückt ist. Er hat sie nicht mehr alle. Laß uns verschwinden.« Sie packte Ensels Hand und zog ihn zur Tür.
»Horrr«, knurrte Boris Boris böse und versperrte den Kindern den Weg. »Hiergeblieben!« herrschte er sie an und hob drohend die Axt. »Ihr wollt doch das Beste nicht verpassen.«
Ensel und Krete wichen zurück.
»Wenn ich es mir recht überlege«, knurrte der Bär und verengte seine Augen, »dann bin ich vielleicht doch gar nicht hinter der Hexe her. Vielleicht bin ich hier, weil ich Lust auf ein kleines *Fhernhachengulasch* habe. Schließlich habe ich nicht mehr alle Tassen im Schrank. Ich habe ein ärztliches Attest! Horrr!«
Die Tür war hinter dem Bären wieder zugewachsen. Er hob zähnefletschend die schleimbedeckte Axt und wankte auf Ensel und Krete zu. Der Raum fing wieder an, sich mit Magensäften zu füllen.

Ich sagte: Vielleicht. *Vielleicht* können sie sich doch noch befreien. Vielleicht geraten sie aber auch noch tiefer in Schwierigkeiten. *Vielleicht* haben sie jetzt auch noch einen irren Bären am Hals, der Lust auf Fhernhachengulasch hat. *Vielleicht* wird das ja noch der blutrünstigste, unbarmherzigste, hoffnungsloseste Schluß der zamonischen Literaturgeschichte! Ich habe die geneigte Leserschaft gewarnt!
O ja! Ich wollte die Geschichte an einer verhältnismäßig gnädigen Stelle beenden. Den wohlmeinenden Schleier des vorgezogenen Endes darüber werfen. Aber nein. Man will ja unbedingt den Becher bis zur bitteren Neige auskosten. Also bitte! Und ab jetzt keine Mythenmetzschen Abschweifungen mehr.

Der Raum fing wieder an, sich mit Magensäften zu füllen. Ensel und Krete krochen in eine Ecke, wo die ätzende Flüssigkeit im Moment noch nicht hinreichte. Der Bär sprang über die Pfützen, schwang die Axt und lachte hysterisch.
»Fhernhachengulasch! Mit Magensoße! Das würde mir gefallen! Horrr!«
Er beugte sich blitzschnell zu Ensel und Krete herab und flüsterte: »Keine Angst! Ich sage das nur, um die Hexe zu verwirren. Wir müssen Zeit schinden, bis die Verstärkung da ist. Hier drin seid ihr sicher. Draußen ist gleich die Hölle los.«
Der goldene Bär war wirklich nicht mehr richtig im Kopf, darüber waren sich Ensel und Krete einig. Sie befanden sich im Verdauungstrakt einer Pilzhexe, der sich mit zersetzenden Säuren füllte – das empfand ihr vermeintlicher Retter als sicher. Sie bereuten es bitter, nicht früher geflüchtet zu sein.
Boris Boris ging zu einem der zugewachsenen Fenster. Er blickte durch die Ritzen nach draußen und lachte triumphierend: »Vorzüglich. Es läuft alles nach Plan. Kommt her, Kinder, seht euch das an.«
Ensel und Krete kamen vorsichtig zum Fenster. Sie achteten darauf, nicht in Magensäure zu treten, und behielten dabei Boris Boris und seine Axt im Auge. Krete spähte durch ein Loch im Astgewirr auf die Waldlichtung.
Die ganze Wiese war voller Tiere. Erdgnömchen, Hasen, Krähen, Schlangen, Uhus. Einhörnchen. Spechte. Käfer. Ameisen. Tausendfüßler. Tauben. Grillen. Raupen. Schmetterlinge. Man konnte kaum noch etwas vom Wald erkennen. Jeder Baum, jeder Ast, jeder Grashalm war besetzt.
»Das sind meine Leute«, sagte Boris Boris nicht ohne Stolz in der Stimme. »Ich bin der Herrscher des Waldes.«
Er beugte sich nach vorne und rief etwas aus dem Fenster. Es klang, als würden mehrere Tiere durcheinandersprechen. Knurren. Fiepsen. Zischen. Zwitschern.
»Das ist einer der wenigen Vorteile, wenn man den Verstand verloren hat«, erläuterte der Bär den Kindern. »Ich kann mit allen Tie-

ren des Waldes reden. Ich kann zwar nicht verstehen, was sie sagen, aber sie verstehen mich. Ich sage irgendwas, und sie tun es. Sie sagen etwas, und ich tue es nicht. Horrr! Ich bin der Herrscher des Waldes!« Er lachte irre. Boris wurde nun ernst und legte eine Pranke auf seinen Brustkasten.
»Kinder: Der große Augenblick ist gekommen. Das ist ein historischer Moment: Die Schlacht um den Großen Wald hat begonnen. Haltet euch am Fenstergitter fest! Gleich wird es ungemütlich.«
Der Bär schrie zackig klingende Laute durch das Schlingpflanzengitter.
»Ich habe den Erdgnömchen den Befehl zum Angriff gegeben«, übersetzte er den Geschwistern. »Das ist die erste Welle. Meine Pioniere. Festhalten, Kinder!«
Ensel und Krete klammerten sich an die Schlingpflanzen und beobachteten durch die Ritzen, wie sich Hunderte von Erdgnömchen kopfüber in den Waldboden stürzten.
»Die Erdgnömchen sind die Einhörner des Erdreichs!« schwärmte Boris. »Sie wühlen sich mit unglaublicher Geschwindigkeit durch den Boden und bohren sich ins Fleisch der Pilzhexe. Tapfere kleine Kerle! Todesmutig jeder einzelne.«
Ensel sah, wie aus sämtlichen Richtungen kleine Wellen aus Laub auf das Haus zubrandeten. Der Waldboden raschelte wie unter heftigen Windstößen. Die Hexe fing an zu zucken, zuerst kaum merkbar, dann immer heftiger. Von allen Seiten bohrten sich die Waldgnömchen in ihr Fleisch.
»Das kennt sie noch nicht: Schmerz am eigenen Leib zu ertragen. Wir zeigen ihr, wie das ist«, rief Boris triumphierend und hieb mit seiner Axt in den Boden. Die Hexe stöhnte gepeinigt.
Boris Boris wankte wieder zum Fenster. Er krächzte etwas in den Abendhimmel, das so klang wie das Tier, das sich in Kretes Haaren verfangen hatte.
Der Himmel über der Lichtung verfinsterte sich.
»Es wird dunkel«, bemerkte Ensel.
»Nicht um diese Tageszeit«, grinste Boris. »Das sind meine fliegenden Einheiten.«

Ensel konnte jetzt erkennen, daß es Tausende von Fledertratten waren, die den Himmel verschatteten und sich auf die Lichtung herabsenkten. Ein wildes Rauschen ging hernieder, mächtig wie das der Flügel von riesigen Greifen. Das schrille Geschrei der Flederwesen schmerzte in Kretes Ohren.
»Ohren zuhalten«, rief Boris. »Meine Leute arbeiten mit quälenden Frequenzen.«
Die Blutsauger ließen sich in einer dichten Wolke auf der Hexe nieder. Sie schlugen ihre scharfen Eckzähne hinein und rissen kleine Stücke aus ihrem Fleisch. Der ganze Raum bebte, die Hexe ächzte. Boris tanzte durch den Raum und ließ seine Axt sprechen. Dann

hängte er sich ans Fenster und schrie in den Wald. Fiepsen. Krächzen. Piepsen. Flöten.

»Jetzt sind die Bodentruppen dran.« Boris' Blick verklärte sich. »Alles zu seiner Zeit.«

Krete sah, wie die Fledertratten zurück in den Abendhimmel flatterten.

Auf der Lichtung war nun alles in Bewegung. Biber und Bisamratten, Mäuse und Einhörnchen, sogar winzige Waldhäschen kamen in einer breiten Front herangerollt. Sie fielen über den Stamm des Hexenpilzes her und fingen an, ihn von allen Seiten zu benagen. Selbst Schmetterlinge ließen sich auf der Hexe nieder, um sie ihr geringes Gewicht spüren zu lassen.

»Ich glaube nicht, daß das von großer Wirkung sein wird«, sagte Boris Boris milde lächelnd. »Es ist eher psychologische Kriegsführung. Die Hexe soll wissen, daß sich wirklich *alle* Tiere des Waldes gegen sie verschworen haben. Sie soll spüren, daß sie alleine ist.«

Tatsächlich schienen die Attacken die Pilzhexe wenig zu beeindrucken. Sie zuckte nur ab und an, wenn die Biber größere Stücke aus ihr herausrissen, gab aber keinen Laut von sich.

Boris fiepste ein paar Befehle aus dem Fenster. Die Pelztierchen zogen sich daraufhin umgehend vom Stamm zurück und formierten sich im Kreis auf der Lichtung.

»So«, sagte Boris. »Jetzt hat sich der niedliche Teil des Waldes ausgetobt. Jetzt kommen wir richtig zur Sache.«

Er schlug mit dem Stiel seiner Axt gegen einen der Äste des Fensters. Es klang wie ein Klopfsignal.

»Seht euch das an«, sagte er. »Oder besser: Hört euch das an.«

Aus der Tiefe des Waldes kamen die Spechte. Sie waren nicht so zahlreich wie die Fledertratten, aber auch ihr Schwarm verdunkelte kurzzeitig die Lichtung. Sie ließen sich auf dem Hut des Pilzes nieder und begannen mit der Arbeit. Der ganze Raum vibrierte unter dem Knattern der tausend Schnäbel. Unbarmherzig hämmerten sie Krater in das Hexenfleisch, wesentlich tiefer und schmerzhafter, als es die Fledertratten vermocht hatten.

Die Hexe fing wieder an zu stöhnen.

Boris rief (zischte, bellte, krähte) nun einen Befehl nach dem anderen aus dem Fenster, Angriffswelle auf Angriffswelle folgte, um der Pilzhexe keine Gelegenheit zur Erholung zu geben:
Einhörnchen stürzten sich todesmutig auf den Pilz und rammten ihre kleinen Hörner hinein, Uhus versenkten ihre Krallen und Schnäbel darin, Schlangen kamen von allen Seiten durchs Laub gekrochen und bissen und spritzten ihr Gift in die Wurzeln der Hexe.
Im Innern herrschte das schiere Chaos. Die Wände zuckten, die Hexe kreischte und schrie ohrenbetäubend. Ensel und Krete klammerten sich am Fenster fest, und Boris Boris verrichtete unermüdlich sein grausames Axtwerk. Die Hexe tobte und verspritzte ihren Magensaft.
Dann wurde es ruhiger. Ensel und Krete sahen, wie sich die Tiere nach und nach zurückzogen, erschöpft von ihren Einsätzen. Die Spechte erhoben sich und ließen sich auf den Ästen umstehender Bäume nieder. Selbst Boris ließ die Axt sinken und rang nach Luft. Die Hexe stöhnte wieder, aber es klang diesmal nach Erleichterung.
Boris hieb seine Axt in den Boden und ließ sie stecken. Er wankte zum Fenster und rief diesmal etwas in einer Sprache, die sehr unirdisch und elektrisch klang, eher Knistern und Knacken als Sprechen.
»Jetzt werden wir erst richtig giftig«, wisperte er den Kindern zu. »Sie hat es so gewollt.«
Die Tiere auf der Lichtung wichen zurück, es entstand ein breiter, leerer Kreis um die Pilzhexe.
Es raschelte und knisterte unter dem Laub. Dann begannen die Ritzen zwischen den Blättern zu glühen, aus den Löchern des Waldbodens kamen die Leuchtameisen gekrochen und fingen an, den Kreis zu füllen.
»Du kannst eine Hexe von diesem Kaliber nicht mit einer Axt erledigen. Das ist eine Sache, die man nur in Gemeinschaftsarbeit bewältigen kann«, sagte Boris Boris. »Schaut euch das gut an. Ich wünschte, ich könnte es von außen sehen.«

Die Leuchtameisen marschierten kreisförmig auf den Hexenpilz zu. In ihrer Masse erzeugten sie ein elektrisches Brummen, das bis ins Innere der Hexe drang. Sie krochen an ihr hoch und überfluteten den Riesenpilz, bis es aussah, als sei er mit grünem, lebendigem Licht überzogen.

»Jetzt!« rief Boris Boris von innen in seiner Knistersprache, und Millionen von Ameisen spritzten gleichzeitig ihr phosphoreszierendes Gift in den Pilz. Die Hexe zuckte wie unter elektrischen Stromschlägen, sie zischte und greinte vor Schmerz. Ensel konnte spüren, wie der Boden unter ihm fein vibrierte.

Die Ameisen beendeten ihr Werk, drehten sich um die eigene Achse und gratulierten sich mit ihren Fühlern gegenseitig zur erfolgreich absolvierten Mission. Dann krabbelten sie in disziplinierter Formation hinunter und bildeten auf der Lichtung wieder ihren grünglühenden Kreis.

Die Sonne war jetzt fast untergegangen, und der Pilz selbst schien die Aufgabe übernommen zu haben, die Lichtung zu beleuchten. Das Ameisengift pulsierte durch seine Kanäle, ein grünschimmerndes, tausendfach verzweigtes Geäst in ständiger fließender Bewegung. Selbst im Innern konnten Boris und die Kinder beobachten, wie die Wände anfingen zu phosphoreszieren. Das Geheul der Hexe wurde so steinerweichend, daß sich Ensel und Krete die Ohren zuhielten. Aber was war jetzt? Nein, das war kein Geheul mehr. Das waren auch keine Schmerzensschreie. Die Laute der Hexe gingen zunächst in ein leises Brummen über, dem der Ameisen nicht unähnlich. Dann fing sie an, ihren ganzen Körper im Takt zu wiegen.

»Was macht sie jetzt?« fragte Krete.

»Ich glaube es nicht.« Boris' Stimme war jetzt fast völlig ausdruckslos. »Sie immunisiert sich gerade gegen das Gift der Ameisen. Ich glaube, sie genießt es.«

Die Hexe schnurrte wie ein Waldluchs.

Boris stakste zu seiner Axt.

Die Hexe änderte wieder die Tonlage. Das Schnurren wurde immer höher, heller, bis es in einen gespenstischen, beängstigenden

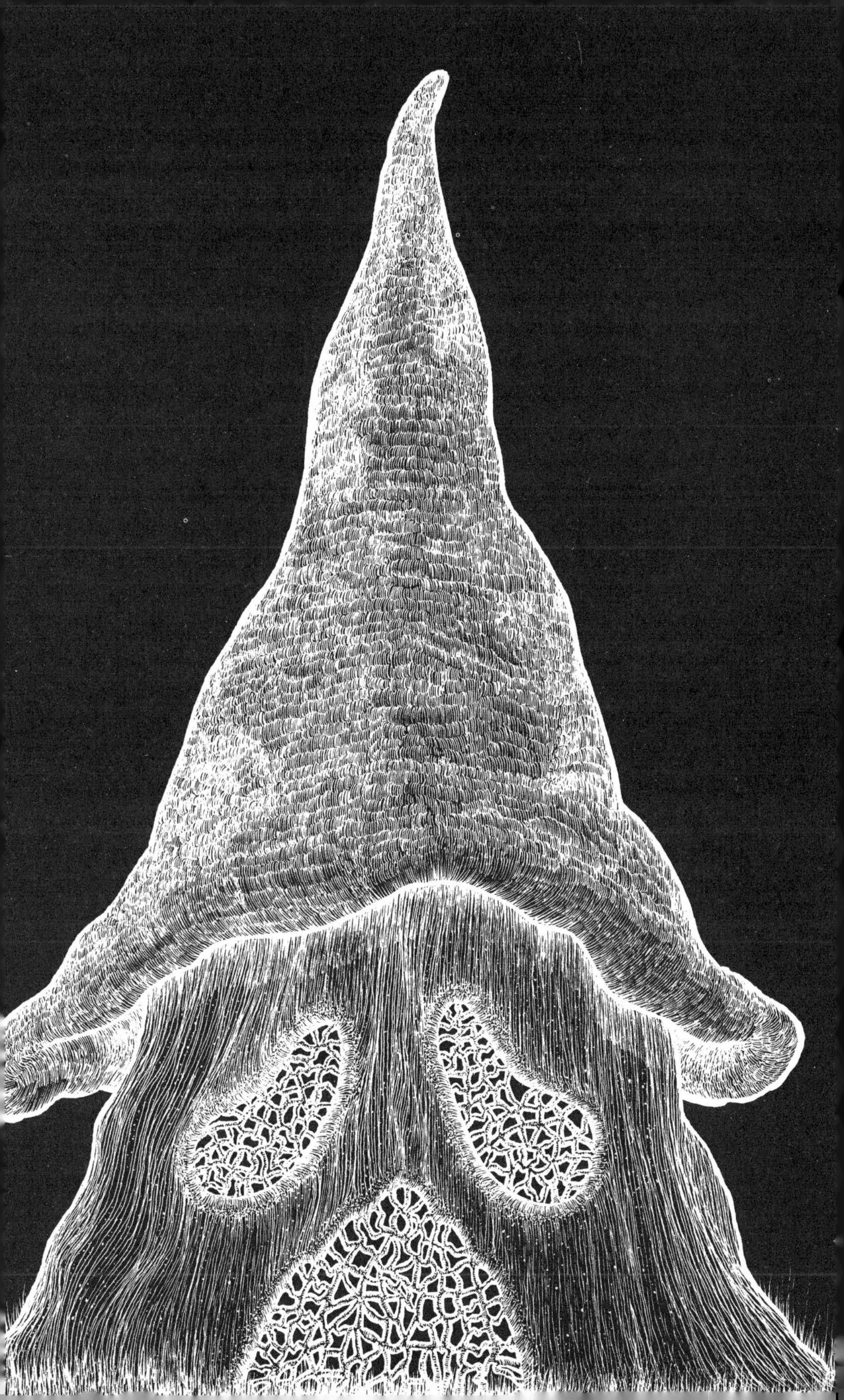

Saugton übergegangen war. Der gleiche Ton, den die Kinder schon einmal im Wald gehört hatten. Die Hexe fing an zu singen.
»Verfluchte Hexe«, schrie Boris Boris und zog die Axt aus dem Boden. Alle Zuversicht war aus seiner Stimme gewichen. »Hast du immer noch Kraft?«
Er wandte sich zu den Kindern.
»Damit habe ich nicht gerechnet. Ich muß gestehen, daß das nicht zu meinem Geheimplan gehört.«
Der Ton wurde höher, lauter, durchdringender.
»Das ist der Gesang der Hexe«, versuchte Boris den Ton zu überschreien. »Damit saugt sie die Seelen aus. Ich hatte darauf gezählt, daß das Ameisengift ihre Stimmbänder ruiniert. Aber anscheinend hat sie gar keine Stimmbänder.« Zum dritten Mal fing der Raum an, sich mit Magensäften zu füllen. Und gleichzeitig füllte sich der Raum mit Hoffnungslosigkeit, einer lähmenden Angst, wie sie keiner der Anwesenden jemals erfahren hatte. Die Hexe fing an, ihre Seelen auszusaugen.
»Es ist alles so, wie ich es geträumt habe!« rief Boris. »Es war natürlich ein Alptraum, und ich hatte mir gewünscht, daß wir uns den Schluß sparen können. Aber du hast es so gewollt.«
Boris Boris torkelte hinüber zu den Kindern.
»Seht ihr den Sack, der da von der Decke runterhängt? Darin bewahrt die Hexe die Seelen auf, die sie noch nicht verdaut hat.«
»Der Garten der Hexe«, sagte Krete wie entrückt.
»Ihr habt den Garten der Hexe gesehen?« fragte Boris ernst.
Die beiden nickten.
»Ich kenne ihn nur aus meinen Träumen. Eins weiß ich: Für jede Seele, die die Hexe verdaut, wächst eines jener unglücklichen Geschöpfe im Garten der Hexe. Das ist Teil ihres Plans. Und ihr beiden, ihr sollt ein paar besondere Prachtexemplare in ihrem Beet werden.«
Die Hexe sang noch lauter, offensichtlich verzückt von ihrer eigenen Stimme. Sie beschleunigte das Einfließen der ätzenden Säfte.
»Ich werde diesen Sack jetzt öffnen. Ich weiß nicht, was dann passiert, denn wenn ich das in meinen Träumen tue, wache ich in die-

sem Augenblick immer unter fürchterlichen Schreien auf. Festhalten, Kinder! Und bekämpft eure Furcht!«
Boris stapfte breitbeinig über die Pfützen. Kurz vor dem Sack blieb er stehen. Es schien ihm nichts auszumachen, daß er mit einem Fuß in der Säure stand und sein Fell zu qualmen anfing.
Boris holte aus und hieb mit einem einzigen Schlag einen Spalt in den Seelensack. Die Hexe heulte auf, so hoch, so durchdringend, so gläsern wie nie zuvor. Krete hatte das Gefühl, vom Scheitel an abwärts in zwei Hälften gerissen zu werden. Dann strömten strahlende Skelette durch die Öffnung und erfüllten das Innere der Pilzhexe mit vielfarbigem, wirbelndem Licht.
Die Gerippe von Einhörnchen, Erdgnömchen, Mäusen, Spechten und Uhus tanzten entfesselt durch den Raum. Und auch sie stimmten einen Gesang an.
Aber der Gesang der Seelen war so wenig von dieser Welt wie der der Hexe. Er war so jenseitig, derart trost- und körperlos, daß er weder Ensel noch Krete mit Zuversicht erfüllte. Im Gegenteil, es hörte sich an, als stimmten die Seelen in das Geheul der Hexe ein, als seien sie schon längst ihre willenlosen Sklaven geworden, gefressen, verdaut und Bestandteil des Hexenorganismus.
Und der Singsang der Seelen wurde noch höher, noch herzzerreißender, so unirdisch traurig, daß Ensel und Krete die Tränen über das Gesicht liefen. Und dennoch: Im Gewinsel der kleinen Geister ging der Gesang der Hexe unter. Es war, als würden sie ihn niederschreien, auslöschen und unhörbar machen. Ab und zu triumphierte der Ton der Hexe noch einmal über das wilde Gekreisch, aber dann wurde er schwächer und schwächer, während der Chor der Skelette immer mächtiger anschwoll. Das war kein Kampf mehr, der auf Erden geführt wurde, das war ein Ringen in einem Bereich zwischen Leben und Tod. Schall aus dem Jenseits klirrte in Ensel und Kretes Köpfen. Und dann, als Krete gerade dachte, daß sie es keine Sekunde länger mehr ertragen könnte, ohne den Verstand zu verlieren, brach der irre Lärm plötzlich ab.
Stille. Absolute, durch nicht den leisesten Laut verletzte Ruhe. Der Gesang der Hexe war verschwunden. Auch die Skelette schwiegen,

vielleicht aus Erschöpfung. Aber da war keine Erlösung, das konnte Krete spüren.

Die Hexe stöhnte auf, schwer verwundet und böse. Sie hatte ihre schreckliche Kraft verloren, aber sie war nicht tot. Die Skelette bildeten einen tanzenden Wirbel aus farbigem Licht. Wie ein Strudel stand er unter der Decke und umflirrte den zerfetzten Seelensack. Einzelne Gerippe lösten sich daraus und begannen einen zuckenden Reigen. Immer mehr Seelen fielen in den Tanz ein, der zu einer leuchtenden Spirale wurde, die sich in den Boden des Raumes zu bohren schien. Ensel erschien es, als tobe ein Tornado aus Licht durch den Raum. Fauliges Pilzfleisch flog hoch und klatschte gegen die Wände.

Die Hexe ächzte verzweifelt, kaum noch Gegenwehr in der Stimme. Die Skelette kicherten hämisch und beschleunigten ihren Wirbelflug, das Fleisch der Hexe spritzte umher, auch über Ensel und Krete und den Bären, die sich wegzuducken versuchten. Der Kegel der Skelette wurde immer spitzer, drang immer tiefer in das Fleisch der Hexe ein, wie eine Lanze aus Licht. Die Hexe jammerte jetzt nur noch, hilflos und ohne Kraft.

Der Wirbel beruhigte sich und löste sich auf in einzelne Gerippe, die zwitschernd durch den Raum schwirrten wie aufgeregte Kolibris. Dann schlüpften sie nach und nach durch die Löcher, die die Spechte ins Dach der Hexe geklopft hatten, ins Freie.

Boris Boris hatte sich wieder aufgerichtet und schwang seine Axt. »Auf, Kinder«, rief er den von Pilzfleisch besudelten Geschwistern zu. »Der Tanz ist vorbei! Wir gehen.«

Er marschierte mit drei schnellen Schritten zur Tür und fing an, den Eingang freizuhacken.

Das Holz splitterte, die Hexe stöhnte leise und gebrochen. Ensel und Krete standen Hand in Hand hinter Boris, wie ungeduldige Passagiere, die ein sinkendes Schiff verlassen wollen.

Der Raum schwankte jetzt tatsächlich wie ein morscher Kahn auf unruhiger See, wild bewegt vom Todeskampf der Hexe. Die Fenster verdunkelten sich, dicke Erdkrumen fielen durch die Ritzen herein.

»Wir sinken«, rief Krete. »Wir versinken mit der Hexe im Waldboden.«
Die Tiere auf der Lichtung stimmten ein aufgeregtes Gezeter an.
»Helft mir, Kinder!« rief Boris und schleuderte die Axt zur Seite. Er riß jetzt mit beiden Händen die Äste auseinander, kraftvoller, als es jede Axt vermocht hätte. Ensel und Krete zerrten mit an den Ästen, ohne jedoch viel auszurichten. Feuchter Waldboden kam in den Raum gepurzelt.
Die Tür war frei von Ästen, aber mehr als die Hälfte des Ausgangs war bereits durch Erdreich versperrt. Es knirschte und quietschte ringsum, als der Pilz wieder ein Stück tiefer sank.
»Schnell, Kinder«, rief Boris, packte Krete kurzerhand unter den Armen und schleuderte sie durch den verbliebenen Spalt hinaus. Dann tat er dasselbe mit Ensel.
Die Geschwister sprangen draußen sofort auf die Beine, um Boris herauszuhelfen. In diesem Augenblick sahen sie die Pilzhexe zum ersten Mal von außen, schwarz und von Löchern übersät, hier und da immer noch leuchtend vom Insektengift. Sie war bereits bis zur Hälfte eingesunken.
Boris versuchte, zum immer schmaler werdenden Türspalt herauszuklettern, aber der Waldboden unter seinen Füßen war zu weich und zu bröckelig, er konnte keinen Halt darin finden. Ensels und Kretes Ärmchen waren zu kurz, um zu ihm herabzureichen.
»Es hat keinen Zweck, Kinder!« rief er durch den Spalt. »Ich gehe mit der Hexe.«
Boris nahm eine militärische Haltung an, salutierte und fing an zu singen:

»Knistern ist uns nicht geheuer
Denn wo's knistert, qualmt oft Feuer
Prasseln auch läßt uns nicht kalt
Denn wo's prasselt, brennt der Wald …«

Die Hexe keuchte schwer, und mit einem weiteren Ruck versank sie noch tiefer ins Erdreich.

»Er versinkt!« schrie Ensel. »Er versinkt!«
Krete fing an zu weinen.

»Ja, die Brandwächter, die sind wir
Nur zum Löschen sind wir hier
Feuer mit Wasser, Durst mit Bier ...«, sang Boris Boris aus der Tiefe.

»Sagt mal, könnt ihr eurem Freund da nicht mal sagen, daß er vielleicht ein bißchen leiser singt?« sagte jemand hinter Ensel und Krete. Sie hatten in der Aufregung nicht bemerkt, daß die sprechende Orchidee hinter ihnen stand und ihre Pflanzenfinger knetete.
»Ich bezweifle wirklich, ob das der richtige Platz für mich ist. Seitdem ihr mich eingegraben habt, ist hier wirklich die Hölle ausge...!«
»Die Orchidee!« rief Ensel. »Sie kann Boris retten!«
»Los!« herrschte Krete die Pflanze an. »Unser Freund. Er versinkt!«
»Das ist ja der reinste Fluch«, seufzte die Orchidee. »Überall, wo ich hinkomme, versinken die Leute im Boden. Vielleicht ist der Platz doch nicht so gut, wie ich ...«
»Mach schon!« schrie Krete. »Häng deine Zunge da runter!«
»Ich weiß nicht«, zögerte die Pflanze. »Ich fange gerade erst an, mich hier einzugewöhnen. Ich möchte mich hier nicht gleich wieder in fremde Angelegenheiten einmischen. Bevor ich euch zum ersten Mal geholfen habe, ging es mir verhältnismäßig gut. Und zum Dank für meine Hilfe habt ihr mich in dieses Krisengebiet verpflanzt.«
»Bitte«, flehte Ensel: »Wir bringen dich an einen viel besseren Platz.«
»Einen Platz ohne nächtliche Ruhestörung? Ohne kriegerische Aktivitäten? Ohne dieses seelenlose Gekreisch? Ohne Kleintiere, die das Erdreich zerwühlen? Ohne Fledertiere, die an meinen Blüten saugen? Ohne Riesenpilze, die schreiend im Erdboden versinken?«
Die Stimme der Orchidee klang skeptisch und vorwurfsvoll.
»Alles, was du willst!« riefen Ensel und Krete im Chor.
»Na schön«, seufzte die Orchidee. »Aber nur noch dieses eine

Mal.« Sie öffnete weit ihren Schlund, entrollte ihre Zunge und ließ sie tief in den Spalt hineinhängen.
»Boris!« rief Krete. »Halt dich daran fest!«
»Nur zum Löschen sind wir hier, Feuer mit Wasser, Durst mit Bier ...«, sang Boris zurück.
»Die Zunge!« schrie Ensel aus voller Kehle in den Spalt.
»Wie bitte?« fragte Boris. Es war so dunkel geworden, daß er kaum noch etwas erkennen konnte.
»Da hängt ein Seil! Ergreif es!«
Boris tastete herum. Er spürte etwas Langes, Feuchtes in der Dunkelheit und griff fest zu. »Das soll ein Seil sein? Das ist ja ganz naß!«
»Halt dich fest!« schrie Krete. »Wir holen dich raus!«
Die Orchidee holte röchelnd ihre Zunge ein, als habe sie einen Walfisch an der Leine. Der Bär war außerordentlich schwer, so etwas Gewichtiges hatte sie noch nie an ihrer Zunge hängen gehabt. Dann schob sich endlich der Kopf von Boris Boris durch den verbliebenen Spalt. Er griff ins Gras, die Orchidee zog und keuchte, die Kinder zerrten an ihm, so gut sie konnten, bis er endlich im Freien war.
Er kroch schnell auf allen Vieren von der Hexe weg und erhob sich auf seine Beine. Wankend und keuchend blieb er stehen. Dann drehte er sich um und betrachtete das schreckliche Schauspiel. Erst jetzt nahm er wahr, daß der Hexenpilz zwischen zwei Birken stand.
Es gab einen weiteren Ruck, ein weiteres hoffnungsloses Stöhnen der Hexe. Sie war nun schon bis zum Hut eingesunken.
Boris und die Kinder wichen zurück, zum Kreis der leuchtenden Ameisen.
Es rumpelte machtvoll im Waldboden, und der Rest des Pilzes sank ins Erdreich. Ein tiefes unterirdisches Klagen rollte durch den Wald, setzte sich in alle Richtungen fort und verklang in hundert wehmütigen Echos zwischen den Bäumen.
Dann klaffte dort, wo die Hexe gewesen war, nur noch ein tiefes schwarzes Loch.

Der Himmel über der Lichtung war nun ein Zeltdach voll tanzender bunter Sterne. Die befreiten Seelen tobten ausgelassen über dem Großen Wald, wisperten durcheinander und entschlossen sich dann, ihre neue Gespensterfreiheit in der Irrlichterbucht auszuleben, unterhalb der Zamonischen Riviera, nahe den Friedhofssümpfen von Dullsgard.
Kichernd formierten sie sich zu einem leuchtenden Schwarm und verschwanden in Richtung Südwesten, einen Kometenschweif von farbigen Funken hinter sich lassend.

Boris Boris und die Kinder standen vor dem schwarzen Krater, immer noch benommen und erregt zugleich von den Ereignissen.
»Ist die böse Hexe jetzt tot?« fragte Krete.
»Das weiß man nie so genau«, sagte Boris Boris nachdenklich. »Vielleicht ist sie nur nach Hause gegangen. Ich vermute, daß sich unterhalb von Zamonien Dinge abspielen, die noch der Klärung bedürfen.«
Ensel fing an, mit den Händen die Orchidee auszugraben. Boris und Krete gesellten sich dazu, um ihm zu helfen.
»Es wird nicht sehr schwer sein, einen besseren Platz als diesen zu finden«, sagte die Pflanze nicht ohne Vorwurf in der Stimme. »*Jeder* Platz ist besser als dieser.«
Boris Boris klemmte sich die Orchidee unter den Arm.
Er nahm Krete bei der Hand, diese wiederum ergriff die Hand ihres Bruders.
So schritten sie durch die Menge von Tausenden von kleinen Waldtieren, an Erdgnömchen, Leuchtameisen, Einhörnchen und Wühlmäusen, an Salamandern, Borkenkäfern und Waschbären vorbei, die schweigend den Weg freimachten.
»Wir gehen heim«, sagte Boris. »Ich kenne den Weg.«
»Bist du sicher?« fragte Krete.
»Horrr«, sagte der Bär.

Und damit schließt sich der Vorhang über Ensel und Krete, über Boris Boris und den Buntbären von Bauming, über Zamonien und dem Großen Wald. Mein Märchen ist aus, dort läuft eine Maus, und wer sie fängt, darf sich auf keinen Fall eine Pelzkappe daraus machen oder Suppe daraus kochen, denn das Pelzkappenmachen und Suppekochen aus kleinen Waldtieren ist von heute an verboten auf immerdar.

ENDE

Hildegunst von Mythenmetz
als junger Mann

Von der Lindwurmfeste zum Bloxberg

Die halbe Biographie
des Hildegunst von Mythenmetz

von Walter Moers

»Stelle Dich an den Abgrund der Hölle
Und tanze zur Musik der Sterne!«

Wahlspruch der Bewohner
der Lindwurmfeste

Hildegunst von Mythenmetz ist der bekannteste und meistgelesene Schriftsteller Zamoniens. Sein Werk umfaßt jede nur denkbare literarische Gattung, vom Roman über die experimentelle Lyrik bis zum monumentalen Theaterstück in neunhundert Akten.
Mythenmetz schrieb Sonette und Aphorismen, Novellen, Fabeln, Märchen, Briefromane, Tagebücher, Dramen, Tragödien, Komödien, Libretti, Pamphlete, Gutenachtgeschichten, Reisebeschreibungen, literarische Liebesbriefe und sogar lyrische Kochrezepte[1] - sein Spektrum umfaßt alle Farben des Regenbogens der zamonischen Literatur. Was Ereignisdichte und Wechselhaftigkeit angeht, war sein Leben seinem Werk durchaus ebenbürtig - wie kann man die Aufgabe bewältigen, einem solchen Giganten in einem kurzen Erläuterungstext wie diesem auch nur annähernd gerecht zu werden? Es ist unmöglich, und es soll auch gar nicht erst versucht werden. Alles, was ich anzubieten vermag, ist Annäherung, Fragment, Wille zum Scheitern. Mythenmetz war ein Meister darin, seine Lebensumstände zu verschleiern, zu glorifizieren, zu fälschen oder gar zu leugnen. Es ist schwierig, den Weizen der verbürgten Informationen von der Spreu der Gerüchte, gefälschten Tagebücher und Urkunden, der Legenden und üblen Nachreden zu trennen. Mythenmetz hatte so viele Freunde wie Feinde, die Anzahl der unautorisierten Biographien übersteigt sogar die seiner eigenen Werke. Es gab sowohl zu seiner Zeit als auch danach Imitatoren, die sich für ihn ausgaben, zahlreiche Raubdrucke wurden veröffentlicht, er selber weigerte sich in reiferen Jahren, seine schwächeren Frühwerke als sein geistiges Eigentum anzuerkennen. Wo also beginnen?

Die Lindwurmfeste

Hildegunst von Mythenmetz, soviel ist historisch verbürgt, wurde in der *Lindwurmfeste*[2] geboren, einem monumentalen bewohnten Kalksteinfelsen in Westzamonien, gelegen zwischen dem Loch

1 *Man nehme eine Handvoll Silbensalat ... - Die lyrischen Kochrezepte des Hildegunst von Mythenmetz und ihr Nachhall in der Speisekartengestaltung der florinthischen Gourmet-Gastronomie*, von Olgolga von Storch, Koriander-Verlag, Garling.
2 *Die Burg der zehntausend Dichter - Die Lindwurmfeste und der Einfluß ihrer Bewohner auf die zamonische Literatur*, von Zalamader Regenschein dem Älteren, Hutzenverlag, Gralsund, 14880 Seiten in 12 Bänden. Dünndruck.

Loch und der Hochebene von Dull, unweit der südwestlichen Ausläufer der Süßen Wüste. Er war, wie alle Bewohner der Lindwurmfeste, ein literarisch begabter, aufrecht gehender Nachfahre derjenigen zamonischen Dinosaurier, die aus dem Loch Loch stammten. *Mythenmetz* ist ein typischer Nachname der Bewohner der Lindwurmfeste, wie auch *Epenschmied, Versdrechsler* oder *Hymnengießer,* Namen, die gleichzeitig literarisches Feingefühl wie solide Handwerkskunst signalisieren sollten,[3] denn fast alle der in der Feste lebenden Saurier waren praktizierende Literaten mit einer angeborenen Neigung zu handwerklicher Gründlichkeit. Es ist urkundlich belegt, daß Mythenmetz dort den größten Teil seiner Kindheit, zirka siebzig Jahre, zubrachte. Er er- und überlebte mehrere Belagerungen der Lindwurmfeste (unter anderem die besonders legendären durch die *Kupfernen Kerle* und die *Huldlinge),* seine Traumatisierung durch diese frühkindlichen Kriegserfahrungen verarbeitete er in späteren Werken. Hier schrieb er seine ersten fünfhundert Gedichte, das autobiographische Fragment *Pfeilregen im April - Tagebuch der Lindwurmfestebelagerungen,* zweiundzwanzig Novellen (deren Urheberschaft er später zu leugnen versuchte, weil sie seinen gewachsenen Ansprüchen nicht mehr genügten) und eine Vielzahl von Briefen, die er an sich selbst adressiert hatte (gesammelt in: Hildegunst von Mythenmetz: *»Lieber Hildegunst« - Briefe an mich selbst).*[4]

Wanderjahre

Nachdem Mythenmetz die Feste verlassen hatte, begannen seine Wanderjahre.[5] Er durchstreifte Zamonien auf einer verschlungenen Reise, die er größtenteils zu Fuß bewältigte und deren tatsäch-

3 *Von Silbenbläsern und Strophenschreinern - Zur Namensgebung von Lindwurmfestebewohnern im Zusammenhang mit den zamonischen Handwerksgilden,* von Enoplios von Ensenhamen. Mit ausführlichem Namensregister. Gildeverlag, Gralsund.

4 *Der Brief als Spiegel - Primärer Narzißmus und archaische Grandiosität in den Selbstbriefen des jungen Hildegunst von Mythenmetz,* von Dr. Popslodingo Nadufte, Popslo-Verlag, Buchting.

5 *Wo schlief der Dichter? - Auf den Spuren von Hildegunst von Mythenmetz durch ganz Zamonien,* von Onken Ra. Mit Hotelführer, Gaststättenbeurteilung und Dämonenwarnkarte. Perpedes-Verlag, Garling.

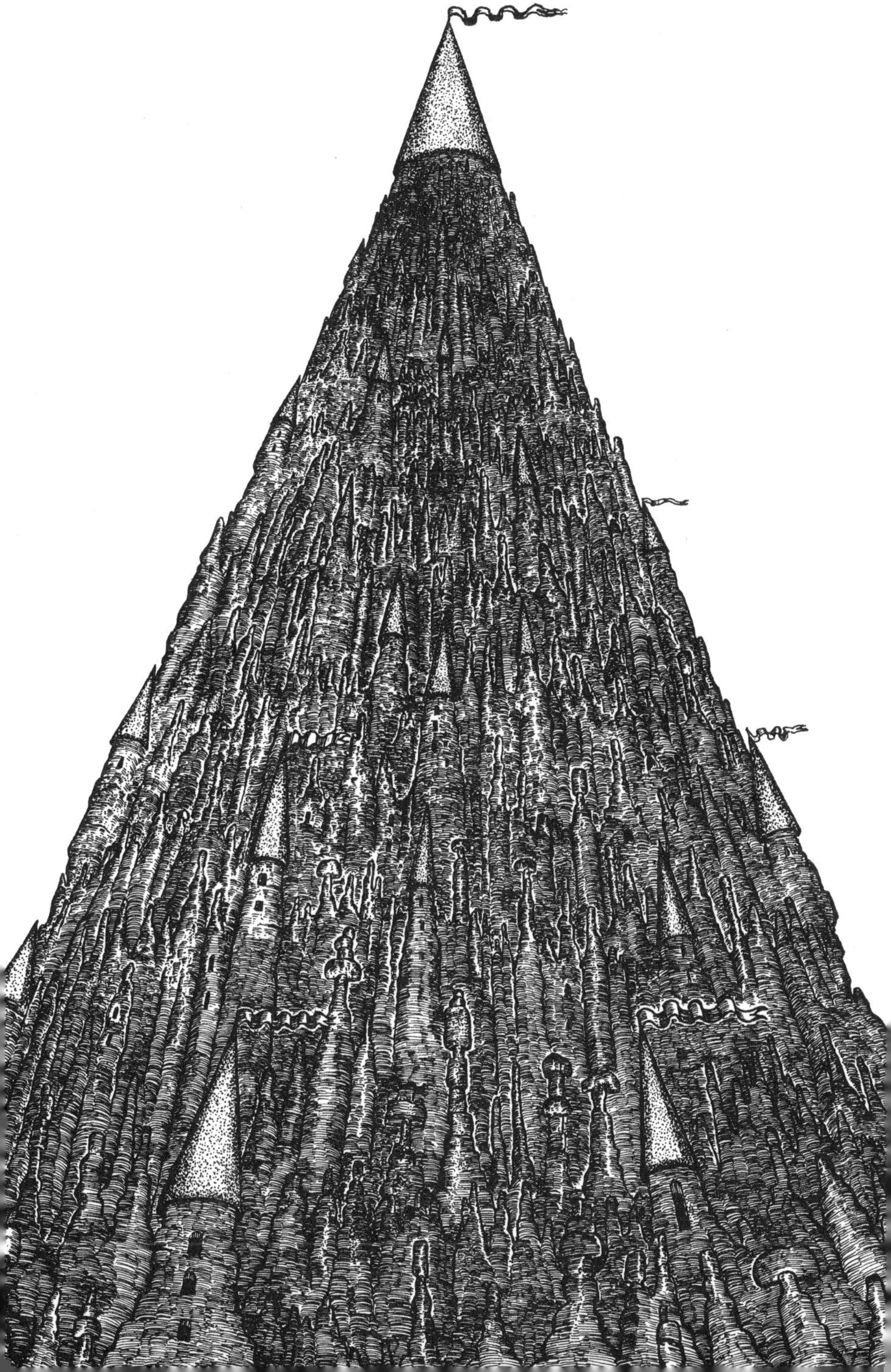

liche Stationen nicht mehr nachprüfbar sind. Sein dabei entstandenes *Reisetagebuch eines sentimentalen Dinosauriers* kann jedenfalls nicht als seriöse Quelle dienen, wenn man auf wissenschaftliche Akkuratesse Wert legt. Mythenmetz beschreibt darin zahlreiche Orte Zamoniens zwar sehr ausführlich, aber nachweisbar literarisch überhöht, so daß bezweifelt werden darf, ob er sich dort tatsächlich aufgehalten hat. Unter anderem berichtet er über eine Durchwanderung der Untoten-Stadt Dullsgard, die in Wirklichkeit kein Lebender betreten konnte, ohne von den Einwohnern dieses schaurigen Ortes bei lebendigem Leibe mumifiziert zu werden. Mythenmetz' Beschreibung wurde dennoch lange Zeit im zamonischen Erdkunde-Unterricht benutzt, da es ansonsten keine Dokumente über das Aussehen des inneren Dullsgard gab und seine detaillierten Ausführungen so überzeugend waren, daß selbst Dullsgard-Experten sich davon täuschen ließen.

Gralsund

Nachgewiesen hingegen ist sein langjähriger Aufenthalt in Gralsund, wo er sich im Selbststudium (Mythenmetz verachtete akademische Bildung) die örtliche Universitätsbibliothek systematisch von A bis Z aneignete, was von angestellten Bibliothekaren der Akademie schriftlich dokumentiert worden ist.[6]

Hier schrieb Mythenmetz nach eigenen Angaben aus einer Laune heraus und an einem einzigen Nachmittag ein Gedicht, welches die Grundlage seines kommenden Ruhms bilden sollte:

Dunkel ist's, die Berge schweigen
Schaurig still: Das Labyrinth
Vor mir noch des Lebens Reigen
Ohne Licht und ohne Wind.

6 *Fünfzehn Wochen überzogen - Die Liste der von Hildegunst von Mythenmetz nachweislich ausgeliehenen Bücher aus der Universität von Gralsund, mit den jeweiligen Überziehungsgebühren und einem Anhang mit faksimilierten Randbemerkungen und Fettflecken des Dichters*, Studentenarbeitsgruppe, Universitätsverlag Gralsund.

Welcher bildungsbeflissene Zamonier kennt sie nicht auswendig, alle achtundsiebzig Strophen der *Finsterbergmade,* jenes Gedicht, das eine ganze Literaturgattung, die der *Rarlebewesendichtung*[7], begründet hat. Ein günstiges Schicksal wollte es, daß das Gedicht vom zamonischen Erziehungsministerium zur Pflichtlektüre an allen Schulen verordnet wurde, insbesondere aufgrund seiner vorbildlichen Metrik: Nun war Mythenmetz in aller Munde. Konkel Zernissen, neben Laptantidel Latuda einer der damals einflußreichsten Literaturkritiker Zamoniens, schrieb über die *Finsterbergmade*: »Ein Gedicht wie eine Zauberflasche edelsten Weines, die man immer wieder aufs neue austrinken kann und die dabei jedesmal reifer und köstlicher wird.«
Wahrscheinlich hatte Zernissen während der Lektüre tatsächlich selber die eine oder andere Flasche Wein getrunken, denn wenn man die *Finsterbergmade* aus heutiger Sicht auf ihre literarische Qualität abklopft, wirbelt schon einiger Staub auf. Mythenmetz selber soll sich mehrfach abfällig über sein Gedicht geäußert haben.
Nebenher etablierte er sich zu dieser Zeit als prominentes Mitglied der Gralsunder Bohème und versammelte einen Kreis junger aufmüpfiger Literaten um sich, die er auf seine noch recht unausgegorene Vorstellung von Literatur und künstlerischer Arbeit einschwor. Er muß über einiges Charisma verfügt haben, denn man nannte sie die Lindwurm-Bande, obwohl Mythenmetz der einzige Lindwurmfestebewohner in der Gruppe war.
Angeblich imitierten seine Anhänger Mythenmetz' Art, sich zu kleiden, zu reden und sogar seine reptilienhafte Fortbewegungsart derart sklavisch, daß es grotesk gewirkt haben muß.[8]
Der Aufenthalt in Gralsund markiert auch den Beginn einer intensiven Freundschaft mit Horken Smö, einem dichtenden Wolterken aus Midgard, mit dem Mythenmetz literarische und politische Konzepte revolutionärer Art teilte. Gemeinsam verfaßten sie das *Lindwurm-Ma-*

7 *Von Finsterbergmaden und Sternenstaunern - Zamonische Rarlebewesendichtung von Hildegunst von Mythenmetz bis Horken Smö,* Literarisches Kollektiv »Laubwolf«, Universitätsverlag Gralsund.
8 *Heiße Nächte in Gralsund. Jugenderinnerungen eines Mitgliedes der sogenannten Lindwurmbande,* Von Pisla Hofel. Lindwurm-Verlag, Wotansmünd.

nifest, ein wirres Konglomerat von unausgereiften politischen Ideen und überdrehten Formulierungen, die sie an die Tür der Gralsunder Bibliothek nagelten. Das Manifest blieb politisch ohne Wirkung, aber das Nageln von Manifesten an Universitätstüren war seitdem ein populärer Brauch in zamonischen Studentenkreisen. Smö sollte später Mythenmetz' größter Rivale werden, wenn es um das Abkassieren zamonischer Literaturpreise ging.[9]
Während seiner exzessiven Lektüre in der Gralsunder Bibliothek geriet Mythenmetz in den Bann der *rikschadämonischen Gruselliteratur*[10] und studierte nebenbei die biographischen Werke des Alchimisten *Zoltepp Zaan*.[11] Unter diesem Einfluß (und nicht weniger unter dem Einfluß von Gralsunder Schankwein) schrieb er hier seinen ersten tatsächlich veröffentlichten Roman *Das Zamomin*, der zum Klassiker der zamonischen Expressionistik werden sollte, einer Literaturgattung, die eher dem Diktat der spontanen Eingebung als dem kleinkarierten Lektorat verpflichtet war. Zu dieser Zeit schrieb Mythenmetz mit einer in Rotwein getauchten Feder auf die Rückseiten von unbezahlten Wirtshausrechnungen. Noch naß gingen seine Ergüsse sofort in die Druckerei, er duldete keinerlei Korrekturen. In späteren Jahren soll er diese Arbeitsmethode ausdrücklich bereut haben.
Schließlich kam es zum Zerwürfnis mit Horken Smö über die Bezahlung einer Wirtshausrechnung. Smö forderte Mythenmetz zum Duell mit Handarmbrüsten. Mythenmetz, überzeugter Pazifist, Gegner körperlicher Gewalt und chronischer Hypochonder, war der Gedanke an eine Pfeilwunde unerträglich. Er verließ Gralsund bei Nacht und Nebel. Smö geriet über die Flucht seines ehemaligen Freundes in solche Erregung, daß er sich versehentlich selber in den Fuß schoß. Er erlitt Wundbrand und mußte fortan ein Holzbein tragen.

9 *Horken Smö - Dichter im Schatten - Der verheerende Einfluß des Erfolgs von Hildegunst von Mythenmetz auf das Gesamtwerk von Horken Smö*, von Horken Smö jr., Smö-Verlag, Kleinkornheim.
10 *Der Bonsai-Galgenbaum und andere rikschadämonische Gruselgeschichten*, gesammelt von Huizenga Hokido, Quellheim, Rikscha-Verlag.
11 *Auf der Suche nach dem Zamomin*, von Zoltepp Zaan, Bunsenverlag, Zweiloch. Zehn Bände im Schuber.

Die Heroiden

Der Bruch mit Horken Smö verursachte die Auflösung der Lindwurm-Bande und markiert den Anfang einer Phase in Mythenmetz' Biographie, die er nachträglich zu verschleiern trachtete. *Das Zamomin* verkaufte sich am Anfang nur mäßig (es wird erst im Zuge seiner späteren Erfolge zum Klassiker),

Mythenmetz waren einige Gläubiger auf den Fersen, und so tauchte er in Buchting unter, wo er Zugang zu halbseidenen Kreisen bekam. Im südöstlichen Zamonien kursierten zu dieser Zeit sogenannte *Heroiden*[12] oder Heldenbriefe, handschriftlich abgefaßte Liebesbriefe mit stark schwülstiger Ausrichtung, die angeblich von populären zamonischen Helden stammten und an gewisse Damen der oberen Gesellschaft, meist Nattifftoffinnen, gerichtet waren. In diesen Briefen wurden die adressierten Frauen inbrünstig angebetet, immer in dreizehnsilbigen Alexandrinern von - abgesehen vom kitschigen Inhalt - hoher handwerklicher Qualität.

Gewöhnlich trat ein Mittelsmann mit einem solchen Schreiben an eine Dame der höheren Kreise heran, teilte ihr vertraulich mit, daß er sich im Besitz eines Briefes eines gewissen Helden Soundso befinde, der betreffende Dame auf das abgöttischste anbete - und schon war die amouröse Nachricht im Ausschnitt der Adligen verschwunden. Der erste Brief war immer kostenlos - damit fing die Sache an. Darin stand meistens, daß der Held wegen heroischer Vollbeschäftigung (Schlangenwürgen, Drachenjagen ecetera) die betreffende Geliebte nur aus der Ferne anbeten könne, sie ihm aber bitte gestatten möge, die zarte Milchhaftigkeit ihrer Haut oder den Perlenglanz ihrer Zähne in ein paar unbeholfenen Versen zu besingen.

Worauf eine Girlande von Alexandrinern folgte, die sich (das mußten selbst gestandene zamonische Alexandrinerexperten zugeben) gewaschen hatte und an Schönheitsbescheinigung und Huldigungsdichte nichts zu wünschen übrigließ.

Bemerkenswert ist, daß sich die Briefe niemals an leichte Beute, also

12 *Die Heroiden - Die Gesammelten Heldenbriefe Zamoniens, mit 230 erotischen Abbildungen.* Anonym, Eros-Verlag, Schwarting.

enttäuschte oder betrogene Ehefrauen richteten, sondern an stolze, selbstbewußte Frauen, die ihre Männer liebten und glücklichen Familien vorstanden - was wohl einiges über die Sprachgewalt dieser Briefe auszusagen vermag. Um es abzukürzen: Nach dem heutigen Stand der Literaturwissenschaft und Graphologie war der Verfasser dieser Heroiden eindeutig Hildegunst von Mythenmetz, der damals einem Ring von raffinierten Betrügern angehört haben muß, die von Buchting aus operierten.

Mythenmetz war in der Lage, über einen schwammigen Begriff wie den der Liebe zu sprechen, als beschreibe er einen greifbaren Gegenstand, eine Landschaft oder ein Gemälde.

Er fand Metaphern für Gemütszustände, um die andere Großdichter seiner Epoche vergebens rangen, er konnte das Chaos der Empfindungen, das in einer liebenden Frau tobt, so einfühlsam in ergreifende Sprache umsetzen, daß einem die Tränen kamen - selbst wenn man ein Mann war. Einmal geködert, lechzte die betroffene Dame nach weiteren Briefen, die dann der Mittelsmann auch lieferte, gegen eine Überbringergebühr, die an Schamlosigkeit dem Inhalt der Verse kaum nachstand. In diesen Briefen beteuerte der Held nebenbei auch immer wieder seine heldenmäßig bedingte Unabkömmlichkeit, erzählte auf schmauchgeschwärztem Papier von seinem Ringen mit tükkischen Kanaldrachen oder ähnlich gemeingefährlichen Ungetümen und pries ein Körperteil der Angebeteten - übrigens immer je Brief nur eins.

Die Briefe wurden zunehmend teurer, die Gründe, die der Überbringer dafür anbrachte, fadenscheiniger, aber dennoch lechzten die Damen immer heftiger danach, denn gleichzeitig stieg auch die - nennen wir es einmal: Schlüpfrigkeit - der Formulierungen und andererseits die Anzahl und Lebensbedrohlichkeit der Gefahren, die der Held beim Abfassen der Briefe angeblich abzuwehren hatte. Irgendwann verschwand dann der Mittelsmann von der Bildfläche (nicht ohne noch ein saftiges Schlußhonorar kassiert zu haben), und die Kette der Liebesbeteuerungen riß ab. Zurück blieb jedesmal ein gebrochenes Herz.

Das Nattifftoffenhaus

Aber wie sagt ein populäres zamonisches Sprichwort: *Der Scharach* schleift alle Kanten.*[13] Die Schuld ist längst verjährt, und die Mythenmetzschen *Heroiden* sind zu Klassikern der zamonischen Liebesbriefdichtung geworden.

Wie Mythenmetz dem Buchtinger Kriminellenmilieu entrinnen und seine schriftstellerische Karriere erneut in Gang bringen konnte, ist Gegenstand zahlreicher pseudobiographischer Spekulationen, an denen wir uns hier nicht beteiligen möchten. Mythenmetz selber streute gerne das Gerücht, daß er zur Läuterung in die Wildnis gegangen sei, um ein Jahr zu fasten und dann von Hungervisionen befeuert *Das Nattifftoffenhaus* zu schreiben, jenes Buch, das Mythenmetz' eigentliche Karriere in Gang setzte. Gegen diese Darstellung spricht, daß es kein einziges Bildnis von Mythenmetz gibt, das ihn anders zeigt als wohlgenährt.[14]

In *Das Nattifftoffenhaus* widmet sich Mythenmetz dem klassischen Gesellschaftsroman und eröffnet dem Leser ein Panorama von nahezu hundert Jahren zamonischer Geschichte, mit über zweihundertfünfzig handelnden Personen.

Im Zentrum der Handlung steht Flozian von Gralsund, ein junger nattifftoffischer Adliger, der sich im Fortgang des Romans in einen hartherzigen Traubenkernöl-Magnaten verwandelt und einen Zwist mit seinem Zwillingsbruder Brozian schürt, der ein Yetimädchen namens Fella liebt. Der Roman erfährt nach achthundert Seiten eine jähe Wendung, als sich herausstellt, daß das Yetimädchen eine verkleidete Nattifftoffin und Erbin eines Kürbiskernöl-Imperiums ist. Brozian und Fella heiraten, er übernimmt die Führung des Kürbiskernöl-Imperiums seiner Frau, wodurch ein unerbittlicher Kampf zwischen den beiden Speiseöl-Brüdern entbrennt. Seltsamerweise wird das Buch

* Scharach il Allah: Sandsturmartiges Wetterphänomen, welches nur in der zamonischen Süßen Wüste vorkommt. (Der Verfasser)

13 *Wo die Waldspinnenhexe ihren Hut liegengelassen hat - Zamonische Spruchweisheiten und ihre Ursprünge,* von Ogla Sammsaloff, Zamonien-Verlag, Beinheim.

14 *Der wohlgenährte Hungerkünstler - Der Widerspruch zwischen Dichtung und Realität in der Selbstdarstellung des Hildegunst von Mythenmetz,* von Laptantidel Latuda, Lukull-Verlag, Schwarting.

ausgerechnet an dieser Stelle, wo es eigentlich gerade so richtig in Schwung zu geraten scheint, unglaublich langatmig. Mythenmetz quält den Leser mit schier endlosen, akribischen Bilanzen der beiden Großfirmen, Hunderten von Seiten mit Tabellen, Zahlenkolonnen, Abschreibungsmodellen und juristischen Briefwechseln, die man tatsächlich alle gelesen haben muß, wenn man der (nunmehr spärlichen) Handlung des Romans folgen will. Unverständlich, warum Mythenmetz ausgerechnet für diese Schwarte den Zamonischen Epenpokal erhielt, aber die Wege der Literaturkritik sind unergründlich, und Mythenmetz durfte zu späterer Zeit noch ausführlich beweisen, wozu er wirklich in der Lage war.

Nossmoto Trossnomo, ein Traubenkernöl-Fabrikant und erklärter Verehrer des *Nattifftoffenhauses,* holte Mythenmetz nach Blenheim und stellte ihm eine seiner zahlreichen Villen zur Verfügung. Er durfte dort kostenlos wohnen, speiste an Trossnomos illustrer Tafel und bezog ein fürstliches Taschengeld, unter der Bedingung, daß in seinen nächsten drei Romanen eine bestimmte Traubenkernölsorte mit gewisser Regelmäßigkeit erwähnt würde.[15]

Mythenmetz versuchte mit den Romanen *Der hustende Gral, Die Kinder zwischen den Regentropfen* und *Die Ölsardinenpfeife* (die alle im Traubenkernmilieu spielen) an den Erfolg des *Nattifftoffenhauses* anzuschließen, was ihm allerdings nur in kommerzieller Hinsicht gelang - die Kritiken waren vernichtend und bezichtigten ihn des künstlerischen Ausverkaufs. Besonders der damals schon einflußreiche Großkritiker Laptantidel Latuda ging mit beinahe missionarischem Eifer auf Mythenmetz los. In einer täglich erscheinenden Kolumne des *Gralsunder Kulturkuriers* wurden Mythenmetz' stilistische Schnitzer zum Dauerthema erhoben. Womit der Dichter nach eigenen Angaben erstaunlich souverän umging: Er las die Kolumnen angeblich seinem tauben Dackel vor und legte anschließend den Käfig seines in Mythenmetzversen sprechenden Papageis damit aus. Sein damaliger Leibdiener, ein fhernhachischer Zwerg namens Korri von Hacken,

15 *Gut geschmiert ist halb gedichtet - Hildegunst von Mythenmetz und die zamonische Traubenkernölindustrie,* von Pretorius Pemihl. Mit 24 Traubenkernölgedichten von Hildegunst von Mythenmetz, Nattifftoffen-Verlag, Knobloch.

berichtet dagegen in seiner Autobiographie von Mythenmetz' Tobsuchtsanfällen, Weinkrämpfen und Alkoholexzessen anläßlich jedes einzelnen von Latudas Verrissen.[16]

Frühe Allüren

Mythenmetz zählte jetzt 189 Jahre, für einen Dinosaurier immer noch ein zartes Alter, als es zusehends deutlicher wurde, daß er mit seinem frühen Erfolg nicht zurechtkam. Sein damaliger Lektor Ropert von der Hö berichtet: »Es war sicherlich Mythenmetz' schwierigste Phase. Bei Verlagsbesuchen bestand er darauf, durch den Verlag getragen zu werden - vom Verleger persönlich! Ratom Ro war ein eher gebrechlicher Mann, und Mythenmetz hatte zu der Zeit reichlich Fett angesetzt - das süße Leben des Erfolgs. Es war ein peinigender Anblick, diesen alten verdienstvollen Midgardzwerg seinen überkandidelten Starautor durch die Büroräume tragen zu sehen. Mythenmetz ließ uns im Verlag wirklich keinen Raum, bei unserer Arbeit Würde zu entfalten. Ich mußte meine Korrekturen mit unsichtbarer Tinte schreiben - damit sie erst gar nicht Mythenmetz' Auge beleidigten. Was sie vielleicht besser getan hätten, denn dann wären ihm ein paar peinliche Anschlußfehler in *Die Ölsardinenpfeife* erspart geblieben. Wir verfaßten eigenhändig Verehrerpost, denn er neigte zu Weinkrämpfen, wenn er nicht täglich mit Schreiben überschüttet wurde, in denen junge Zamonier mit Selbstmord drohten, falls nicht schleunigst der neue Mythenmetz erschien. Stellte er im Buchladen fest, daß wir andere Bücher als die seinen in Druck gegeben hatten, fing er an, sie zu zerreißen und Buchhändler tätlich anzugreifen. Er hatte seinen Erfolg damals eindeutig nicht im Griff.«[17]

Im gleichen Tempo, wie das Geld hereinkam, warf Mythenmetz es zum Fenster hinaus. Er umgab sich mit zwielichtigen Künstlerfreunden, verspielte kleinere und größere Vermögen beim Gebba-Spiel und

16 *Klein, aber Korri! - Ein Fhernhache geht seinen Weg*, von Korri von Hacken. Handschriftliches Manuskript, unveröffentlicht. Im Besitz des Museums für Zamonische Hochliteratur, Gralsund.

17 *Er nahm das Monokel ab, um mich nicht zu sehen - Arroganz als Stilmittel in Leben und Werk des Hildegunst von Mythenmetz*, von Ropert von der Hö, Irrlicht-Verlag, Florinth.

setzte mehrere wirtschaftliche Unternehmungen in den Sand, darunter die Produktion einer eigenen Tinte, deren Benutzung angeblich auch dem Laien zu besseren schriftstellerischen Ergebnissen verhelfen sollte. Mythenmetz fing an zu diktieren. Er war der Auffassung, daß jedes Wort, das ihm durch den Kopf ging, auch wert war, gedrukkt zu werden. Zu diesem Zweck führte er stets drei Sekretäre mit sich, die jede seiner Äußerungen aufschnappten, niederschrieben und am nächsten Tag in Druck gaben. Das Ergebnis war eine Flut von gedrukkten Banalitäten, unausgegorenen Ideen und erschütternd durchschnittlichen philosophischen Einsichten, durchsetzt von Monologen, in deren Zentrum natürlich Mythenmetz selber stand. Seine damalige Dichtung kreiste immer mehr um ihn selbst, seine politischen und literarischen Ansichten wurden immer verschrobener, und eines Tages kam es zu einem bizarren Zwischenfall.

Die Seegurken-Blamage

Mythenmetz behauptete bei einem Abendessen an Trossnomos Tafel, seine Werke neuerdings *von oben diktiert* zu bekommen. Er war tatsächlich der Überzeugung, daß ihm seine Dialoge *eingeflüstert* wurden - von über- oder außerzamonischen Mächten. Daß diese Dialoge immer die gleichen Inhalte hatten, nämlich die Beschreibung der Seegurkenkonservierung, der Salzbeschaffung und der Fellreinigung durch Fichtennadelöl, veranlaßte ihn zu einem philosophischen Pamphlet, in dem die Seegurke im Zentrum einer kosmologischen Heilslehre stand, deren weitere Säulen Meersalz und zamonisches Fichtennadelöl waren.

Es stellte sich dann durch einen Zufall heraus, daß Mythenmetz durch einen Installationsfehler im Lüftungssystem die Kantinengespräche der benachbarten Seegurkenfabrik mithören konnte, die größtenteils von Yetis geführt wurden, die sich darüber austauschten, wie das zur Seegurkenkonservierung benutzte Meersalz nach der Arbeit wieder aus dem Fell entfernt werden könne. Ein damals probates Mittel war das Bad in erhitztem Fichtennadelöl.

Als diese Geschichte an die Öffentlichkeit gelangte, erfuhr Mythenmetz' steile Karriere einen jähen Halt. Er wurde zum allgemeinen Gespött, seine Bücher wurden verramscht, und Nossmoto Trossnomo tauschte in seiner Villa die Schlösser aus.[18] Mythenmetz emigrierte nach Florinth.

Florinth

Im dortigen Exil (Mythenmetz bezog einen ausgedienten Leuchtturm, um seine Abkehr von der zamonischen Gesellschaft dramatisch zu unterstreichen) widerfuhr ihm etwas, das jedem zamonischen Lebewesen passieren kann, obwohl die statistische Wahrscheinlichkeit, daß es ihm zustößt, ähnlich der ist, von einem Meteor getroffen zu werden: Bei einem seiner ausgedehnten Spaziergänge, die sich der Dichter gegen seine Depressionen verordnet hatte, stolperte er in ein Dimensionsloch. Die genauen Umstände des Mythenmetzschen Dimensionslochsturzes sind ungeklärt, er selbst tat alles nur mögliche, um dieses Ereignis zu verschleiern. Darf man Mythenmetz' Beschreibung der Ereignisse in seinem Buch *Freier Fall in salopper Katatonie* Glauben schenken, purzelte er nur wenige Tage später zum selben Dimensionsloch wieder heraus - was unter Dimensionslochexperten als äußerst seltenes Phänomen gilt. Über die sonstigen Details seines Sturzes äußerte er sich ausschließlich in lyrischer Form, enorm metapherngespickten Versen von größtmöglicher Vieldeutigkeit - vielleicht sein geheimnisvollstes Werk, das seiner endgültigen Entschlüsselung immer noch harrt.

Tatsache ist, daß Mythenmetz nach seiner Rückkehr wie ausgewechselt schien. Er begab sich wieder in Gesellschaft, ließ sich im nahen Florinth auf zahlreichen künstlerischen Salons blicken und lernte dort seine künftige Ehefrau *Yette* kennen und lieben, eine gebürtige Lindwurmfestebewohnerin aus der Schriftstellerfamilie derer *von Stanzenmacher*. Im gesunden Klima Florinths blühte der Dichter wieder auf, ja, schrieb sich in Bestform. Innerhalb eines Dreivierteljahrhunderts verfaßte er dort einhundertelf Kurzromane sowie zahllose Gedichte und Briefe, darunter solche Meisterwerke wie *Gegessene*

18 *Die Seegurke im Lüftungsschacht - Hildegunst von Mythenmetz auf dem Tiefpunkt seines Schaffens*, von Artesemius Papel, Orakel-Verlag, Steinstadt.

Scheiben, Das Monokel des Zyklopen (eine Vorstufe zu seinem Meisterwerk *Die Zyklopenkrone*), *Die Nautilusspirale, Tiefe Mitten, Tage des Brummens* und *Der sprechende Ofen.*

Der sprechende Ofen

In *Der sprechende Ofen* widmete sich Mythenmetz dem Thema der Beseelung toter Materie. Ein schriftstellernder Dinosaurier, der nach dem Tod seiner kratzbürstigen Ehefrau in einem abgelegenen Waldhäuschen seinen Lebensabend in aller Ruhe verbringen will, stellt eines Abends fest, daß sein kleiner Gußeisenofen sprechen kann. Zunächst verlaufen die Dialoge zu seiner Kurzweil, bald allerdings stellt er fest, daß der Geist seiner Frau zu ihm spricht, der in den Ofen gefahren ist. Da gerade bitterer Winter herrscht, kann er weder sein Heim verlassen noch den Ofen entsorgen. Im Gegenteil, er muß ihn unablässig füttern und sorgfältig in Schuß halten. Mythenmetz entwickelt aus dem märchenhaften Sujet ein beklemmendes Psychodrama, in dem offensichtlich autobiographische Erfahrungen verarbeitet wurden - seine Frau Yette soll sich nach ein paar Dutzend Jahren Ehe als ziemlicher Besen entpuppt haben. Scharfzüngige Dialoge und bittere gegenseitige Vorwürfe bestimmen die Handlung des Romans, aber auch experimentelle Prosa kommt nicht zu kurz, als etwa der Saurier und der Ofen einen Monat nicht miteinander sprechen und Mythenmetz auf über fünfzig Seiten das Ticken einer Standuhr und das Pfeifen des Windes beschreibt. Nach dem harten Winter folgt der Frühling, der Schriftsteller läßt den Ofen zu Kanonenkugeln umschmelzen und heiratet ein blutjunges Dinosauriermädchen.

Mythenmetz hatte sich überzeugend in einen Ofen hineinversetzt. Das Erhitzen und Sichausdehnen des Gußeisens, das Brausen des Feuers, das Knacken der brennenden Scheite, der zermürbende Kampf mit der Holzkohle, der beißende Qualm, die Erlösung der nächtlichen Abkühlung - das alles war so glaubwürdig beschrieben, daß man nicht umhin kam, nach der Lektüre Öfen mit einer neuen Sensibilität zu begegnen. Viele Leser des Romans begannen, sich mit ihren eigenen Heizkörpern zu identifizieren, ihnen Namen zu geben und Gespräche mit ihnen zu führen. Es bildeten sich Zirkel von radikalen Ofenliebhabern, die von der Beseelung der Heizkörper überzeugt waren. Eine große atlantische Ofenfirma gab eine Serie heraus, wo jedem einzelnen Exemplar ein individueller Namen eingebrannt wurde. Nicht wenige Zamonier glaubten daran, ihrem Ofen das Sprechen beibringen zu können, indem sie Mythenmetz' Roman darin verfeuerten - immer und immer wieder, was einige zusätzliche Auflagen zur Folge hatte.

Der Kunstgriff der Beseelung toter Materie scheint einen zeitgenössischen Nerv getroffen zu haben und fand nicht nur viele Leser, sondern auch Nachahmer im zamonischen Literaturbetrieb, was zu einer eigenen Gattung führte, der *Totmateriedichtung*. Eine wahre Schwemme von Büchern drängte auf den Markt, in denen Maschinen, Werkzeuge oder sonstige leblose Gegenstände des Alltags aus dem Nähkästchen plauderten oder in Abenteuer und romantische Beziehungen verwickelt waren - freilich ohne jemals die psychologische Tiefe von Mythenmetz' Ofenroman zu erreichen.[19]

Kämme, Scheren, Teller, Fußmatten, Saftpressen, Glocken, Schnupftücher und Türklinken waren die Helden einer neuen Literatur, die reißenden Absatz fand. Für einen gewissen Zeitraum brauchte man in Zamonien einen Roman, in dem nicht mindestens ein sprechender Gegenstand vorkam, gar nicht erst bei den Verlagen einzureichen. Die Kritiker bemaßen die Qualität weitgehend an der Anzahl sprechender Gegenstände, die darin vorkamen, ungeachtet der Güte der Dialoge oder der Handlung. Die Buchhandlungen sortierten ihre Regale alphabetisch nach leblosen Dingen des täglichen Lebens, denn über fast jedes einzelne waren mindestens ein Dutzend Romane geschrieben worden. Nur wenige dieser Bücher erreichten tatsächlich ein gewisses literarisches Niveau, darunter *Aus dem Leben eines Pumpenschwengels* von Namla Urkuk, *Ich, der Amboß* (ebenfalls von Urkuk) und *Jugenderinnerungen eines Blasebalgs* von Horken Smö.

19 *Der Geist in der Wäschemangel - Zamonische Totmateriedichtung und ihre wichtigsten Vertreter,* von Undine von Motten, Rüttelpfennig & Habermehl-Verlag, Elfstätten.

Triumphe

Mythenmetz selber wandte sich nach Niederschrift des Romans von der Totmateriedichtung ab, ließ sich scheiden und heiratete erneut - ein blutjunges Dinosauriermädchen, das den Namen *Arzamia von Verswerker* trug. Die Beziehung hielt keine zwei Jahre, Mythenmetz ließ sich wieder scheiden und ging zurück nach Gralsund - als Held, als verstoßener Sohn, der sein Glück in der Welt gemacht hat. Die folgenden hundert Jahre sind für Mythenmetz ein einziger Triumphzug. Er beherrschte Woche für Woche, Jahr für Jahr die Bestsellerliste, erhielt jeden nur denkbaren zamonischen Literaturpreis (unter anderem den Valtrosem-Orden und den Nattifftoffischen Friedenspreis), er wurde Ehrenvorsitzender der Bibliothek von Gralsund, Stadtschreiber von Steinstadt und der erste Schriftsteller Zamoniens, dem zu Lebzeiten ein Denkmal (auf dem Marktplatz von Florinth) gesetzt wurde.
Mythenmetz schrieb zu dieser Zeit seine *Lindwurmfeste-Oktologie* (acht Romane, die in acht Jahrhunderten um acht Schicksale auf der Lindwurmfeste kreisen und jeweils achthundertachtundachtzig Seiten hatten, an einem 8. 8. veröffentlicht wurden, in einer Startauflage von achthundertachtundachtzigtausendachthundertachtundachtzig Exemplaren.)
Für *Hell ist die Nacht* nutzte er seine eigene Schlaflosigkeit, um die Welt der nachtaktiven Lebewesen Zamoniens zu dokumentieren. Er kontaktierte andere Schlaflose, Leichtschläfer, Nachtwandler, sogar Vampirwesen und Werwölfe. Er begab sich in unterirdische Kanalisationslabyrinthe, arbeitete in einer Blutpfandleihe, nächtigte in den Friedhofssümpfen von Dull und verschaffte sich sogar Zutritt zu einer der berüchtigten Pyramiden von Gralsund, in der er auf eine längst vergessene Zivilisation stieß, deren Lebensgewohnheiten er mit wissenschaftlicher Akkuratesse protokollierte, allerdings literarisch überhöhte. Seine journalistisch-poetische Arbeitsmethode wurde wegweisend für eine neue Gattung der zamonischen Literatur, die Dichtung und Wahrheit zu einer semiauthentischen Handlung verquickt: Der *Faktoman* war geboren. Kurz darauf schrieb Horken Smö *Die Scherenspüler von Kleinkornheim*, deutlich angelehnt an Mythenmetz' Methode. Es wurde ein nur moderater kommerzieller Erfolg und trug ihm le-

diglich das Kleinkornheimer Scherenspülerstipendium ein, was Mythenmetz zu höhnischen Kommentaren veranlaßte.
Selbst Mythenmetz' *Tagebuch der Leiden* fand reißenden Absatz. Obwohl er darin ausschließlich seine eingebildeten Krankheiten (jeden Tag mindestens eine) bejammerte, wurde das Buch von der Kritik als der erste große Hypochonderroman gefeiert und lag in vielen zamonischen Arztpraxen zur Lektüre aus.[20]

Die Sinnkrise

Vielleicht um seinem monströsen Ruhm selbst etwas entgegenzusetzen, wählte Mythenmetz ausgerechnet die Profanierung zum bestimmenden Stilmittel seiner folgenden Werke. Er pflegte in seinen Schriften nun zunächst einen hohen, prätentiösen Ton anzuschlagen und den Leser mit feierlichem Pathos in gehobene Stimmung zu versetzen, um dann urplötzlich alles ins Peinliche, Ordinäre oder Lächerliche kippen zu lassen. Am konsequentesten gelang ihm das mit seinem neunhundertseitigen Roman *Der Zaan von Florinth,* in dem kunstvoll und mit viel Akribie Handlungsfäden gesponnen und verwoben sowie Charaktere feinfühlig aufgebaut werden, nur um das Buch dann völlig abrupt mit einem Rezept für die *Optimalen Rühreier à la Mythenmetz* abzubrechen (»Zwölf Eier, zwei Pfund Butter, auf kleinster Flamme eine Stunde unter ständigem Rühren braten. Pfeffern, salzen, fertig.«). Generationen von zamonischen Literaturwissenschaftlern haben sich über diesen »Kunstgriff« den Kopf zerbrochen und das Rezept nachgekocht. Zu einem befriedigenden Urteil ist man nicht gekommen, außer darüber, daß die Rühreier, auf die Mythenmetzsche Methode gebraten, wirklich phantastisch schmecken.[21]
Ähnlich ging er in seinem lyrischen Werk vor. Das Gedicht *Horch* ist ein exemplarisches Beispiel für Mythenmetz' poetische Technik dieser Zeit:

20 *Hirnsausen und Gallenblubbern - Wehleidigkeit als Stilmittel bei Hildegunst von Mythenmetz,* von Dr. Aeskulapius Beulenstecher, Blenheim, Medicus-Verlag.
21 *Dichtung und Rührei - Profanierung als Stilmittel in den Schriften des Hildegunst von Mythenmetz,* von Maximilia von Eynatten, Doktorarbeit, Gralsund, Universitätsverlag.

Horch

Hörst du das Weltall schweigen?
Horch - Atome strudeln ins Nichts
Ist das ein Mond, der da weint?
Oder ist es
Das Atmen der Sterne?
Nein
Es ist nur
Das Schnarchen meiner Alten

Aber Mythenmetz ging noch weiter. Als arbeitete er an seiner eigenen Abschaffung, irritierte der Autor sein Publikum mit immer neuen, immer groteskeren Ideen.
»Jetzt dreht Mythenmetz wirklich durch!« war die Schlagzeile eines Artikels von Laptantidel Latuda im Kulturteil des *Gralsunder Kulturkuriers,* als Mythenmetz sein *Mythem-Manifest* veröffentlichte.
Die Mythenmetzschen *Mytheme,* von ihm geortete *Worte zwischen den Worten,* die sich nach seinem Dafürhalten *poeto-organisch* bilden, waren der Kern seiner neuen Besessenheit. Der Dichter stand in dem festen Glauben, daß sich beim Verfassen eines Textes ein zweites, wesentlich höherstehendes Werk automatisch mitschreibe.
Dieses Werk, so Mythenmetz, könne man herausschälen, indem man willkürlich Buchstaben und Silben des Urtextes entferne und das stehengelassene Buchstabenmaterial wieder neu zusammenschiebe. *Das ist die wahre, die freie Literatur!* ereiferte sich Mythenmetz. *Das ist Literatur, die sich selbst gebiert.*
Am Beispiel seines romantischen Gedichtes *Komm, braune Nacht* sei diese Technik kurz demonstriert. Der Originaltext der ersten Strophe liest sich so:

Komm, braune Nacht, umhülle mich mit Schatten
Und decke den mit deiner Schwärze zu
Der ungestört sich will mit Sonnen gatten
Und im Bezirk der Elfen suchet Ruh

Ja, hilf mein Ach! eh du noch wirst entschwinden
Mit linder Hand von meiner Seele binden.

Die Mythenmetzsche Mythembearbeitung hingegen sieht so aus:

Komaune Na, umhülle mimit hatten
Undeckede mideine wärze zu
Derungestö ich will mitonnen gatten
Uni mezirk derelfen uchet uh
Ja, ilf meinach! eh dunowirt entwinden
Mit inderhand on einer ele inden.

Das war selbst für militante Mythenmetzfanatiker kaum noch zu ertragen. »Eine Lesung von Mythenmetzscher Mythemdichtung wäre ausreichender Anlaß, schreiend in den Wald zu laufen«, urteilte der sonst Mythenmetz so gewogene Kritiker Konkel Zernissen nach einer Lesung in einer Florinthischen Buchhandlung.
Selbst für wohlmeinende Kritik mittlerweile unzugänglich, zwang Mythenmetz seinen Verleger zu einer alternativen Gesamtausgabe in der Mythem-Version, kostspielig gebunden in feinstes Kanaldrachenleder. Diese Ausgabe lag wie Blei in den Regalen, woraus Mythenmetz schloß, daß das zeitgenössische Publikum einfach noch nicht reif sei für seine Mythemtechnik, die in einem fernen Jahrtausend als ihrer Zeit voraus gefeiert werden würde.[22]
Immer intensiver beschäftigte sich Mythenmetz mit der Zertrümmerung von Literatur - bevorzugt der eigenen. *Ich löse mich auf, also soll sich die Literatur gefälligst auch auflösen*, war sein Credo, das vermutlich auf seine wachsende Hypochondrie und seine Probleme mit dem natürlichen Alterungsprozeß zurückzuführen ist. Bei einer Buchpremiere in Gralsund präsentierte Mythenmetz den staunenden Lektoren, Kritikern und Verehrern einen verschlissenen Regenschirm und behauptete hartnäckig, dies sei sein neuer Roman. *Dem Roman seine*

22 *Verbannte Silben, verletzte Sätze - Der Irrtum der Mythemdichtung*, von Florian von Versdrechsler, Lindwurmfesteverlag, Lindwurmfeste.

Romanhaftigkeit nehmen hielt er zu dieser Zeit für seine vornehmste Pflicht. Er beschoß eine Ausgabe seines *Nattifftoffenhauses* mit Pfeilen und erklärte sie anschließend zur *überarbeiteten Ausgabe*. Er weigerte sich bei Signierstunden, seine eigenen Bücher zu signieren, und forderte die angetretenen Verehrer im Gegenzug auf, *ihm* Bücher fremder Autoren zu signieren, die er tütenweise mitgebracht hatte. Derlei Mätzchen förderten nicht gerade die Loyalität von Lesern und Kritikern: Mythenmetz' Stern begann zu sinken.

Die politischen Unruhen in Zamonien, ausgelöst durch die Nattifftoffischen Kleinbürgerkriege, trugen nicht zur Verbesserung von Mythenmetz' selbstzerstörerischer Stimmung bei und stürzten ihn in eine tiefe Sinnkrise. Bis dahin war er der Überzeugung gewesen, daß seine Werke die moralische Grundlage der zamonischen Gesellschaft bildeten, so etwas wie ein literarisches Grundgesetz, das den ganzen Kontinent zusammenhielt - wie konnten sich die Verhältnisse verschlechtern, obwohl er so viel Gutes schrieb? Mit naiver Bestürzung mußte er nun feststellen, daß seine literarische Arbeit mit der Wirklichkeit wenig - vielleicht gar nichts - zu tun hatte. Mythenmetz reagierte mit der Logik eines Geisteskranken: Was lag unter solchen Umständen näher, als die Wirklichkeit selber zur Fiktion zu erklären?

Die Phantasmik-Lehre

Der eigentliche Anstoß aber für die bizarrste von Mythenmetz' Entgleisungen war seine eingehende Beschäftigung mit Professor Doktor Nachtigallers *Lexikon der erklärungsbedürftigen Wunder, Daseinsformen und Phänomene Zamoniens und Umgebung*. Dieses Werk hatte unter zamonischen Intellektuellen einen legendären Ruf und ließ Professor Nachtigaller zeitweise zu einer Person des öffentlichen Lebens werden, die selbst Mythenmetz in den Schatten zu stellen drohte - was dieser als Kampfansage interpretierte und infolgedessen das dünne Eis der wissenschaftlichen Abhandlung zu betreten wagte.

Zunächst studierte Mythenmetz eingehend Nachtigallers Lexikon und dessen Standardwerke über Philophysik. Er verstand, wie aus seinem Briefwechsel mit Freunden hervorgeht, anscheinend nicht viel davon: eine Demütigung, die ihn nur noch mehr ereiferte. Die elitäre akademische Haltung Nachtigallers und seine positivistische Weltsicht stießen Mythenmetz ab, er entschied sich, dessen Schriften ein alternatives poetisches Weltbild entgegenzusetzen, und verfaßte eine Schrift, die er die *Phantasmik-Lehre* [23] nannte. Es ist nicht leicht, dieses wirre Werk auf seine absurden Grundtheorien zu reduzieren, aber es soll im folgenden versucht werden: Die Mythenmetzsche *Phantasmik* unterstellt, daß ganz Zamonien mitnichten genau meß- und erklärbaren Naturgesetzen unterworfen ist, sondern aus purer Vorstellungskraft besteht, vielleicht aus den Gedanken eines übergeordneten Wesens, welches womöglich aus einer anderen Zeit oder Dimension stammt. Mythenmetz ging so weit, einen prachtvoll gewachsenen Wald oder die bewegte See für nichts als gekonnte Naturbeschreibung zu halten und banalstes tägliches Gespräch für ausgearbeiteten Dialog. Er behauptete ernsthaft, daß die Welt nicht aus Atomen, sondern aus *Phantasmen* bestehe – die kleinsten Einheiten reiner Vorstellungskraft. Diese wiederum würden von sogenannten *Imagerinen* umkreist, Satelliten der Phantasie, die als Bindemittel bei der Gestaltung einer poetischen Idee fungieren. Berührten sich die Imagerinen zweier verschiedener Phantasmen, verschmölzen diese und die dazugehörigen Phantasmen miteinander, und daraus entstünden Wörter, Satzteile, sogar Sätze und Reime.

Die Phantasmenverschmelzung wiederum würde eine poetische Eigendynamik auslösen, einen kreativen Wirbel, der andere Phantasmen in Bewegung setze und neue Imagerinenkollisionen verursache. Durch diese Kettenreaktion erreichten die verschmelzenden Phantasmen eine solche Dichte, daß sie sich zu ganzen Gedichten, Novellen und Romanen zu kumulieren vermöchten. Die Welt, so schlußfolgerte Mythenmetz, sei nicht den Gesetzen der Nachtigallerschen Philophysik unterworfen, sondern denen der Poesie und Imagination: *Ich werde gedacht, also bin ich!* war der trotzige Kernsatz seiner Theorie.

Trotz der offensichtlichen Pseudowissenschaftlichkeit der *Phantasmik-Lehre* löste Mythenmetz' Buch eine zamonienweite Diskussion unter

23 *Ich werde gedacht, also bin ich – Die Phantasmik-Lehre des Hildegunst von Mythenmetz*, von Hesperia Pelan, Unkenstedt, Grünland-Verlag.

Studenten und Intellektuellen aus, die schließlich in einer direkten Konfrontation Mythenmetz' und Nachtigallers gipfelte. Es kam zu einem Rededuell zwischen den beiden Denkern, öffentlich geführt vor Philophysik- und Literaturstudenten an der Universität von Gralsund. Mythenmetz eröffnete die Diskussion mit einer einstündigen, stilistisch und rhetorisch brillant geschliffenen Rede, in der es aber von unhaltbaren halbwissenschaftlichen Behauptungen und Denkfehlern nur so wimmelte. Nichtsdestotrotz applaudierten die Mythenmetz-Anhänger begeistert und skandierten den Grundsatz seiner Theorie, bis Professor Nachtigaller ans Rednerpult trat. Er knackte mehrmals mit seinen Gehirnen und sagte dann mit ruhiger Stimme nur einen einzigen Satz: »Wenn alles in Zamonien das Werk eines übergeordneten Denkers ist - dann sind es logischerweise doch auch Ihre eigenen Bücher, Herr von Mythenmetz?«
Mythenmetz rang nach einer Antwort, brachte aber keinen einzigen vollständigen Satz zustande. Dann stürmte er unter allgemeinem Gelächter des Publikums vom Podium.

Die Reise nach Yhôll

Das war das Ende der Mythenmetzschen Phantasmik. Und das vorläufige Ende von Mythenmetz - der Dichter verschwand für 75 Jahre von der Bildfläche. Er hatte sich anscheinend nach seinem Auftritt in Gralsund in Luft aufgelöst, niemand, nicht einmal die engsten Freunde wußten von seinem Verbleib. Man mutmaßte Selbstmord, Mord, Verschleppung, Unfall - nichts davon fand eine konkrete Bestätigung. Zeitgenossen behaupteten, Mythenmetz an allen möglichen Orten Zamoniens gesehen zu haben, die Zeitungen waren voll von mysteriösen Mythenmetz-Sichtungen. Der Absatz seiner Werke erlebte noch einmal einen kurzen Aufschwung, dann wurde es still um ihn.
Wie man heute zu wissen glaubt, reiste er damals zunächst ziellos durch Zamonien, durch das Hutzengebirge bis zum südöstlichsten Ausläufer des Kontinents. Von dort aus ging es auf abenteuerliche Weise über die Meere bis hin zum legendären Kontinent Yhôll, den er viele Jahre durchstreifte. Das Ergebnis dieses Auslandsaufenthalts sollte später sein kommerziell erfolgreichstes und faszinierendstes

Werk werden: die monströse Reisebeschreibung *Die Reise nach Yhôll.* Eine Inhaltsbeschreibung ist auf engem Raum nahezu unmöglich, die Ereignisdichte des Romans spottet jeder Verknappung. Dazu nur soviel: Mythenmetz reiste nach eigenen Angaben zunächst als blinder Passagier auf einem Piratenschiff, dann in einer abenteuerlichen Odyssee auf verschiedenen schwimmenden Untersätzen bis zum Kontinent Yhôll, der zur damaligen Zeit weitgehend unerschlossen war. Die Verhältnisse, die Mythenmetz dort antraf, waren, was Unberechenbarkeit und Wildheit anging, dazu angetan, sich mit denen in Zamonien durchaus messen zu können - ja, diese gar noch zu übertreffen. Er berichtet von blauen Riesen aus Gas, von versunkenen Zivilisationen, von einer Stadt, die Atlantis an Größe um ein Vielfaches übertreffen soll, und einer Vielzahl von abenteuerlichen Begegnungen, die den Leser auf über zehntausend Seiten in Atem halten. Niemand vermag zu sagen, wieviel davon sich tatsächlich zugetragen hat. Ein Klatschjournalist des *Gralsunder Kulturkuriers* behauptete sogar, Mythenmetz habe diese Reise nie angetreten, sondern komplett erfunden. In Wirklichkeit habe er all die Jahre unter Pseudonym in einem schäbigen Vorstadthotel in Buchting zugebracht.[24]

Auf jeden Fall waren die Verleger und Lektoren zwischen Erleichterung und Beklommenheit hin- und hergerissen, als Mythenmetz nach 75 Jahren plötzlich wieder im Verlag aufkreuzte, sich benahm, als käme er gerade aus der Kaffeepause zurück, und ein monströses Manuskript vorlegte, das schon seines riesigen Umfangs wegen unverlegbar war. Man einigte sich auf eine Reihe von zehn tausendseitigen Büchern, die im Monatsabstand erschienen: *Die Reise nach Yhôll.*

Jeder einzelne Band erreichte mehrstellige Millionenauflagen, die Kritiker verfaßten Hymnen, es regnete Literaturpreise und offizielle Auszeichnungen. Mythenmetz war nun in der Form seines Lebens. Er schrieb einen Roman nach dem anderen, darunter Meisterwerke wie *Die Bestürzung der Hemden, Denn hier unten weint das Gras, Der zwölfte Zwilling, Die Fleischharfe* und den absurden Ratgeberroman *Wie man einen Fisch faltet.* Keine lyrische Form war davor sicher, von Mythen-

24 *Der Lügner von Yhôll,* von Yaphank Brokaven, Gralsund, Kulturkurierverlag.

metz aufgegriffen und zu höchster Vollendung gebracht zu werden. Daktylischer Hexameter, zweisilbiger Pyrrhichius, elegisches Distichon, ornischer Schrecksenfluch, jambischer Trimeter, florinthischer Orakelreim, Selsillentrochäus, Stollenstrophe, rikschadämonische Gruselterzine, elfischer Elfsilbler, ambrosianische Hymnenstrophe - mit spielerischer Eleganz bediente er sich all dieser und zahlreicher anderer poetischer Formen. Nichts schien ihm mehr zu mißlingen - bis auf sein eigenes Leben.

Der Bloxberg

Es war tief in Mythenmetz' Persönlichkeit verwurzelt, daß ihn wiederum der Erfolg in die tiefste Krise seines Lebens stürzte: Auf dem Gipfel seines Ruhmes erkannte er, daß es in alle Richtungen nur noch bergab gehen konnte. Seine letzte Startauflage entsprach der Zahl der tatsächlich in Zamonien existierenden Lebewesen - das war die natürliche Grenze für Auflagen. Er konnte seinen Erfolg vielleicht wiederholen - aber niemals übertreffen. Er hatte zeitlebens gegen die Sterblichkeit angeschrieben und mußte nun erkennen, daß auch er nicht unvergänglich war.

Am letzten Tag seines 499. Lebensjahres, dem Tag vor seinem 500. Geburtstag, also in der statistischen Mitte eines zamonischen Dinosaurierlebens, bestieg Hildegunst von Mythenmetz den *Bloxberg*, jene geheimnisumwitterte Erhebung zu Füßen des südlichen Teils der Finsterberge, die traditionell von großen Denkern Zamoniens zur Sinnkrisenbewältigung erstiegen wird.[25] Seither wurde er für lange Zeit nicht wieder gesehen, und dort beginnen alle Legenden.[26]

25 *Wenn der Prophet zum Berg kommt - Der Bloxberg und seine Wirkung auf das Werk großer zamonischer Denker von Arian Aristidel bis Zoltepp Zaan,* von Bengt Blasen, Axiom-Verlag, Eisenheim.

26 *Das Bloxbergmysterium - was geschah mit Mythenmetz?,* von Hotto von Knöterich, Mythos-Verlag, Knobloch.

Soweit die erste Hälfte des Lebens von Hildegunst von Mythenmetz. Dem aufmerksamen Leser wird nicht entgangen sein, daß Mythenmetz in dieser Zeit noch keines seiner späten Meisterwerke, weder Ensel und Krete *noch* Der Baßrüttler des Voltigorken *oder* Der gebratene Gast *veröffentlicht hatte. Sein großer Abschweifungsroman* Ach übrigens, nebenbei bemerkt (achthundertvierundfünfzig Mythenmetzsche Abschweifungen) *war genausowenig geschrieben wie seine zwölfbändige Autobiographie und sein Unterwelt-Gedicht-Zyklus. Tatsächlich war der Höhepunkt seiner künstlerischen Karriere noch gar nicht gekommen: Nach weiteren 99 Jahren tauchte Mythenmetz wieder auf. Wo das geschah, was in diesem Fastjahrhundert mit ihm geschehen war und was das Schicksal in seinen verbleibenden 401 Lebensjahren für Mythenmetz bereithielt - um darüber angemessen zu berichten, müssen umfangreichere Texte geschrieben werden als dieser.*